U0528654

人鱼之间

张天翼 著

Beyond
Truth
and
Tales

人民文学出版社

图书在版编目（CIP）数据

人鱼之间 / 张天翼著. -- 北京：人民文学出版社，
2025. -- ISBN 978-7-02-018969-4

Ⅰ. I247.7

中国国家版本馆 CIP 数据核字第 20242V7C17 号

责任编辑　欧阳婧怡　马林霄萝
装帧设计　刘　远
责任印制　王重艺

出版发行　人民文学出版社
社　　址　北京市朝内大街166号
邮政编码　100705

印　　刷　北京盛通印刷股份有限公司
经　　销　全国新华书店等

字　　数　183千字
开　　本　850毫米×1168毫米　1/32
印　　张　10.5　插页1
印　　数　1—8000
版　　次　2025年1月北京第1版
印　　次　2025年1月第1次印刷

书　　号　978-7-02-018969-4
定　　价　59.00元

如有印装质量问题，请与本社图书销售中心调换。电话：010-65233595

目 录

1   雕像

89   红外婆

111   人鱼之间

173   辛德瑞拉之舞

235   十二个变幻的母亲

263   普罗米修斯和鹰

283   豆茎

326   后记：童与真之间，幻与象之间

雕像

1

我十六岁时,有一个"展友"。他跟我差不多年纪,住在城市另一边,他父亲是位策展人,因此大大小小的展,他都消息灵通,有时还能拿到赠票。我跟他在一次美术馆暑期活动中相识,从此结伴去看各种展览,画展、摄影展、雕塑展、装置艺术展等等,每次约在展馆门口见面,有时合租一个讲解器。

当时我认为他跟其他青春期男孩不一样。他喜欢读书,不爱喝碳酸饮料,不急着炫耀自己,可惜他是个胖子,后颈有褶,两腿因内侧肉多,走路时略往外撇。虽然他双眼颇有神采,耳垂形状也不错,但无补于大局。一个外表不出众的少年,如此渴望美,谈论美,在略显惨烈的对比中,有种奇特的吸引力。

有次一起看威廉·透纳画展,我走在他身后,盯着他后颈的褶,发现它两头上翘,像一条抿嘴发笑的曲线,上面的皮肉里,又刚巧有对称的两点凹陷,像眼睛,合起来是个诙莫如深的笑。他仰头看，感叹道："真美，你瞧那半透明的海水。"他脖子上"眼睛"和"嘴巴"的表情，随皮肉扭动而变化，我跟着那张嘴无声偷笑。从此，笔记本里我给他的代号是"笑颈"。

那时我当然已开始琢磨"爱"，我坚信，人没法爱上自己觉得滑稽的人。所以我跟笑颈相处时反而轻松。他有点傲慢，一点点装腔作势，幸好还都在温和不刺伤人的范围内。每次从展馆出来，我们都找个地方坐下来，公园或者饮料店，热烈地交换意见，选出自己最喜欢的一样展品，一幅画或一座雕像。

转折发生在一个春天。城中有新展览，展出大西洋底一艘沉船上打捞出的物品，我约他一起看。早晨我正乘地铁赶往博物馆，笑颈打来电话说，家里临时有事，今天他不能去了。我说："我先去，你等有空了再来。这次我们分开看，一样可以讨论。"

那座博物馆我和他去过很多次，常设展览在一二楼，三四楼的四个展厅，用来布置世界各地博物馆送来的特别展览。沉船物品年代约为公元三世纪，装酒的耳瓶、装食物的陶罐、调料罐、钱币、乐器、鹰骨笛、占卜盘、项链、脚镯、厨具、陶器、床榻构件、外科手术刀、银葡萄酒杯、红玉髓小瓶等等，大部分是船员的生活用品，还有三座有不同程度损毁的雕像。

保存最完好的是一件青铜雕塑《熟睡的爱神》，孩子靠在大石上，甜睡正酣，缺了一只手一只耳朵。另一座大理石雕像，叫《掷标枪的人》，他残缺得太严重，没有头，标枪也丢了，只剩一只紧握的拳头，半截肌肉隆起的胳膊，一块巴掌大的胸脯，以及一只用力弯折的赤脚。人们用几块白色立方体代替失去的身子，按身体部位，把残块摆得高低错落。

第三座石雕有头和脖颈，一段披着布料、带右肩的躯干，一截左手肘，一条连着肚脐和腹股沟的右腿，一段屈起的左膝盖。他胸口处压着一只宽大的狮爪，膝盖则被一只鸟爪擒住。可惜那脸上没有五官，整个面部被粗暴地抹平了，犹如在火灾中毁容的受害者。

展柜旁的说明牌上写道：这座雕像塑造了一个正与狮鹫搏斗的青年。有学者推测这艘船上本来还有涅墨西斯的雕像，因为在希腊神话中，狮鹫是厄运女神涅墨西斯的同伴。

我再凑近点，近到鼻尖贴上玻璃，渐渐从那没有脸的脸上，看出一种梦幻似的、冷静坚定的神情。即使只剩肢体残块，也能在脑中勾勒出震撼人心的英姿，感受那股生死悬于一线的紧张感。我小声嘀咕："不知道打赢了没有？……"

巡场的安保员背着手，远远说："请与展柜保持距离，谢谢。"

我答应着，快步走开，走出老远，假装去看边角柜里一字排开的钱币。等到那阵羞窘消退，我又踅回去，立在《与狮鹫搏斗的青年》的柜子几米外。柜子有四面，我对着每一面，都凝望了十几分钟。所有肢体都呈现出极用力的样子。我看的时候，自己的手臂也忍不住暗暗使劲。

一出博物馆，我就给笑颈发消息：很好看，你快找时间来看。笑颈回道：好。其后几天，我一直在等，不断温习对雕像、调料罐、厨具的印象，像每天给插花切去腐根，努力为之保鲜。只等笑颈说"我也看了"，我就可以拔开瓶塞子，把想法一泻而出。

那时我年纪还小，对自己的判断缺乏信心，一定要找到赞同者才能安下心，选了样东西，要听到别人说可以，才觉得真的可以，做完一件事得父母夸好，才认为真是好。我觉得观赏的快乐，很大程度上寓于意见的往还，快乐会在热烈讨论中，达到平方甚至立方的效果。

学校课间的时候，我在笔记本上画出雕像残块的形状，再用铅笔在上头画线，画出我对残缺部分的猜想：他双手可能抓住了狮鹫的翅膀，屈膝撞向对方肚皮，被巨爪挡住……

等了三个星期，才等到笑颈的电话，他说："那个沉船物品展，我去看了。"我说："太好了……"正要拔瓶塞子，却听他用冷淡的语气说："我不喜欢。"

"为什么？"

"那不是艺术。一堆当时人的日用品，盆盆罐罐的，考古价值是有的，没什么艺术价值。我本来就不想去看。"

"怎么没有？罐子上的纹样没有艺术价值吗？古希腊陶罐上画了婚礼、运动会、阿伽门农……"

"你知道我对工艺美术的看法，那是伪艺术。"

"……你觉得那几座雕像怎么样？"

"就那座青铜小爱神还可以，但也不值我的票价。剩下那个，只剩几块残骸，一只手、半个脑袋，没法判断好坏。"

"《掷标枪的人》确实……不过那个跟狮鹫搏斗的雕像，即使残缺不全也很美，很震撼。你不觉得？"

笑颈顿了一下："什么？跟谁搏斗？"

"一座大理石雕像啊，有头、躯干、腿，腿上踩着一只鸟爪，就在东边，很大一个展柜……你没看见？"

那头沉默了好长时间，他以诧异但肯定的语气说："没有，我没看到你说的那个东西。"我也惊得说不出话。他补充道："因为你说喜欢，所以我看得特别仔细，转了好几圈。你肯定记混了，把别的展览上的东西记成那里的。"

挂了电话，我马上去搜这展览的报道、图片。没有，真的没有，没有一篇报道提到《与狮鹫搏斗的青年》。博物馆官方网站的特展页面，列出几十张展品图，我找到了钱币、占卜盘、脚镯，找到了《掷标枪的人》，在展厅的全景照片里，取代"青年"，挨着《掷标枪的人》陈列的，是一个沉船复原模型。

三天后我亲眼看到了那具模型。它独占一个书桌大小的开放展台，影子映在几步外《掷标枪的人》的展柜玻璃上。它是真的，不是博物馆拍错了图。我在展厅里绕了一圈又一圈，最后在船的展台四周转来转去，绝望地蹲下盯着地板，想看地面是不是有隐藏的活动盖板，把"青年"吃了下去。

上次那个安保员又背着手过来，"不要抠地板砖，谢谢。"

我起身，对他说："您好，请问这个展览的展品都在这厅里吗？"

"当然。"

"上次我来，在这个位置看到一个石头雕像，叫《与狮鹫搏斗的青年》，是不是搬走了？主办方撤掉了？"

他看着我，语气跟笑颈一样："什么搏斗？跟谁搏斗？雕像就这两个，一个小孩一个大人。我天天巡场，没见过你说的那玩意儿。"

"怎么没有？上次我跟那个展柜的玻璃凑太近，你还过来提醒我保持距离。"我大步跑到最近的一个展柜处，模拟当时姿势，鼻尖贴上去，"我当时就是这样，这样。"

安保员摇头，"不记得，这地方每天来上千个人，除非有人把展柜玻璃撞碎，或者随地大小便，否则我哪能记住！你离得太近，保持距离，保持距离。"

等他走开，我在占卜盘的柜子边颓然坐下来。只要闭上眼，我能在黑暗里看见它，残损五官的脸，手肘，胸腹上的肌肉线条，肚脐，腹股沟，大腿，鸟爪紧抓的膝盖。就像我五岁时外婆去世了，有好几年我不明白，为什么一闭眼外婆就是活生生的，会说会笑，睁开眼，这世上就哪里也没有外婆了？

不远处一个小孩说："爸爸，古时的人就喜欢这样的雕像吗？只有手和脚？"

我虽然心情奇差，仍被逗得嘴角一动，无声发笑。睁开眼，只见一个中年人手牵一个小女孩，站在《掷标枪的人》前面。那父亲说："当然不是，这雕像本来是完完整整的，有胳膊有腿，有手有脚，跟你一样，只是在海底待得太久，很多部分被海水冲走，还有一些被海豚叼走当玩具了。"

女孩肃然思考一阵，发表见解："也许小人鱼捡到它，立在花园里，别的人鱼嫉妒，把它砸坏了。"

那对父女离开后，我注意到那里还有一个坐轮椅的参观者。他年纪不大，至多比我长三四岁，展柜里的射灯灯光映在他脸上，他面对展柜，双手扶膝，仰起脸，好像在留神听空中传来的声音。

我慢慢起身走出几步，换个角度看，少年脸上有种恍惚的神情。他按下扶手上的按钮，轮椅转向，在地板上嘶嘶滑动，改为面对沉船模型。

我蹑足走过去，在那人右边站定，斜着眼珠打量，原来他双手扶在膝盖上，是在触读一本盲文册子——这个展不提供能用耳朵听的导览器，只有文字讲解册，搁在展厅门口架子，可以自取，他摸读的应该是盲文版本——他是盲人？……啊，太悲惨了，不能走路，还看不见东西。可如果看不见，来这又有什么意义？他为什么独自出行？他家人呢？

他的手瘦长，手背上显出琴弦似的骨头，指头在凸起的盲文上滑过，只用一个食指指尖读，其余指头向上抬起一点，手的姿态很温柔，好像他摸的是情人的头发。

我看得过于肆无忌惮。接下来无比尴尬的一幕发生了，那人突然侧过头，莞尔一笑："我能看得见，不是盲人。"

我只觉整块头盖骨轰然飞起，张开嘴，先是说不出话，接着又只能一连串说："对不起，对不起对不起，实在对不起……"

那人的目光仿佛在看我，又仿佛停在我脑后某处，看着那块飘在空中的颅骨，他说："不要紧，我猜你是过来想给我讲解，对吗？"

我心生感激，但还是决定不要这个善意的台阶，诚实一点，"不是，我是出于好奇，确实不礼貌，不过你需要讲解吗？我愿意把所有东西给你讲一遍。我还挺擅长描述东西。"

那少年笑了，"谢谢。其实上个月我来过一次，发现讲解手册没有盲文版。我虽然不盲，但有几个朋友是盲人。我回去之后给这里的人打电话，他们保证说马上制作盲文版。这次再来，是为了检查他们是不是敷衍我。"

他拿起膝上的小册子,像举起一面旗帜似的挥动。我说:"原来这是你督促他们做的。真了不起。"

那少年怡然微笑,表示领受夸赞。

我说:"其实我也是第二次来。啊,有件很奇怪的事,上次,就在咱们现在这个位置(我用脚尖踏地,发出咚咚声),我明明记得摆的是一座雕像,名字叫……"

那少年接口道:"《与狮鹫搏斗的人》,是不是?"

"对!对对!没错!"我差点尖叫起来,手捂住胸口,"是的,就是它。上次我最喜欢的就是它,我觉得它虽然残缺不全,但还是美得……美得要命,是我见过最有力量、最动人的雕像。我让我的朋友来看,可他来过之后,说他没看到那雕像。刚才我问安保员,他也说根本没那样东西。要不是你,我都怀疑自己脑袋生病,产生幻觉了。"

说到这里,我不由自主做了个傻乎乎的动作,伸手去碰他的轮椅——其实我更想碰一下他的身子,以确认这个人真实存在,而不是……

那少年淡淡一笑,"我不是幻觉,也不是全息投影,是真的。"

我再次窘得浑身皮肤发紧。他以沉静的声调说:"那座雕像也是真的,不是幻觉。你肯定知道,石器、石雕、化石、岩矿标本这些物品,有严格的保存条件,温度控制在20℃,湿度在40%—50%之间。结果上月有几个展柜的温湿度控制出了故障，导致物品受损，主办方很不高兴，把那几样东西撤回，重新修复去了。《与狮鹫搏斗的青年》就是其中之一，其实你再多看一遍，会发现不光那座雕像，还有一把青铜手术刀、一个躺椅构件也消失了。"

他解释得合情合理，我的心终于舒展开，余光里看到那个背着手的安保员，问："那为什么安保员也说没见过雕像？"

"他骗了你。"

"为什么？"

"因为这是博物馆工作人员失职造成的，他们当然不愿承认。他的上司和他们都认为，矢口否认比费力解释更好。"

他轻声说话时，我得以光明正大地凝视他的脸。那面貌有一种奇特的矛盾，诚然他头发浓密，脸颊洁净光滑，嘴角也紧绷绷的，但目光和神情偶尔一闪，让他显得既年轻又苍老。

展厅里空荡荡的，没有别的访客，我走在轮椅旁边，我们边走边聊，把展览又逛了一遍。感觉过了很久，又并没过多久……他跟我道歉："对不起，我得走了。"我发现他半垂着头，面色似有异样，心想他毕竟跟健康人不同，身上带着隐疾也说不定，问："你是不是不舒服？"

他调转眼珠，薄雾似的目光投过来，鼻尖耸动，好像要用视觉嗅觉一起估量眼前这人能否与闻机密，随后说："不是。这个馆的卫生间没有残障人士设备，上次我就吃了点苦头。"

我脱口道:"我帮你。"话一出口,知道大大不妥,颅骨又往上蹿了半寸,再次连声说,"对不起对不起……"

那少年又笑,这次笑得比之前大一些,嘴唇一裂,里面倏地闪起雪白牙齿的光,我心中掠过荒谬的想法,好像在哪见过这一幕,或是读什么诗歌时脑中想象过——你的牙齿如新剪毛的一群母羊,洗净上来,个个都有双生,没有一只丧掉子的……同时心里还有一点莫名的放心,牙齿最能暴露人的生活状况,他的牙整齐漂亮,说明生活条件不坏,能让他得到好的照料。

他说:"你已经帮我很多了,你都不知道你帮了我多少。我能坚持回去,今天为了来这里,我特地从早起就没吃东西,没喝水。卫生间的事我也投诉了,不过那个不像盲文手册那么好办,过段时间我再来,看他们改造了没有。"他抿嘴微笑,两眉往上一纵,操纵轮椅,掉转方向,朝展厅门滑去,我在一边跟着。

走到电梯口等电梯时,他像忽然想起来似的,从膝头拿起册子递给我,"能不能帮我放回架子上?谢谢。"我当然说:"好。"

我小跑着回去,把盲文册插回在展厅门口的架子上,心里升起一丝预感,赶快回头,果然,那少年不见了,铁青的电梯门正合拢最后一道缝隙。

他先走了。

如果我飞快跑下楼梯，绕到电梯口……

那也许能截住他。

但我拼命克制那种冲动，命令自己站在原地，站得像一座雕像。

我甚至屏息了一阵，生怕呼吸产生的震荡也会动摇意志，直到估算时间，他的轮椅已经开出博物馆，再也无法追寻，我才放松下来，拖着脚走向电梯。

那时我太年轻，脸皮太薄，给自己定了很多严苛的行为准则，尊严脆弱得像一只薄胎瓷器。我认为既然他不愿跟我同行，不想再多交流，我就不能死皮赖脸地跟过去，免得自取其辱。

自从那次关于沉船物品产生分歧之后，我和笑颈的关系慢慢冷下来。连续两次他约我一起看画展，我都推掉了。推掉的原因，一是忽然觉得不需要"展友"了，二是我只要有时间出门就跑到那个博物馆去，盼望幸运再降临一次。

又过了三个月，到了笑颈生日的时候，我在书店选了一盒印得很精致的歌川广重画片，写上"祝生日快乐"寄给他，他打了个短短的电话道谢，但两个月后我的生日，他没有回赠礼物，也没再约我去看展览。等我到外地读大学，我跟他就彻底断了联系，那是我第一次知道，人和人之间的关系会溃于如此微小的不和谐。

2

我一开始读的是社会学系，趁爸妈打离婚官司如火如荼，没空管我，点灯熬油地考了文物与博物馆学的研究生。这门学科的耶路撒冷在意大利，所以我去了意大利。罗马不仅是世界中心，也是修复科学的中心。

由于早早开始生产艺术，到十四世纪他们已经有了一堆老宝贝需要修复。一五〇六年人们从旧皇宫的泥土里挖出拉奥孔、大蛇和他的儿子，父子三人总计丢了两条胳膊、一只手，教皇请米开朗琪罗来修。老米对此非常谨慎，只画了一幅素描图，就放弃了，谦恭地说不敢随意动它。修复术很快成为一门稳健、蓬勃发展的科学。十七世纪的修复者们已懂得坚守可逆性原则，卡罗·马拉塔负责修复梵蒂冈法路奈吉那回廊时，给每一笔都做了记录。有些损坏来自天灾，一九九七年小城阿西西发生地震，圣方济教堂里二百平方米的壁画被震毁，墙上八位圣人坠地，跌得粉碎，人们收集起十二万块碎片，用五年时间拼了回去。到了当代，意大利人依然是最重视这件事的国家，他们为此颁布宪章，还有一支文物宪兵队，给文物修复捐钱的公司能减税免税。

我在中央修复高等研究院学了五年。这专业有几种方向可以选，石材、服装、纸制品、乐器等，我当然选了"石材"，除了考古史中世纪史拜占庭史还要学化学、物理、冶金学、矿物学，听教授讲岩石的劣化机理。成为注册文物修复师之后，我进入研究院下设的工作室，从此过上梦寐以求的跟雕像日夜相对的生活。

我们的工作间像手术室，也像化学实验室，X光机、试剂、显微镜、手术刀，还有脚手架、起重架、高压蒸汽机、钻床、抛光轮……

移动一座雕像，可能比移动一个伤员还费事，要先给它定制一个铁架，捆扎固定，挪到运送车上，车低速行驶期间，还要用声学方法探测道路，监控可能出现的颠簸。运进工作间，如果雕像高大，要搭脚手架。用喷雾软化尘垢，一块块初步清洗，再喷一遍表面活性剂，用小刷子、棉签把每条皱褶里，碎屑和污垢弄干净。但铜雕的锈迹不能完全除掉，要通过试剂确定哪些是有害锈，哪些不会恶化，就要保留，不能让雕像紧绷闪亮得像明星打完针的苹果肌。手术刀是用来除掉上次修复痕迹的，绝大部分修复都不是第一次，当然也肯定不是最后一次。钻床也很常用，一些大手术要用它切割合金短棒、打孔，填上环氧树脂胶，实现断肢再植。

在我进工作室那星期，有一组同事刚好完成了一项长达十年的任务。一座皇帝骑马的铜像"康复出院"，他们开了个盛大的派对，给皇帝和马做了立牌，印了大头照贴满墙，上面涂鸦"再见！等我回来"。修复永远没有最后一次，未来总会有更好的技术和材料，把时间造成的伤害一次次疗治得更好……这简直像爱的隐喻了。

修复术是面向艺术品的医学。有些修复师会爱上他经手的雕像，这一点不奇怪，简直太合理了。整天跟那栩栩如生的胴体厮混，伏在青铜和大理石的腿、胸脯、腹股沟上，注视那些俊美的五官，付出无尽耐心和温柔，夜以继日，很快你会相信他们是被咒语变成这样，在石头金属的皮肤之下，有一个跟我们同样的灵魂。那些小心翼翼的触碰和全神贯注，跟爱共享一副面孔。

有的同事给"自己的"雕像取昵称，等"小胖""无腿""俏臀"被送回去展出，他们会定期探望。有些修复后的雕像因不适合再展出，运入库房收藏，那便是天人永隔。

一个女同事半开玩笑地称她的雕像为男友，"我的17号难道不是更美、更忠诚、更持久？"

我问："持久是什么意思？"

她说："只要我在他身边，他就总是硬的，永远不会软。"

我交往过几任男友。那几人的嗜好、交往时的窘事，比如接吻时我被对方唾沫呛得咳嗽出来等等，我都能毫无心理压力地讲给亲密友人。但我没跟任何人分享那件事。

迢遥时间中，坐轮椅的少年模糊得像远古岩壁上徒具人形的画。我不止一次擎起火炬，穿过长长的漆黑洞穴，回去看他，看着自己在电梯前转身走开的那个时刻，不止一次地后悔，当时为什么不追下去。

那处悔恨从未消肿，我甚至能隔着衣服摸到它。

还有更可怕的想法：也许他病情恶化，僵卧在床，忍受褥疮的疼痛，等着被人翻身；也许他已不在人世。

有时我跟自己说，对爱和陪伴的需求，是虚构出来的。要努力克服。某年跨年夜，朋友带我去看一个乐队演出，他们唱弗洛伊德的《我多希望你在这里》："How I wish you were here.（我多么希望你在这里。）We're just two lost souls swimming in a fish bowl...（我们只是两个游弋在鱼缸中走失的灵魂……）"人们欢呼着倒数计时，情侣们目光盯紧对方嘴唇，好比枪口瞄准靶子。我问自己，你希望在这里的是谁？答，是那个人。每个许愿的机会，我都留给他。我想要再见到他。

进研究所的第三个夏天，我被派去修复一座十八世纪的酒神雕像。博物馆的要求是一边修复，一边展出。他们在展厅里造了一个特大玻璃柜，把工具搬进去，我就在里面干活。我也成了展品，游客观赏我骑在酒神大腿上，用软毛刷子蘸药液，涂抹肋间肌。人们看他，但更多人看我。

开始几天，我觉得很难受，虽然玻璃门一关，声音能隔绝大半，但那些审视的目光像一刻不停的噪声，吵得人心乱。后来同事跟我说："你就当柜子外面那些人是雕塑，是用肉做材料、骨头和肌腱当楔子的雕塑。他们会动，是因为透明的修复师要用透明的四轮车，把他们运到不同房间去。"

她真是个天才。从那天起，我彻底坦然了，旁若无人地享受我跟狄俄尼索斯的二人世界。这位酒神是十八九岁少年的样子，一脸憨稚婉娈，没有胡须，鼻梁细长，薄唇张开，神情像刚喝了口酒，正琢磨味道，又像聆听身边竖笛的笛声。

他斜倚长榻，一堆石头布料垫在腰臀底下，堆出极美的褶皱，令他仿佛坐在云层或水流中。那具大理石身体上，处处是千篇一律的美妙线条，头戴一圈叶冠，葡萄果实一串串压在双鬓处，头发打着卷，从颈后垂到带裂缝的胸膛，右手握杯，左胳膊举起，腕子上只有一个平面，左手缺失了。

我用一管唇膏大小的黑光灯扫一遍表面，寻找瑕疵和裂缝，记录下来，然后一一处理。第十二天，我已经进展到了腹股沟的"阿波罗腰带"部分。早晨九点开馆，最先来的是一个夏令营队伍，八九岁的男孩女孩，个个目如晨星，仰头看着我，戳戳指指，那小面颊的完美弧线足能愧死贝尼尼，然后是一群外地游客，全家人穿着花衬衣、渔夫帽、帆布鞋，显然看完博物馆下一站是海边，每张脸上都洋溢快走完这一站的急切。接下来……

碗里的表活剂没了，得再用水调一些，橡胶手套闷得出汗，直打滑，我脱掉手套，抽了张绵纸，放在两掌中间搓，让它吸汗。外面有一副目光，在玻璃板一米外专注凝望，正如这七天来几千双眼睛。那是个青年，穿一身象牙色西服，右手撑着一根手杖。

我随意一眼扫过去。忽然头皮一麻，打个寒噤。身体里神秘的某一部分，比脑中的人脸识别更快认出来，不是某个他，是"他"。我甚至没有第一时间发现他站着，不坐轮椅。一切外表改变，对那个确凿的内核来说，都微不足道。

我听不见，也看不清，昏沉沉地张开嘴，一种比理智更强劲的力量，把一声大叫从嘴里扔出去，像投枪掷向目标。但传出去的声音太微弱，那人见我瞪他、嘴巴开合，困惑地微微一笑。

不会错了，那个笑刺穿了折叠起来的两处时空。我扔下手里东西，又嚷了一声。

他误以为我不喜欢被近距离审视，笑里有了歉意，用右手的手杖辅助着，退出几步，要转身离开。这次我掷出的投枪是自己。我迈着梦里演习过的大步，冲刺，冲过去。

一声巨响，一阵噼里啪啦声中，我跟千万块碎玻璃一起掉在地板上。

该死，我忘了，我这个展品跟游客之间不止有空气。这部分梦里可没有。

真是个大场面。远远响起各种语言的惊呼。酒神在身后不动声色地看着，我像鱼缸里蹦出来的鱼一样趴在地上。他人呢？我双手撑地坐起来，腿上手上都扎了玻璃碴，如在荆棘丛中。他人呢？

"女士，你还好吗？"听到那个声音，我一下清醒了，喘气也匀了。咯吱咯吱，他踏着碎片，穿过漫长漆黑的洞穴，微跛着走过来，伸手扶我。

我打量他，他是不是烟雾凝结出的幻象，随时会消散？我问："你记得我吗？"他愕然。血穿过眉毛，滴在眼皮上。他替我"嘶"了一声，抽出口袋巾，按住那道口子。

阴影和嘈杂的声音围上来。沉重皮靴咚咚砸地，大胡子安保员跑进展厅的门，大声说："让开，大家都散开。"

我捂着脑门，说出那个城市和博物馆的名字，"九年前你去看那馆里一个展览我跟你在展厅聊了七十五分钟那时你坐轮椅……"

他眼中一闪，"哦，是'忒亚号'沉船物品展，我记得了。展品里有一件三世纪的天体计算仪。"

虽然疼得要死，我还是笑出了声。急救人员来了，有人扒开眼皮，拿小电筒往里照，说："不排除有轻微脑震荡，得入院检查。"

我一把揪住他的手杖端头，"这位先生跟我一起走。"

3

救护车驶过街道，驶过十九世纪的老桥。我坐在淡蓝色一次性无菌垫单上，擎着两只镶满玻璃的红手，像酒神坐在云端。最擅弹琴的俄耳甫斯，也奏不出此刻我耳中狂喜的音乐。酒呢？酒也有，急救人员看一眼他，看一眼我，用酒精棉给我卸掉血痂睫毛膏。

我总算能看清了，跟九年前相比，他脸形稍有变化，双颊轻微塌陷，带镶边的杏核形眼眶里，目光跟我记忆中一样明亮，柔和。我说："我叫金。"他说："我记得你。你好，我叫伽拉。"继而微笑，"不是幻觉，也不是全息投影，是真的。"

这是当年他说过的话，说明他真的想起来了。我说："太好了，你能站起来了……你一定得留个电话给我，因为……因为我得把口袋巾洗干净还给你。"

护士在急诊室里修复了表皮破损，又把我推去，做头部扫描。我以为医生会在屏幕上看见十个庆典合唱团、五十辆嘉年华游行花车，因为他们明明就在我脑袋里唱啊跳啊……没扫出来？可悲的现代科技！

伤口好得差不多之后，我约他吃晚饭。服务生送菜单上来，我问："你们有电梯吗？"伽拉笑了。他说："放心，这次我不会提前离开。"

他讲工作：他受雇于一个基金会，为博物馆展品做立体复制品，并致力于把这个服务推广到其他场馆，有了复制品，盲人参观者就不用仅靠讲解想象艺术品的样子，他们可以亲手触摸圣特蕾莎的脸，用手指摸出她沉迷恍惚、爱欲萌发的表情①，也可以摸出凡·高夜空里曲线，是怎样盘旋、纠缠……

从少年到成年，他一直在为同一件事而努力，我由衷地说："真了不起。"

吃点心的时候，我终于问出来："那天你为什么没等我，自己搭电梯走了？"

他眨眨眼，"我有不得不走的理由。以后会告诉你。"

以后，他认为还有以后。啊。我的合唱团集体飙了个高音。

我又问："你记不记得那座雕像？沉船'忒亚号'上的。"

他立即说："记得，《与狮鹫搏斗的青年》。"

我说："那座雕像，后来我再没见过，也没在任何馆藏目录里见过。"

"我也没有。有可能被某个小博物馆买去收藏了，没有公开发布目录，也有可能他们用船运送它过海，再次触礁或是遇到风暴，船又沉了，那雕像回到海底去了……"

他隔一个餐桌看着我，就像隔着一座海。

博物馆重做一个玻璃展柜要半个月，我获得了一段意外

---

① 《圣特蕾莎的沉迷》，是十七世纪意大利著名雕塑家贝尔尼尼于一六四五年创作的雕像，描绘了修女圣特蕾莎通灵时奇异而神秘的瞬间，现存放于罗马圣马利亚·德拉·维多利亚教堂的一间小礼拜堂。

的假期。我邀请他到我的工作室参观。墙上钉着一块双人床大的黑绒布，衬托着前面《取胜的角斗士》大理石立像。一座圣母马利亚的铜像躺在特制的木条架子里，等待清洗。一块亚麻布上放着即将修复完成的布鲁图斯半身胸像，已经用抛光轮磋磨过，只差再打一层晶体蜡。伽拉说："这当然不是原件……不是吧？"我说："是十八世纪雅克·帕如的复制品。"他凑近了欣赏鼻翼旁一条细小、精妙的肌肉，叹道："复制品也够美了，是不是不在馆里？"我点头："对，是私人藏品。"

他点头，踱来踱去，眼中闪耀奇特的光。看完所有角落、所有工具，他在最大的工作台前停下来，双手交叠按在杖头上，凝目不动。台面铺着防水布，摆开两个雕像的大大小小几百块碎片，那是两个月前一间修道院送来的，夏夜的雷雨天，雷击中花园里一座圣徒石像，它倒下来，又砸塌了旁边另一位圣徒——好像神觉得他俩生前苦修还不够，成了雕像也得再受点罪——两位就像遭分尸的受害者，尸块送到了法医面前。

我拧开固定在桌角的照明灯，站到他身边，跟他一起看，也看他。每块碎片编了号，有一些已经拼到一起，凑成一个膝关节，半个肩膀，一块两个头颅，一个缺了太阳穴，一个没了下巴颏。他"嘶"了一声："这么难的拼图。"沉思一阵，他伸手指向一块杏子大小的石块，又指向年轻无须的头颅，"我认为这块是他的脚掌，是踇趾后面那块踇长屈肌。"

我有点惊诧，他笑着解释："我做了几年复健，每天研究腿脚上这些肌肉。"

我装作刚想起来一样，说："哎，你要不要到我们这里工作？"他缓缓环顾四周，半晌摇头，"谢谢。不。"

"不"的理由，几天后他才告诉我。他到博尔盖塞美术馆办事，我坐在湖边等他，喂鸭子和鸽子。远处的柑橘树夹道上，他撑着手杖，微跛着走过来，像个穿牛仔裤的拜伦。

我们租了条木船，他把白衬衣袖子卷到手肘上，握着桨，一探一回地划动，船走起来，我们乘着熨斗，在绿绸缎床单上滑行。

一棵鹅耳枥以纳西索斯的姿势探向水面，船从树荫下过，光和阴影在他脸上忽明忽暗地流动。他说："我早年考虑过做修复师，但看着那些雕像总觉得有点难过，好像裂开、破损的是我的身体。"

我点头表示明白。湖中心矗立着一座小型神庙，以爱奥尼克柱支撑，柱廊上有三角形檐墙，庙中的雕像须发卷曲，长袍系在粗壮的腰间，手持有巨蛇盘缠的手杖，那是希腊神话中的医神埃斯库拉庇乌斯。

在离神庙最近的地方，他暂停划桨。我仰望神像，沉默了几秒。他说："想跟神许愿？那得献上祭品，白公牛、黑母羊什么的。"

我伸手往包里摸摸，找到一根香蕉，悠然道："牛羊那是宙斯喜欢的东西。医神心眼好，不会挑剔祭品，我觉得送点果实、谷物、花环就行。"

他也掏摸一阵，从裤袋里找到一条燕麦能量棒，递给我，"好，现在果实和谷物都有了，说说看，你想跟神要什么？"

我望着他，脱口而出："愿医神保佑你的健康。"这些年所有许愿时刻，我都会加上这句。他张开嘴，嘴唇停在"谢"字的姿势上，却没出声。

……糟糕，我暴露了。他看出那种真挚不能仅用一个谢谢来回应。我得分裂出另一个我按住我，才能不跳进湖里逃走。

太可怕了，我正置身命运最狭窄的坑道，灵魂里所有易燃物都堆在眼前。光把燃烧的箭射向湖水，那翡翠的堡垒颤抖，簸荡，又努力抚平自己。

我低下头，水面映出一切，洞悉一切。水里的白衣人说："轮到我了。我愿风神诺托斯吹来一片树叶，落在你头顶。"

"为什么？"

"那时我会说，来，我替你把树叶拿下来。然后我就可以抚摸你的头发……"他向我一笑，阳光在眼皮上闪动，那双眼像阿基米德的镜子，点燃我的船帆、我所有的矿藏。空气里弥漫熊熊燃烧的味道。

"这点小事我自己来，不用麻烦神。"我边说边从船底捡一片落叶，搁在头上。

他一条眉毛飞起，久久扬着不放，直到确定，才朝我靠近，缓缓伸过手，拂掉那片叶子，小声感叹道："赫柏和雅典娜，也没有这么美的头发。"

后面的话我不记得了，也没听清。我的头颅像等候多时的果实，沉甸甸地落入他手里。他的手落在我头发上，沿颅骨的弧线滑动。他只用一个食指指尖，其余指头略微抬起，像要读出头发上的盲文。

医神埃斯库拉庇乌斯高高望下来，那两个刚才商量祭神的人，此刻却把虔诚献给同为凡人的对方。他的石头面容上，流露出怜悯与宽仁。

后来他几个手指捻动一束发绺，那咝咝声响在我耳边。随后几天，无论在地铁还是街道中心，站在马路上或是灰色人行道，我总能听见那咝咝声。

4

八月来了，像个从远方赶来赴宴的人。朝霞妙不可言，两千年前某个色雷斯角斗士早起训练，看到的也是这块天空，这样的天色。我每天醒来时，胸中都会涌起狂喜，一想到竟不必带着悬念到死，倍感心有余悸。

八月十五日，圣母升天节，我看到了他的手术疤痕，在工作室地板上。夏季正值中途，明亮炎热，云在天空里高高堆起，犹如亚伯为庆典准备的羊毛祭品。人们都去过节了，追随喧哗，去酒神统治的地方，这座建于两百年前的房子静得像个尽头。

我把墙上那块黑绒布扯下来，铺在地上，一人一个靠枕，跟希腊人似的斜倚着聊天，吃葡萄。葡萄是他的盲人同事亲手种的，颗粒小，非常甜。雕像们远远近近地站着，像知趣的侍童。

后来我说："让我看看。"他就缓缓脱掉衬衣，接着是长裤，灰色平脚内裤，整个身体袒露出来：胸脯，腹部，腰，胯下。

房间瞬间被一种私密的、葡萄汁液似的清甜气息充满了。他在纯黑色里趴下，我看见沿脊梁有两条长长的伤疤，陷进肉里，好像那儿曾经摔裂了，再拼接起来。

他回手点着说："打了六颗钉子，这儿，还有这儿。左边那个小疤？哦，那里插过导血管。"

我说："能让你站起来，这医生真了不起，我赞美他。不过要让专业修复师来看，还该用修复颜料上色，再拿抛光轮磨一磨。"

他笑道："不对，修复原则是要留一些破败痕迹的。"

我闭上眼，双手在空中瞎划拉，"尊敬的先生，可否让我这个失明人用手参观贵馆的展品？"

"好。尊敬的女士，您是怎么失明的？"

"欲望。欲望让我昏天黑地。"

我听见笑声。我的手降落，像盲琴师抚上琴弦，顺着弦滑动、摸索，去找第一个音该升起的地方。他的皮肤有点冷，大概是发烧肌体和大理石的中间值。皮下隆起的肌肉规模中等，但形状清秀，不是米开朗琪罗的石头大卫，是多纳泰罗的青铜大卫。我的手滑下肩膀的缓坡，进入肩胛间的谷地，在柔软的黏土表面印满手纹。谷地之外，我碰到了一条伤疤的端头。

它像盲文一样凸起。疤痕处的皮肉比别的皮肤敏感，我摸的时候，他动了一下。手看到的，跟眼睛看到的不完全一样，因为触觉离爱更近。十个指头上的神经，是直通心脏的热线，现在每条热线都被打得发烫。

而嘴唇看到的，又是全然不同的东西。

我像猫喝牛奶似的俯下身，用嘴唇完成抛光和打蜡。我尝到来自午餐罗勒酱里的盐，那盐分如今析出毛孔，又回到我口中。我尝到数年前手术刀锋的冰冷、医用碘酊的辛辣、可吸收缝线的酸涩，尝到薄荷味的缓解疼痛的药膏、理疗师带油脂香气的宽大手掌，以及无数已错失的、我宁愿用一只手一条腿去换取在场资格的那些时刻……直到他翻过身来。

"金，睁开眼睛。"白昼最后的光线里，他的脸成了银灰色。他低声说："谢谢你看到我。"

多年后我已明白那一句的深意，而在那个傍晚，我认为"看到"是指玻璃笼里的我从游客群里认出他。

我们朝对方靠近，直到近得不能再近，还嫌不够，想从表皮下冲出去，挤进对方皮肤里。

我铺平自己，他挪动肢体，慢慢覆盖上来，就是让人在冬夜感觉最舒服的毯子的重量，再重一点便成负担，再轻一点又不够有安全感。我低声问这样是否会不舒服，他摇头。眼眶的柔和曲线之下，两道门无声打开，光仿佛是从门后深邃的宫殿里来的，在那里，永生不老的神祇守卫一口泉，泉眼里喷涌出让人饮而忘忧的酒。

所以我喝了又喝。他的丝绒酒杯湿漉漉，甜酒加热到刚刚好。舌头如匙，轻轻搅拌。权杖交到了国王手中，钥匙认出它的锁孔。我扬起四肢，像戒指托固定钻石，即使狂欢造成开裂，我也能及时把他箍在一起。

不过他比预料中更温柔，也更有力。滚烫的长钉一寸寸揳进来，刺穿我，把我们钉合在一起，共享同一种颠簸与战栗的频率。

我从未感觉如此完整，比完整更完整。两个形状完全不同的生命，却能紧密地拼合，这简直是魔法和赐福。我需要发明一门新语言，才能形容那种感觉。

然而在小小的死亡里，恐惧也来了。我怕某天犯了不自知的错，就要失去一切。那一刻我想让体内所有水分变成胶水，把钉子永远固定住，如伊甸园的果核永远含在果肉里，永无离析，永不腐坏。

后来他起身去倒水喝。我抬头看了看钟,默背时间。将来掌管时间机器的人问我想回到什么时候,我就会说出这一刻。

他回来挨着我躺下。我瞧着他,他青白如石雕,有些部分是萤石,有些部分是方解石,窗外路灯光照进来,给身体镀了金箔,让他像个真正的快乐王子。

夜晚的头颅沉重地垂下,倚在海面上,黑发披散。安宁慢慢滴落,像葡萄糖水注进城市的静脉,所有疲乏都能因之复原。一滴,一滴,一滴,直到我们在甜水水底睡去。闪闪发光,他跟我挨碰着的肌肤闪闪发光。

5

博物馆的玻璃笼修好了,我回去干活,继续为酒神服役。每晚闭馆时,伽拉来接我,一起吃饭。饭后找一家露天屋顶酒吧,喝酒,吃冰激凌。

最常去的一家在西班牙阶梯附近,调酒师是锡耶纳人,圆鼻头,薄嘴唇,胡须头发给脸镶了个方框,我们第一次见到他,就忍不住以闪烁的目光互打眼色。等那人离开,我抢先说:"卡拉卡拉。"他低声道:"是,简直跟那位皇帝的胸像一模一样。国家博物馆该查查雕像还在不在馆里。"

后来每当我们想去喝那家的酒,就说:"今晚去卡拉卡拉家吧。"

那酒吧的椅子不是当代样式，是文艺复兴时期流行的但丁椅，椅腿交叉成前后两个"×"，他白衣白裤地坐在上面，手杖靠在一边，犹如年轻的执政官。

夜深了，木桌底下，我们把鞋子踢到一边，两个脚踝相贴，继而赤足相叠，足心那一小块是温热的，皮肤来回摩擦，发出轻微的沙沙声。无论周围多嘈杂，我都能听到那声音。

偶尔我又开脚趾，夹住他的跟腱上下滑着玩，他说："小心，那里修补过一次，不结实……"

周末我们坐两个多小时火车，到维罗纳去看歌剧节，演出在一世纪建造的阿莱纳剧场举行。

开演时，人们举起领座员发的、插在纸卡里的手持蜡烛，烛光一朵一朵，如灵魂被音乐点燃。

男高音演唱《爱情灵药》里的咏叹调：

> 她爱我，是的，我看到了，我看到了，
> 感受到她的心一瞬间的跳动，
> 我的叹息混合她的叹息，
> 天啊，我愿一死，别无所求……

那段时间隔壁工作室迎来一批新患者，我是说，新雕像。七座石雕，个个残缺不全，有的少腿，有的缺鼻子。有几座损毁严重，碎块乱糟糟堆在一起。考古现场的摄影师给荒草中的石雕拍了照，照片极具美感，我请同事把图传过来，印了一份当装饰画贴在公寓墙上。

厨房里飘出牛奶香气，伽拉不嫌麻烦地做"杰拉朵"（Gelato），用的是十六世纪美第奇家族招待西班牙国王的做法。

他用小锅加热淡奶油和牛奶，把打碎的杧果泥倒进去，慢慢搅拌。我过来巡视一番，十分满意，赞道："尼禄为了一碗浆果冰激凌，不惜让人爬阿尔卑斯山取雪，你要是把这玩意儿献给他，他绝对会抛弃彼特罗纽斯，让你做他的第一宠臣。"

"我才不给尼禄做冰激凌。我已经有我的国王了。"他转头看一眼我贴的图，"有一张贴歪了……不是那个面包师傅，是那个没鼻子的石匠。"

我指向一张，"这个？你怎么确定这个是面包师，那个是石匠？"

他悠然道："因为我知道这些人的来历，他们都是同一国里的公民，那个国家……"

那个国家的故事，就像大部分故事一样，发生在很久以前，国王和王后一直没孩子，他们找到一位女巫，酬以重金，求她想想办法，女巫指点王后在满月的午夜到一座神庙去，神庙里有一座男孩石雕，她要王后在月光照到石雕头顶时，把它浑身每个地方都抚摸一遍，然后把它脚下砖缝里长出的一束草带回去，煮汤喝下。

王后照办了，不过她身材有点胖，弯腰吃力，只草草摸了雕像的下身，少摸了一只脚，就气喘吁吁地直起身来，拔下那束草，回宫去煮汤。

十个月之后，她分娩了，负责助产的贵妇战战兢兢地把婴儿放到国王怀中，那父亲脸上的欣喜还没完全绽开，就僵住了，孩子只有一只右脚，左边半条小腿以下，什么也没有。

第二天，国王下令：全境所有公民都要舍弃身体的一部分，把自己弄成残缺的人。国王自己割下左边耳朵的耳垂，王后切掉了双脚的小拇指，她对丈夫说，这下也好，我可以穿上更尖的高跟鞋了。

首相大人则削去了他那著名的鹰钩鼻的鼻尖，这残缺明晃晃地摆在脸上，足以为民众做表率。

人们在指定诊所外排起长长的队伍，让医生为他们做切割手术。很多人选择了王后的选择，切下一个小脚趾，这是最不妨碍容貌的残缺。

手术完毕，鉴残官员当场把截下的部分扔进铜盆里烧掉，确保该人不会再找个诊所偷偷把脚趾缝回去，并检查伤口、鉴定无误，就会发放一个"残缺证"。

如果没有这个证件，哪也去不了，什么也做不成，面包坊不许卖面包给没有残缺证的人，旅馆也不能擅自接待无证者，否则面包师傅、旅馆老板就要被押去接受惩罚性质的残体手术，先抽签，抽到"鼻子"切一块鼻子，抽到"手"剁一只手。

当然，一切规则都留有余地，只要给监督抽签的人悄悄送点钱，他就会帮你在木签子上做个记号，保证你抽到"脚趾""耳垂"这样最轻的手术。

反过来，也有心眼坏的人给做木签的人送钱，是为了让他所忌恨的人抽签时，抽到"胳膊""腿"。

在首相的建议下，每个自觉去做残体手术的人，奖励一枚金币和一只母鸡。于是，还没等王子满月，这个国家里就再没有完整的人了。

王宫里的人残损得比外面更厉害，因为国王喜欢那些能把王子衬托得更"健全"的人。服侍王子的侍从里，有人缺一整条胳膊（他缺的是左臂，跟另一位缺右臂的一起干活），有人缺一整条腿（国王赏了他一条青铜铸的腿，他送回老家挂在家里墙壁上）。

这些人"好看"归好看，做事毕竟效率低，油炸孔雀、烤小猪这样沉重的大菜，靠一只手没法端，所以在御厨房、御马厩正经干活的人们，是只缺一根手指、一个耳垂的"正常残缺人"……

我第一次听到这故事，听得哈哈大笑。"这么说，咱们发掘出的缺胳膊少腿的雕像，其实是那个国家人民的真实面貌？"

伽拉怡然道："是的。"

我随手往照片里一指，"那位右手举短剑、左胳膊只剩半截的大胡子武士是谁？"

  哦，那是赫赫有名的"无畏者"马库斯。他十岁时，父母听说王宫里喜欢用残缺人，就求医生从肘部切掉儿子的左手，等伤口痊愈，找门路、托关系，送到宫中打杂。后来马库斯因机智敏捷，强壮过人，被选拔出来，送到专门的武士学校修习。

  单手一点不影响揍人，毕业时他拿了全校第一。再后来他成了王宫卫队队长，再再后来他参军入伍，从骑兵队长升到百夫长，再一直升到军团长，骁勇善战，这座雕像记录的就是马库斯在战斗中的英姿。

这故事可以一直讲下去，每当我们看到残缺的雕像，就给它在残缺国里安排一个职位，一段历史，渐渐国家里有了将军、猎人、女祭司、哲学家、吟游歌手、铸甲工匠……

有时我们回到他租的公寓，古老的庭院，门扇高大厚重，外墙刷成淡淡水仙黄,院里栽种柑橘树、三角梅。他住二楼一个房间,三面带窗,家具很少:老式四柱床、工作桌、沙发、书架。地上和架子上放着他收集的雕像复制品,大一点的,韦罗基奥的《抱海豚天使》跟真品一样高,最小的圣母院三头狗能放进核桃壳。

我们坐在小阳台,喝水果味的便宜起泡酒,吃外卖比萨。黄昏织满红雀的翅膀,云和大地之间,闪耀无穷光彩,教堂尖顶、楼房把天幕的底端固定住。人间的灯光亮起,建筑都像黄金与蜂蜜铸造成的,天色慢慢加深,直到变成一种深邃、纯净的幽蓝色,犹如一件质地极好的晚礼服,衬起一串串珠宝。

他走进浴室,再出来,清爽地躺下去,像一枚磁石,我所有神经末梢的针尖都指向他的方向。他伸手调暗灯光,秋夜最香甜的部分,在棉布床单上浓郁起来。茵佛岛和湖,子夜与正午,蜂箱,茅屋,九行豆角,林间草地,蟋蟀和帷幕,都在那里。我从未见过有人把爱与美表达得如此动人心弦。①

---

① 叶芝《茵尼斯弗利岛》,此处选用飞白译文:"我就要起身走了,到茵尼斯弗利岛 / 造座小茅屋在那里,枝条编墙糊上泥 / 我要养上一箱蜜蜂,种上九行豆角 / 独住在蜂声嗡嗡的林间草地 / 那儿安宁会降临我,安宁慢慢儿滴下来 / 从晨的面纱滴落到蛐蛐歌唱的地方 / 那儿半夜闪着微光,中午染着紫红光彩 / 而黄昏织满了红雀的翅膀 / 我就要起身走了,因为从早到晚从夜到朝 / 我听得湖水在不断地轻轻拍岸 / 不论我站在马路上还是在灰色人行道 / 总听得它在我心灵深处呼唤。"

那让我在任何其他时间、其他地方，只想起身逃离，一路狂奔回去。

6

然而，即使我认为我跟他已亲密无间，他身上仍偶尔闪现神秘不可解的部分。

有一次在地铁站里，我们遇到了抢劫犯。时间已近午夜，月台上只有我和他等车，一个头发染成红色的高个青年远远走过来，他身穿撕掉袖子的T恤，露出两条用大块肌肉和文身装饰得很豪华的胳膊。

我并没起警惕之心，那人路过我身边，突然伸手来拽我的单肩挎包，理直气壮得就像从衣架上拿自己的外套。

如果他要钱包，或者手机，我就给他了，但背包里有电脑，那里存着多年辛苦拍回来的文物图片，还有没写完的论文，我尖叫一声，死死拉住背包皮带不放，那人扬手给我一拳，我应声倒地，脑袋嗡嗡直响，伽拉大吼一声扑上去。

我从没想到那个温和外表下，有这样勇猛的爆发力。那红发人被闪电般一拳打在脸上，连退几步，捂着脸，露出极惊讶的表情，显然入行以来很少受到抵抗，何况这抵抗来自一个跛子。只听嚓的一声，他手里亮出一把弹簧刀，威胁地朝前一刺，伽拉不退反进，手杖一抡，准确击在持刀的手腕上，刀子被打飞了，落到站台下的轨道里。

那人怪叫一声，挥拳打过来，伽拉晃身躲开，手杖顺势击中对方侧腹部，但吃亏在一条腿不便，发力时站不稳，反被那人一扑，合身倒地，两人在地上翻滚，打成一团。

在最混乱的时候，也能看得出伽拉打得颇有章法。其间有短暂一刻，他甚至占了上风，用膝盖和手肘压制住对方，另一只手挥出漂亮一拳，"砰"地揍在他脸上。

我猛然觉得这一幕很熟悉，在什么梦里见过似的……混战告一段落，红发青年寻到机会，兔子蹬鹰似的双脚一蹬，蹬在伽拉胸腹处，把他蹬到一边，自己一骨碌翻身爬起来，一面骂脏话，一面掉头逃走，跑进月台入口，急促的足音远去。

伽拉喘着气去摸手杖，支撑站起来，手捂肋部，摇摇晃晃。我过来扶他，他端详我的脸，"嘴唇破了，别的地方没事吧？"

我仍因骇惧而颤抖，"没事。下次你不要……万一那人掏出的不是匕首是枪，怎么办？"

他微微一笑，好像淌血的眉脊和颧骨不是他的，"下次的事，下次再说。咱们去趟医院。我的肋骨断了两条，左边第四和第五。别怕，骨头没错位，用胸带包扎固定就行……"隆隆车轮声由远及近，隧道墙壁被车灯照亮，原本要上的那班地铁驶来了。

急诊处医生的诊断："肋骨断了两条，左边第四和第五。骨头没错位，用胸带包扎固定就行了。用不用打石膏、用不用住院？女士，这是轻伤。这几天你抱他记着从背后抱就行了。"

从医院回家的出租车上，我问他什么时候学的打架。他倒是给了个答案，不过我现在不记得了，只记得当时我觉得说服力有点恍惚。另一样让我惊异的，是他对受伤和疼痛的反应，镇定得仿佛那是家常便饭。我在心里试着解释：因为他曾在伤病中度过很多年，挨过很多刀和针线……那点疑惑一闪即没。谁会舍得怀疑一个刚为自己涉险负伤、脸色泛白的骑士？

第二天早起，我照照镜子，这样去伺候酒神，我会像是个被酒神醉后殴打的女奴，遂自拍一张，特意调了调照片颜色，让瘀青和嘴唇上的血口子看起来更鲜艳，然后把图发给博物馆负责人，告诉他昨晚遇上了劫匪。

很快博物馆的女主管打电话过来，反复确认我是被劫匪打了，而不是被家暴。她慰问我的伤势，最后还悄声承诺："你随时可以找我帮忙。"听得我心头温暖。十分钟之后，我就告别了展品身份，办公室主任派另一个同事接手修复工作。

跟同事做完资料交接，她问："有没有什么来自前任的忠告？"

我说："有个秃顶老男人会在每周五下午来，站在最近的地方盯着你一边看一边揉搓他的乳头，我投诉过，但管理员说摸自己的胸不算性骚扰，你记着跟他比中指。地下一层的纪念品商店，可以吃免费曲奇。午休的时候，你去院子里的餐吧，跟咖啡师雅各布提我的名字，他会给你免费做一杯超级棒的手冲——我免费帮他修复了他奶奶留下的圣母像。还有⋯⋯"我指一指脑门上还能看出痕迹的疤，"记住你跟观众之间不只有空气，还有玻璃。"

虽然伽拉说他不用照顾，我还是以此为借口，搬进他的公寓。他遵医嘱平卧休息，躺在沙发上看书，跟我弈棋，用熏火腿下酒。我买来颜料、画笔、画板，画出我想象中的残缺国王后、国王、王子，以及诊所里人们排队做手术的情景。

我们整天待在屋里，杂货店送来面包果酱和油浸蘑菇罐头，花店送来订的百合。我嘴角的瘀痕逐渐散开，变成紫红青黄混杂的一团。朋友们发来的泳池派对邀请、周末的登山野餐会等等，我都推掉了。他说："抱歉，让你陪我一起禁足。你会觉得烦闷吗？我习惯了，但你⋯⋯"

爱一个人要同时爱他的生活方式。我抢着说："怪我，这个怪我，你出生时我就该在产房里。等你开始有了第一架轮椅，我就该推着你去花园，给你讲所有你看不见的东西，陪你在房间里玩乐高。"

他笑道："听起来像《秘密花园》里的玛丽和柯林少

爷……谢谢，可惜我年纪比你大，除非买通时间机器的管理员，否则即使你一剪脐带就狂奔过来，也没机会看我出生。而且比起乐高，我更喜欢拼图，几千块的拼图，越多越好。"

……一些甜美的蠢话，是不是？

我偶然跟一个出版社朋友讲起残缺国的故事，她看了我的画，表示很喜欢，邀请我跟伽拉把它完成，做一本图像小说。

于是我们有了新玩法，他把故事讲下去，由我来配图。有时我也提供灵感，有时他把自己构思的画面讲给我。

他说：

> 王子长大了，长成一个健康活泼的小男孩，有只假脚也不妨碍他一跛一跛地跑来跑去，跟侍童、仆人们捉迷藏。陪他玩的是最不健全的那群人，所以王子每次都赢，倒也不用靠作弊。
>
> 正像国王王后期待的那样，由于从小见到的人都有各种各样的残缺，他以为人都是这样，丝毫不觉得自己有毛病，也不因少一只脚而自卑。当然，没人敢告诉王子这些残缺的来历，否则就会被拉去做切掉脑袋的手术。
>
> 当某件事被严禁谈论，没几年人们就会忘记它的前因后果，只觉得做残缺手术是最正常的事，而且它对身

体大有益处，全国人民都是主动去做的。

王子有一只镶红宝石的金子做的脚，陪父母出席庆典活动时用，一只轻便的胡桃木做的脚，平时练习骑马打猎时用。

到他能读书的时候，国内学者们已经写出一万册著作，论述残缺何以是哲学与美学的最高境界，诗人们创造了一万首诗，赞美身体上各种残缺的疤痕有怎样的诗意，描述美人脱下假肢、戴上假肢的动作如何优雅……

我说："凡是单身的王子，必定需要娶位王妃，这是一条举世公认的真理。那么残缺国的王子在哪遇到心上人？舞会上？御花园？还是博物馆里？"

"是在树林里。"

号角呜呜，人呼犬吠，狗群在马匹旁边跟着跑动，像一小片涌动的带斑点的海洋，猎鹰待在专门的马车里，驯鹰师跟在一旁不时打着呼哨，安抚猎鹰。国王出猎，八岁的王子骑一匹小马，跟在皇家猎手的队伍里。

中午，人们在林中空地搭起营帐，剖开猎获的牡鹿和兔子，把内脏分给猎犬，剥皮，洗净，架在火上烤。王子独自回到自己帐篷里。他在毡毯上坐下，脱掉左脚皮靴，解开小腿上的皮带，卸下木头假肢。

脚咣当落在一边,那一声让他心里舒服了点。假肢和小腿末端之间,垫着一块王后亲手缝的丝绸棉垫,不过皮肉还是磨破了,白绸布上面有斑斑点点的血。

男孩允许自己嘶嘶地小声呻吟一会儿,然后用一条腿站起来,单脚蹦着,跳到帐篷角落里,那里有一口木箱。

他掀开箱盖,准备拿一块备用棉垫,发现备用义肢、备用靴子和手杖之间,亮起一对眼睛。

他没吓得跌倒,也没尖叫,只是把木箱盖推到后面,让它全部敞开,往后跳一步,稳稳地立在一条腿上,说,出来。

钻出来的也是一个孩子,瘦高灵巧,头发比冬天的草地还短,脸脏成一层面具,一对灰绿色眼睛在帐篷的阴影里闪光。王子说,你是谁?在这儿干什么?

孩子大大方方地直视王子,说,昨晚我听继母跟我爸商量今天要把我带到森林深处扔掉,我觉得自己滚蛋比被扔了强,我会逮知更鸟,找甜浆果,给母狗接生,用柳条编马鞭子,还能教会你的鹦鹉说"殿下万岁",而且我吃得比鹦鹉还少,你让我睡在马厩还是厨房都行。

王子静静听着,不置可否,他喜欢那对猫似的眼睛,但出于必要的矜持,他假装犹豫一阵,慢吞吞地问,你的残缺在哪?给我看看。

那孩子脱下裤子,在这里。王子盯着那双腿之间的空白,眼睛和嘴一起圆了。他没注意到大腿旁边攥紧发抖的手。

她说,你那儿有两颗果子,一枚鸟嘴,对不对?瞧,我什么也没有。

她赌这男孩从没见过另一性别的全貌。

她赌赢了。

他凑过去瞧,真诚地说,天哪,你缺了这玩意儿会不会不方便?你闻起来像块面包。为什么你的疤长得……长成了一道缝?他差点说出心里话"长得那么好看",他背过一百首歌颂疤痕之美的诗句,此刻统统涌上心头。

她努力克制慌乱(虽然她只比他大一岁,但在这个年龄段,女孩多一岁能比男孩多出三岁的智慧),他离得太近了,温热的鼻息直吹到那一小块最敏感的皮肤上。她说,如果刚出生就……割掉,就会……长成这样,我能提上裤子了吗?

王子问,你有没有名字?

她想了想,摇头。打昨晚就没有了,我爸既然不要我,那我也不要他取的名字。

他说,好,我给你取个名,叫猫仔吧,我一直想养只猫,可爸妈总也不让。她眼珠一转。叫猫仔不如叫豹仔，豹子能跟你打猎，给你带回猎物。

男孩嘴里念叨"豹仔"，边念边琢磨，她已经以欣然上任的姿态，主动从箱子里拿出新的棉垫和木脚，蹲下身，来，我帮你装上。他只觉两个小手摸在他皮肤上，手指轻盈得像蜻蜓的脚，手心比绸缎还软，他一句话也说不出来了……

日影在地板上无声移动。

我们像是沉浸在荡起涟漪的、熔化的黄金里，在一种丝绸般触感的愉悦的氛围中。花静默地吐出香气。时间踮着伶俐的足尖跑过去。

7

跟伽拉在一起时，我始终怀着无法言明的忧悒。他走进任何一个房间，那里的灯光都会变亮，连空气也相应变得清甜。我确知他在城市的哪个地方，知道跑过哪些桥和街道就能找到他，就能抚摸他，抱住他，可我仍觉朝不保夕。就像人在意识到哭之前，眼泪已提前涌出。

比失去更坏的是必将发生的变化，不再清澈，不再亲密，不再信任……我已站在峰顶，不管朝哪个方向走一步，都是下坡，都是通往低谷的路。

每次跟他紧贴，连接在一起，我都有种疯狂的欲望，想要在那一刻化成石像，或者置身于庞贝那遮天蔽日的火山灰下，成为时间洪流里的标本。

我要跟他永远待在博物馆的绳圈中间，人们将感动于这雕像凝固了如此激越的瞬间，称为杰作，小心翼翼地维护，摄影师绕圈拍摄，游客买票参观，每隔几十年，修复师们用小刷子清洁指缝和衣褶……

甚至不必收在博物馆里，就露天放着好了，把我跟他搁在市立玫瑰园的树下、广场喷泉里，摆在大市场的拱廊尽头、火车站月台上，立在教堂后面的公共墓园中，让我看到情人们在花丛里亲吻发誓，在车站告别拥抱，在墓前喃喃说着他们以为只有墓里的人才能听到的话……

一百年，几百年，我们会经受风沙、酸雨、微生物侵蚀，但总能一次次修复、加固，直到这颗行星的文明走到尽头。

我让相熟的古玩店老板帮忙搜罗，买到一柄藏剑手杖，花去两个月薪水。这手杖制于十九世纪，杖头包裹手工雕錾花纹的银片，内部掏空，嵌入铜管，杖头可以向上拔起，抽出一把六十厘米长的、纤细得像根刺的短剑，能用来防身。他欣然接受了。

十月，我们去了奇维塔韦基亚，那个小城距罗马半小时车程，当地航海博物馆请他做一次关于展品复制技术的交流。

会议结束，馆长带我们在馆里参观，骄傲地展示了一些两千年前水手们用的东西。下午，我们开车到海滩去，海边有一座建于一〇六八年的圣塞维拉城堡，柔和的金色日光里，那外墙呈现出极淡的珊瑚粉。

盛夏虽已过去，海水还是很暖，我们脱掉衬衫长裤，穿着内衣下水游了一会儿。游泳是伽拉唯一胜任有余的运动，因为水没有一个平面时刻强调他双腿的参差。后来我们回到沙滩上，湿漉漉地散步，走到灌木深处，坐在草地上聊天，衣服扔在一旁。

再后来，我们躺倒在草中——当你在情人身边，你就老是想拉着他躺下。苔藓散发香气，鸟叫，风吹不止，我们像两个赤身肉搏的角斗士一样，搂抱着翻个身，草叶在身下簌簌作响。不远处，海的灰色呼吸一起一伏，像一条永远充满诱惑，令人安心的退路。

我伏在他胸口，一动不动，想象这里打开一扇门，肋骨像翅膀一样张开，把我容纳其中。我问："豹仔跟她的男孩什么时候会躺到一起？"

>豹仔并没睡到马厩里，她成了王子最信任的侍童，夜间睡在他卧房外面，白天陪他骑马、玩球，在河上乘船看人打鱼，一起坐在炉火边，一面吃榛子，一面听少一只手的老仆讲故事，果壳抛进火堆，爆起火星。连

圣诞节他舅舅送的、雕刻精美的杏仁糖小屋，他都跟她分享。

他俩最爱玩的游戏是跳方格，王宫花园的紫藤廊架下有一条长长的方砖地，男孩脱掉假脚，豹仔则把小腿向后弯折，用手绢拴起来，也摇摇晃晃地单脚站立。

他们先掷骰子，决定步数，总是一个人跳得快些，另一人一步步追上去，有时他跳过他身边时，她突然伸手去推，他双手乱舞，终于歪倒时，一伸手揪住她衣服，把她也拽得一起倒下去，在落花和青苔上滚成一团。

一个雪夜，豹仔在起居室值班，雪片沙沙地扑在窗棂上。她听到卧室里的床隔一会儿就响上一阵，她悄悄推门进去，拨开绣花床帷，男孩在枕头上转过头来。

豹仔问，你想要什么？男孩说，我冷。

他深棕色的头发围着脸颊，看起来就像她妹妹，那个继母生的、享尽宠爱的天真的妹妹，她恨她占去更大块的牛肉、更白的面包、更新的衣服，可雪天时妹妹钻进她的被窝，她也会紧紧搂抱她，用面颊暖热她的鼻尖。

豹仔爬上巨大的四柱床，它如此华丽，十个猎户卖一百条狐狸皮的收入加起来，也不够买这么一张床，可对一个孩子来说，它太大，太冷了。镶金边的睡袍也不管用。她摸摸他的腿和脚，越靠下越凉，那条残缺的腿像一条冰柱。

她轻轻挪动身体,在被底找到合适位置,收拢双臂,把他的腿搂在胸口。

他俩都一动不动。过了很久,男孩说,豹仔,你胸口为什么这么软?

豹仔说,是脂肪。殿下,跟你一起吃饭,让我变胖了。

男孩并不觉得她胖,但他太暖、太舒服了,就像被云朵包围着,他说,那我希望你再胖些。他竟朦胧地感到一丝奇异的羞涩。一种直觉,超越了蒙昧的认知,提前到达真相。

在汹涌袭来的睡意中,他合着眼说,你那样不舒服,我不冷了,你过来吧,躺在枕头上。

清晨,独臂仆人进来,挂起床帷,看到两个孩子额头相抵,在一片雪白里亲密地贴着,睡得像一个豆荚里的两颗豌豆。

男孩睁开眼,头从枕上抬起一点,轻轻摆一摆下巴,示意仆人出去,不要吵醒豹仔。

他忽然呻吟一声,我的背疼⋯⋯

伽拉支撑起身子,说:"金,我的背疼,奇怪⋯⋯"那不是王子的话,是他的。

我起身查看,只见他后背皮肤上有七八条草叶划伤的血痕,四周隆起、发红,像被极细的鞭子打过。等回到停车的地方，他的背已经整片肿起来，隆起大块小块的山丘，看上去有些可怕。

我让他在后面座位上趴下，自己坐上驾驶座，脚底猛踩油门，同时一手控方向盘，一手拽出安全带的铁头，摸索着往槽里塞。他轻声呻吟。我不断抬眼看后视镜，那窄窄一条里，他侧过脸看我，"没事，过敏而已。"

我问："有没有觉得喘不过气？胸口难受吗？喉咙有没有异样？"他说："都没有，不用那么急，你超速了。别看我，看路，车祸可比过敏更要命。"

我转而盯着电子地图上的里程，不停报数："五公里……剩三公里了……还有两公里……好了，转弯就到。"

急诊处医生说："没事，只是植物导致的过敏。用不用住院、用不用包扎？女士，这是最轻微的过敏反应。过敏原？可能是荨麻、天荷芋、蝎子草，也可能是鬼知道什么虫子……反正下次滚草地之前，建议穿件衣服，或者，开个房间去。"

他看看我，一脸"我连姿势都能猜到"的似笑非笑，我想争辩，又闭上嘴。

做完注射，回到公寓，已近午夜。到这时，我才有空换掉衬衫底下被体温烘得半干的胸罩内裤，衣服上有海盐的微微腥气。他伏在床上，像工作台上等待修复的雕像，抗过敏药让他很快入睡。

我用小刷子蘸着药水，一点点抹在他后背表皮上，想象自己的手是灭火直升机，把水泼向燃烧的山丘，那两条旧疤则是翻滚在火焰山谷的大蛇。

夜里他体温上升，呼吸滚烫，好像火从毛孔烧进去，烟从嘴巴鼻子冒出来。我从冰箱里翻出冻豌豆袋子，拿毛巾裹起，敷在他脖颈两边、腘窝处，每隔五分钟挪块地方，又轻轻把他手臂往上推，把冰袋塞到腋下。

他始终没醒，犹如刚成形的泥塑，软绵绵任人团弄。

等他体温逐渐回落，我在床边的粗毛地毯上躺下，睡一阵，醒一阵，睡得很浅，醒了就爬起来去查看他。毛巾湿了又干。天快亮时，他醒了一下，上方传来被褥的窸窣声，我迷迷糊糊地说："我在这儿。"

床边探出一只手，仿佛从云里伸下来，找到我的头发，一个指头像读盲文似的，轻柔地摸摸。

我抬手握住它，那手心是干燥的，温度正常。不久他的呼吸再次转为沉睡中的悠长节奏。我松开手，那条手臂仍悬在空中，犹如通往不可知之地的奇妙豆茎。我心头一松，闭上眼，轰然陷入沉睡。

好像只睡了五分钟，天光就亮起来。我被一声拖长的车笛声吵醒，听起来是个急躁的司机。他从床上探头，窗户里亮蓝的方形天空在他脑后像个画框，一切恢复明朗、宁静。他裹着被单拖拖拉拉地下床，躺在我身边。"早上好，我的修复师。我的国王。"

"早上好,我的雕像。"我钻到被单底下。他身上药水的气味有点像火碱,像修道院墙上刚完成的壁画,再加上一点小茴香和樟脑味。

那两天我靠近他时,总能嗅见淡淡药味。他撑着手杖在公寓里慢慢走动,赤裸上身,脊柱两侧的肌肉随着腿的动作,轮流凸起,阴影在其上不断变化。他背上几块皮肤发炎破溃,又慢慢愈合,留下新的淡褐色痕迹。

8

那瓶没用完的药水收进了药品箱。失去伽拉以后,我偶尔找出它,涂一点在手腕上,或者洒几滴在口袋巾上(他给我擦过血的那条),再拿口袋巾当颈巾系在脖子上。

皮肤的热力把气味蒸出来,让我觉得他就在房间里,一回头就能看见。

我要做的,仅仅是忍住不回头。

9

十一月是阴沉沉转着念头的麦克白。这个季节的雨最令人心烦,一切光线被腐蚀得生锈,黯淡。我母亲来看我,停留三天。那三天我谎称出差,没跟伽拉见面。一周后他偶然知道这事,问:"为什么不告诉我?"

我说:"你不会喜欢她。"他摇头:"那是另一回事。你也认为她不会喜欢我,是不是? 因为……"他在餐桌上立起两根手指,一点点挪向前,模仿人瘸腿走路的样子。

我说:"不,不是的。"是的,我母亲永远不会明白一个清贫的跛子有何迷人之处,她会如获至宝,把这个当成我的败绩,用来证明不按她的意见生活只能越过越惨。

他微笑,笑的意思是不认同但不愿争论。

我虚弱地说:"对不起,下次她来我一定约个餐馆咱们一起吃饭。"下次我一定瞒得好一点。

他平静地看着我的眼睛,"金,即使她是英国女王我也没兴趣跟她共餐。我在意的是你。真诚一点。"

他跟我说过他小时父母因事故去世,他不会明白那种根深蒂固的畏葸。我想起某本书里的一句话:"跟你不一样的人不会忠诚于你。"反过来亦成立,这念头让我心头绞痛。我决定不再解释,只是再次说:"对不起。"

他低头瞧着桌上手指的步伐,它们路过一个木纹的旋涡时踉跄一下,绕过麦片盒,走到我的煎蛋盘子前面,爬上盘子边,呆立一阵,又转身跳下去要离开……

我抓住他的手,两手分握着两根"腿",操纵它跳上盘子,然后再一步跳到我胸口,再一步跳到我嘴唇上。我吻了他的手指，不止手指。

他也回吻。我以为这事过去了。第二天我下班时收到消息："普罗奇达岛上的朋友邀我参加手工艺博览会，几天后返回。"

公寓里的衣服少了一些，幸好只是一些：两件衬衫，两条裤子，一套稍微正式的上装下装。我跑到装脏衣服的藤篮子前面，刨出他的毛衣，双手捧着，鼻子埋在毛茸茸、空荡荡的胸口。

他一周后回来，像离开时那么突然。我紧紧搂抱他，他又变得是他了，每条衣褶都会呼应我的动作。我后背能感到他每一根手指的力量。

我贪婪地摸他的腮帮、腮上新生的短髭，手指痛饮那独特的皮肤质感，满手甜蜜。他笑道："不是幻觉，也不是全息投影，是真的。"

他拿出在手工艺品博览会上买的礼物。是个珐琅马赛克拼贴盒，有一本侦探小说那么大，精美异常，最上头那面拼出一幅风景画，两边苍翠山崖，中间夹着一道深渊，深渊之上有座桥，两人正从桥上走过。

我打开盒盖，盒里是个更小的盒，再打开，还是个小盒，一共开了五次，最后一个盒子只有一块方糖那么小。

里面什么也没有。我说："我以为里面是……"

"戒指？"

我夸张地瞪眼,摊手,"当然不是,我怎么会期待那种东西? 我以为里面会是你的肖像①。"他大笑。

我假装从那小盒里取出一个纸卷,慢慢展开,念那不存在的字迹:"你选择不凭着外表,果然给你直中鹄心。胜利既已入你怀抱,你莫再往别处追寻。这结果倘使你满意,就请接受你的幸运,赶快回转你的身体,给你的爱深深一吻。"

他笑着,按《威尼斯商人》的词往下说:"亲爱的巴萨尼奥,可是我这一身却是一无所有……"

我们的亲密恢复到跟从前一样。他后脑的短发,绸缎似的圆形耳垂,身体里的黄金和笑声的白银,藏有财宝的岩穴,一切重归于我。可是当他靠在我胸前,我会想起那胸脯下的心曾认为他是不体面的、需要隐藏的。

而他也知道这一点。

至于送一个不装东西的盒子是什么意思? 我没有问。

---

① 莎士比亚戏剧《威尼斯商人》中,富豪之女鲍西娅按照父亲遗嘱,用抽签方式选婿:金、银、铅三只小盒子,其中一个放着鲍西娅的肖像,谁能选中它,就可以与她成婚。摩洛哥亲王选金盒,盒中是一个骷髅,阿拉贡亲王选银盒,盒中是一张傻瓜的画像。巴萨尼奥选铅盒子,里面正放着鲍西娅的肖像,和一卷写着诗的纸:"你选择不凭着外表,果然给你直中鹄心。胜利既已入你怀抱,你莫再往别处追寻。这结果倘使你满意,就请接受你的幸运,赶快回转你的身体,给你的爱深深一吻。"鲍西娅十分欣喜,她给巴萨尼奥的答话是:"我但愿我有无比的贤德、美貌、财产和亲友,好让我在您的心目中占据一个很高的位置,可是我这一身却是一无所有……我自己以及我所有的一切,现在都变成您的所有了。"

雕像

米开朗琪罗说:"为什么用粗石雕成的形象,比它的创作者寿命更长?而曾几何时,艺术家却化为灰烬?"

人们认为石头坚固,所以他们用石雕把美固定下来。但即使不故意用铁锤击打,它也会从内里崩坏,有一种灾难叫"冻融",水分渗入石的孔隙,冷时凝固,热时融化,冷热交攻,裂缝越来越大,最后导致开裂,变成碎块。就像一颗心在爱里会遇到的。水一样的温情会冷却,之后再勉力热起来,也会留下裂痕,反复几次,瓦解崩溃的一日就不远了。

十二月,冬天亮出长刀,刺穿街道和呢子大衣。高楼如巨大磨刀石,风在楼间穿过便陡然锋利起来,人们面色凝重,垂头匆匆走过。伽拉所在的团队获得博物馆协会颁发的年度贡献奖,我戴起唯一一副成套的项链耳环,陪他领奖。

新一批等待修复的雕像运来,都是裸体男性,私处都覆盖一片无花果叶,叶子质地有差异,有的是金属铸的,有的是石头的。他们是史上最大的艺术审查案件的受害者。十六世纪教会发起"无花果叶运动",教皇下令梵蒂冈博物馆所有雕像的生殖器都要遮挡起来,不能任由它们诱发情欲。作为回应,意大利各地的神职人员立即动手,给雕像去势,贴上无花果叶,因为亚当夏娃吃下禁果后便是用无花果叶遮体。不少壁画也被涂改。这桩运动持续了将近五百年。

我们要做的工作就是摘掉树叶,把凿下来的玩意儿再安回去。一同送来的还有一个小木箱，打开，里面全是阳具，看起来像给某种菜品或药品（壮阳药？）搜集的食材。一旦脱离身体，它们显得脆弱可怜，跟小孩不小心摁断的蜡笔头儿似的，一头尖尖，一头截面。有几个因是用榫卯结构跟躯体联结，截面上还有一个小小突出。

有一天几个女同事把它们摆在棋盘上，当成棋子，煞有介事地说："这是国王，这是骑士，这是兵卒……"

"为什么国王的最小？"

"唔，皇室近亲通婚的结果就是先天阳痿。"

当然，那是玩笑话。古希腊艺术对该器官的审美与当代人取向正相反，他们认为"小的"才是美的，要谦逊地、温柔地耷拉着，尽量淡化其存在感。阿尔特米西昂海角的青铜波塞冬（也可能是宙斯，学者们还没搞清）胯下好似探出一条海葵触手，卡拉卡拉浴场的大理石赫拉克勒斯两腿间仿佛多长了个脚指头，韦罗基奥的抱海豚的小天使，睾丸上有一小团蛋黄酱似的东西，那就是天使之茎了。

硕大的生殖器属于蠢货，色欲旺盛显得粗俗，最理想的器官，乃是雕像们那样的细小、松弛、疲软。

难点在于"物归原主"，怎么判断谁属于谁。我们给这箱阳具编了号，它们的状态有微妙差别，大部分困倦，有几个昂扬。

伽拉谨慎地给出意见，并以数篇论文为佐证，其中一篇文章作者认为大卫与拉奥孔的阳具之所以那么小，乃因面对科利亚和巨蛇时紧张恐惧，那玩意儿抽抽起来了。同理，皱缩最厉害的一个，就该属于这批雕像里最惊恐、濒临死亡的一位，被猎犬撕咬的亚克托安①。

夜间，我们给床铺上新买的海蓝色床单，裸身跃入布料的波涛。他的胸膛、臀部、骨盆，在其中涌动闪亮的浪头。我腾身跃上浪尖，应和其荡漾起伏，又夷然滑下来。

我抚摸他那个地方，说："要让我选的话，我最不在意的就是缺这个——如果非要缺一样东西。"他用手背遮住眼睛，边笑边哀叹："女士，你是在委婉地评价它表现不佳吗？"

  王子十五岁了，缺半条腿也不妨碍他长得高大、健壮。某天豹仔随他打猎，他骑红褐色猎马，她骑的是矮一点的灰斑母马。两人穿过森林。他射杀了一头狼，下马检查时，原本闭着眼的狼忽然醒了，带着箭跳起来，扑到他身上。只见寒光一闪，她在后面掷出匕首，刀尖正中后脑，扎透脖颈，狼惨嗥一声，她冲过来拔出匕首，又从狼的肩胛间准确地捌进，直刺心脏。狼四爪松弛，彻底断气。

---

① 希腊神话：狩猎女神阿尔忒弥斯在林中水潭洗澡，猎人亚克托安无意中撞见，看得目不转睛。阿尔忒弥斯十分愤怒，把水泼向亚克托安，让他头上长出鹿角，倒地变为一头鹿，他的猎犬认不出主人，一拥而上，把他撕咬致死。

她把硕大的狼尸推到一边,伸手拉他起来,手微微颤抖。他喘着气,两人脸色惨白地互相看,满头满身狼血淋漓。

他们骑马找到最近的一条小河,狼尸搭在马鞍上一路摇晃。她拴马的时候,他急不可耐地脱衣服。他爱干净,厌恶污血的腥气。他脱下猎装外套和内里的衬衣,褪下裤子,露出完好的右腿和戴着木肢的左腿,回头看她,笑道,快把你那血裤子也脱了,又不是没一起洗过澡。

她应着,他们确实经常"一起洗澡",但赤裸的是他,她是站在浴盆边给他搓背的那个,每次等他洗完离开,她才关上门,跳进剩余的热水和他的气息里飞快洗一洗。

他走入河水,弯腰掬水,没头没脑一通洗。她解开皮靴扣子,把长裤褪下脚腕,当年第一次见面,他就见过她赤裸的下身,这部分是她不惮于露出来的,她要守秘的只是棉布紧裹的胸口。

她身上留了件衬衣,一步步走进水中,清洗腿上狼血,又回来拎起几件带血的衣服,逐件清洗。他蹚着水,步履有点僵硬,哗啦哗啦地走到她身后,说,别动,这儿还有,我帮你。

后臀有几个发凉的手指尖碰上来,撩着水,抹掉血迹,她垂头不语,看着水面上映出两个相叠的人影,那血不是狼血。

河水表层带着白昼日晒的热度，越往下越凉，她在水下悄悄一踢，人影碎了，再聚拢。

他说，好了，干净了。她人生中少有这样承受温柔的时候，仅有的一些，都来源于他，她都当成散碎金子，悄悄收藏起来了。

她把衣服裤子拧干，晾到低矮的树枝上。他背对她站在水中，浑身皮肤镀着一层水的光泽，双臂扬起，十指交叉兜在脑后，望着林杪一枚金币似的太阳，又回头看她，似乎不为什么、只是心满意足地莞尔一笑。河水刚好没过他膝盖，让他看上去是个健全少年。

她过去跟他并肩而立。流水淙淙，她说，听这水声多好听，我希望我将来有一个盖在河边的木屋，每天听这声音，夏天的中午跳进河里洗澡。

他说，真不错，等你退休之后我会帮你盖屋子，你能不能在壁炉边给我留把躺椅？

她笑道，不一定，到时我会养一条猎狐犬，它会占着炉子跟前最好的位置。

他说，"豹仔"的狗，叫什么名字？

她想了想，叫老虎。

暮色四合，黄昏里的树林、河水和鸟鸣有一种不真实感。树枝上的衬衫被风吹动，倏地扬起，两只袖管凭空舞着，跟旁边她的长裤一下下相撞，每次差点要抱住时，又荡开。

她说，回去吧。他转身哗啦哗啦走上岸，双手把湿漉漉的头发抹到脑后。她提着半干的衬衣裤子过来给他穿，系腰带的时候，他说，你该先穿，瞧你都起鸡皮疙瘩了，冷吧？她说，我不冷，不是因为冷。

他看着她两腿间的"残缺"，说，豹仔，要让我选的话，我会选缺这个，我最不在意缺这个——如果非要缺一样东西。

她说，让我选的话，我希望你完完整整的，啥也不缺。

她双手忙碌，头正垂在他胸前，他伸手轻轻扶住她肩膀。她抬头看，他眼里有种要命的、一无所知的纯真。嘿，我跟你加起来，就什么都不缺啦。不要盖小屋了，你要留在宫里，在我身边。咱俩要永远在一起。

欢愉和哀愁是一模一样的两条岔路，更不幸的是走过去时，还要被绸布蒙住眼睛。在某个面对一千条岔路的时刻，我用汗津津的手抓住他同样汗津津的肩膀，说："告诉我。"

伽拉永远比我冷静，即使说话时面颊正埋在我腹股沟里。他说："要我告诉你什么？"

"一切。所有我不知道的。"

"你不会想知道一切,没人愿意。"

"我愿意! 来,讲一个你认为我不想知道的。"

"在博物馆第一次见到你那天,我先离开了。你一直问我原因……"

"原因是?"

我盯着他嘴唇,眼看着答话涌到张开的两唇之间,但他还是等了两次眨眼的时间,才吐出它来:"原因是,我等电梯时发现裤子湿了。"

我无法形容听到这句话的心情,只能说:"啊……"

他似乎决心把难听的话一次说完,"还有,医生建议我再做一次手术。再做一次,有一半的概率可以不再用手杖。"

为什么他认为这个我会"不想知道"? 我激动得差点跳起来,"做! 为什么不? 医生的电话在哪? 明天就给他打电话。"

他并不兴奋,叹一口气,意思是早料到会这样,"我不想做。"

原来这才是我"不想知道的"。我叫道:"为什么? 为什么! ……"他的眼光冷下来。我知道,我又让他失望了。

二月。月亮和云都冻住了,白得阴惨惨。没人会在冬天分手,这违背温血动物的本能。我们吵了一次架,由于没吵透,很快又来了第二次。说是吵架,其实也只比日常对话声音稍大一点。

他总是在踏进岔路的下一步,就含着怒气静默下来,我也不得不闭嘴。有时我真想摇晃他的肩膀大叫:"跟我吵啊,快点!"

我搬回自己的公寓,幸好还没退租。不过我们仍然每天见面。一股西伯利亚的寒潮吹袭,温度骤降,罗马大雪三日,万神殿、斗兽场、图拉真广场都被白衣军团攻占,整座城匍匐在雪的威权之下。许多学校停课,有的公司放假,有的允许员工在家办公。工作室停工放假,我买了食物和日用品,踏着雪送到他公寓来。

他不回头地说"谢谢"。我站在门口垫子上,拂掉帽子大衣上的雪。他正站在窗口的书桌边,用手冲壶做咖啡,从中间向外画圈,浇在铺着咖啡粉的锥形滤纸上。咖啡液滴答滴答滤下,等待的时候,他握着壶,倚在窗口看雪。

长方形的窗框住他,看起来像塔罗牌的牌面——"节制"那张牌,天使双手持两只圣杯,相互倒水,试图让两只圣杯的水保持平衡。

我从没想过离开他,或失去他。

就像黄跟绿已经混成蓝色,你不可能再让它们退回去,取出一管松石绿一管水仙黄。

不可能。

在沉默中做爱,是最糟的一部分。他并不阻止我,任我像个狂躁的女巫，用手指和嘴唇的法术摆布他身体某些部分，怂恿它背叛他，并召唤出一股叛军似的血液，汇集到那里，好让它响应我，投奔我。他平静得近乎怜悯，我开始后悔，可没法停下来。

他的目光看我又像没看我，他不再是伽拉，他成了自己的复制品，让盲人用手触摸的复制品。

我闭上眼睛。

—— 女士，您是怎么失明的？

—— 欲望，欲望让我昏天黑地……

他的手插进我的头发，就像在埃斯库拉庇乌斯的神庙前那样，一个指尖慢慢滑动，读着我发丝上的盲文。是否那天我献错了祭品，或不够虔诚，因此得到的不是神的祝福？……我双手捂脸，软绵绵地跌下来，掉进蓝床单的深渊。

王子坚持要参加马上枪术竞赛，这年他十六岁。比赛是为了庆祝他跟最富有的公爵的女儿订婚而举行的。竞技场人头攒动，乐手吹奏喇叭，贵族们身着盛装，依次登场，旗手把旗帜插在场边，旗上绣着各家的家徽和家族格言。

第一部分节目是侍从们朗诵主人为王子订婚所作的诗歌，接着比赛正式开始，前两场竞技在几位低阶骑士和朝臣之间展开，第三场则是国王的弟弟"风雅公爵"挑战银鹰家族的骑士。他们各自上马，接过长枪和盾牌，号角响起，两人催马向对方奔去。

后面备战区，豹仔帮王子穿戴铠甲。她用力拉紧胸甲的系带，小声叹气，为什么非要参赛？他们个个比你大七八岁，而且都有实战经验……

他抬着胳膊，让她给系好护手的皮带，对她说，别担心，我只比一场，只跟红龙家那个没鼻子的伯爵比，昨天我看到那混账踹你的屁股，朝你脸上吐口水，还笑嘻嘻，待会儿我要把他刺下马鞍、屁股摔八瓣，然后也朝他吐口水，给你报仇。

他眼里净是信心十足的光亮，一挥手，拉下头盔的面罩。

豹仔蹲下，替他整理胫甲，忽觉脖子一凉，颈巾被拉走了，抬头一看，他正把它塞进胸甲缝隙里。她忍不住皱眉头，你应该带着你未婚妻的信物，干吗拿我的？

他的脸挡在面罩后面，但听得出他声音里的温柔和郑重，因为这次是为你而战，我的……兄弟。

她目送他转身离去，是心里收藏品里最大一粒金子。

格斗场上，坠马的银鹰骑士被人搀扶离去，女士们朝得意扬扬的王弟抛来鲜花。

王子上马，他未婚妻从高高的皇家包厢里朝他招手。她身穿紫罗兰色天鹅绒礼服、白貂皮披肩，头戴黄金发箍，坐在国王和王后身边，紧挨着国王的官方情妇西番莲夫人。

几分钟后她那张精巧的小嘴里发出一声惊恐尖叫，王子和红龙伯爵两马交错，长枪同时从盾牌下探出，重重刺中对方，两人都从马鞍滚落，重重摔在沙地上。

喧哗大作，人们冲上去，摘掉头盔，露出口鼻流血、眼睛紧闭的脸。

他们七手八脚把两个人抬走。一条旧颈巾从胸甲里掉出来，落在沙地上，被踩了好几脚，豹仔把它捡回来，收进口袋。

三天后的黎明，他醒过来，只觉浑身疼得像被马群踏过，听到床边她用哭哑的嗓子说，嘿，我在这儿。他瞧着她那张憔悴的脸，说，真抱歉，那家伙……我没来得及朝他吐口水。

她忽然不顾一切地扑上去，紧紧搂住他。他苦笑着叫，哎哟。

忘情的时刻只持续了几秒钟，她很快收回手臂，站直身子，歪过脸在肩头蹭一蹭，说，我去叫他们过来。

他看着她的背影，一股强烈的感觉油然而生：世上除了她，都是"他们"。

他跟未婚妻的婚礼，定在半年后。

三月，他又去了普罗奇达岛。他走后第六天，我到他公寓里打扫卫生，搞完了，用微波炉叮了一份奶酪饺子当晚饭。

床边粗毛地毯上，靠里的位置，掉着他的一件衬衫，应该是急匆匆脱下，忘拾起来了。两条衣袖向外撇着，张开怀抱，右袖鼓起，由面料本身的韧度撑住，保持着里面有条胳膊的状态。我每次路过，都小心翼翼绕开它，让它保持原样。

夜里，我被楼下响着警笛驶过的警车吵醒，看一眼手机，发现两小时前他发来一条消息：

"我爱你。想念你。我会很快回来。"

这让我做了个很舒畅的梦。

快乐一直蔓延到第二天早晨，醒过来还在床上自己微笑了一会儿，天空晴朗洁净，洒水车刚开过去，街面上的积水闪闪发亮。想到他可能今天就回，我给花店打电话，订了一束黄百合。将近中午，门铃叮咚一声，花送来了，一大捧金灿灿，香得人晕头转向。

我把花拿到厨房水池边，逐枝截掉花茎末尾的一小段，给花瓶注水，再开一罐啤酒，倒一些在瓶里，这是伽拉常用的方法，能让花期延长几天。

花香弥漫室内，我用镊子一个个摘掉褐色雄蕊，忽觉这也挺像"无花果叶运动"，凿掉雕像的阳具，忍不住笑出声。电话响了，是个陌生号码，我接起来，被告知：伽拉昨夜遇难身亡。

他随朋友驾船出海，遇到风暴，船倾覆。他死在海中。

几年后我跟笑颈结婚，婚礼前夜，她们拿来百合做的新娘手捧花。我嗅到那股香气，热泪猛地冲进眼眶，簌簌落下。

10

笑颈已经不再有一个带笑纹的脖子，不过我习惯了在心里这么叫他，也就叫下去了。

十几年没见，再看到他，我根本没认出来。那是个业界聚会，外省一座著名博物馆研究院的人们过来跟我们打招呼。一群人乱糟糟握手，自我介绍，我根本没听清任何一个人名。

忽然一张脸晃过来，朝我微笑，我只好假笑作为回应。

那人却没有走开的意思，眨眨眼，好像有点惊奇我不认识他。我有点不耐烦，回身要走。那人在后面说："哎，金！我是……"

他说出自己的名字。我啊了一声，转回来惊讶地盯着他，差点叫道"笑颈"。

我说："你……你变化好大。"他现在是个瘦子，高领黑毛衣，黑西装，底下一双铁锈红的帆布鞋。他说："你没什么变化。"

接下来我以为要走老友叙旧那一套累死人的流程，心里正提前开始哀号,谁知他只是诚挚地笑着点点头,说一句"又见到你真高兴"就走开了。我望着他的背影,他的脖子被质量很好的羊毛面料包裹着,不知道笑脸还在不在。

几天后因为工作上的合作,我又见到他。这次互留了联系方式,工作结束后他请我吃饭,吃饭,喝咖啡,吃饭,喝咖啡……第五次他送我到楼下,我说:"要不要上来喝咖啡?"

他一时怔住,像是不相信这么快就能上垒。

我一直用的旧手冲壶,是伽拉的。拿它给别人做咖啡,有种痛快的痛苦。

为了注水稳定,伽拉给壶把缠了几圈麻绳。我每次握在上面,手掌合拢,仿佛再次碰触到他手心的皮肤。

那夜,笑颈没走。他说:"十几岁我就爱上你了,我知道那时你有点轻视我……不不,不用着急否认,金,我不在意,我也不喜欢那时的自己。我只希望现在我能让你满意。"

等他脱光衣服,我终于有机会看到他的后颈。那是一条勤于锻炼的脖子,皮肤紧绷,不再有褶纹。

两个月后他开始找婚礼场地,研究灯光和摆花。我说不用急。他说:"我已经晚了二十年。可不能再拖了。"

整个过程我完全没过问,桌椅搭配、餐具搭配、乐队奏什么曲目,蛋糕选香草还是巧克力口味,糖霜用粉紫色还是橘色……我都不在意,一概推给笑颈,"都听你的,我相信你的判断。"

既然不是伽拉，那什么细节我都不在意了。

工作室里有人用抛光轮打磨大理石，很吵，笑颈打来电话，我接通了，听不太清，用手压住空着的耳孔，往外走，听到他说："……你来试一下。"我说："你试就行。"

他在那边大笑，"我是说试婚纱。亲爱的，这个我没法替你。"

试完婚纱，一起吃晚饭时，他聊起蜜月度假地点，从包里掏出笔记本电脑，打开一个演示文档，像做学术报告。"与其只去一个地方，不如坐环球邮轮，沿途有很多地方能玩。你看，选南极航线，能看冰川、象海豹、企鹅；选波罗的海航线，咱们可以去奥斯陆、斯德哥尔摩、哥本哈根，你不是一直想看挪威国家美术馆里收藏的那座罗马执政官雕像吗？还有斯德哥尔摩的瓦萨沉船博物馆，展览十七世纪最豪华的'瓦萨号'战舰，当初咱们一起看过一个沉船文物展览……"

我摇头，"不，不，不，我不要坐船出海。"那个沉船文物展也不是一起看的，是分开看的。

……所以我才会遇到伽拉。

婚礼很成功。婚纱是笑颈从一家佛罗伦萨的古着店租来的，一件上世纪的塔夫绸裙，鸡心领口，长拖尾和头纱上绣着繁复花样，人人都说我穿上它美得像博物馆里的展品。

宴席长桌上的蜡烛是他亲自设计定制的，做成展翅的胜利女神形状，女神颈上燃起火苗，宛如头颅在火中燃烧。蛋糕则是千层酥加巧克力樱桃浇上萨芭雍奶油，美味极了。他的品位实在很好，样样都选得好。

我母亲和父亲在长桌后面的宾客群中微笑，他们对笑颈很满意，所以难得没有争吵。乐队奏响《花之圆舞曲》，那是我最喜欢的圆舞曲。新郎牵着我下场跳第一支舞。一切完美，没有一点缺憾。

两年后，我跟笑颈离婚。

11

我最后一次乘船出海，是搜救队带我去的。

在普罗奇达岛上的医院，我见到了伽拉的朋友。他在救生艇上漂流七小时后被救起。他痛哭着说："主桅折断，击中他的头，他落水时已经昏迷……我当时在船的另一端放救生艇，我想赶过去，但浪实在太大了……"

沉船时间是凌晨两点左右。我收到的最后一条消息，发送于午夜刚过，十二点零七分。搜救工作以船沉没的位置为基点，结合风力风向与海流信息，逐步扩大范围，搜索面积达二十五平方公里。事故发生七十二小时后，搜救队宣布行动结束。

我唯一的请求是，带我到沉船地点去看一眼。航程大约两个半小时，船停下来，停在一片跟别处没什么两样的海面上。船长向我轻轻点头，眼中是无声的恻隐。

我走上甲板。海铺开一床无边无际的蓝被单，伽拉躺在那下边。

此时是正午，风平浪静，海水碧清，日光下每一座涌起的浪峰，波纹的每一点闪光，都能看得很清楚。

我翻过船栏杆，纵身一跃，身体冲破海面，一声巨响，就像撞在博物馆展柜的玻璃板上。只要冲开这层软软的屏障，我就能再次跟他同在一个空间里。

海水瞬间吞没了我，水从每一个孔窍涌进来。引力拽着身体迅速下沉，像电梯下行。天光在头顶上方远去，我闭上眼，心头无比澄明。失去意识之前，我愉快地想着，他就在下面某个地方，所以这不是沉没，是踏上了与他重逢的路。

被救上来之后的记忆，损失了一部分，有人给我做人工呼吸，我模模糊糊只感到厌烦，就像赶去约会的路上堵车了。后来眼前变为一片雪白。白不对，蓝才对，雪地是走错路了，大海才正确。你们都误会了，我不想杀死自己，我只想离他近一点，不行吗？我犯了什么罪被判决不许靠近他吗？几次试图冲出病房未果，护士拿来了束缚带，满脸怜惜，但捆我时毫不手软。

等我恢复到能出院,葬礼已经过去半个月了,棺是空的,放了几件他的日用品。我回到他的公寓,床边毯上的衬衣袖子鼓着,像里面还有条胳膊似的,黄百合早就枯萎腐烂,水臭了,长了绿霉,发黑的花瓣掉在洗碗池里,掉在地板上。

用来摘花蕊的镊子歪斜着搁在一边,我还记得我随手放下它,去接电话那一刻。我的生命,就从那一刻,断成了两截。

第一年,我每分钟都想他。三百六十五,乘以二十四,再乘以六十。他的双眼在空中射出虚构的目光,像不会落下的月亮,笼罩着我。他站在我每个念头的对面,我滔滔不绝跟他说话,停不下来。

工作的时候 —— 瞧刚送来这个半胸像,耳垂形状跟你一样,是个可爱的正圆形;捆木架子的铁丝把手指扎破了,伤口还挺深,这几天你得洗盘子啦……

在咖啡店买早餐 —— 你喜欢的这款点心出了新口味,椰子味,尝尝吧,椰子味的总不会太难吃,哦,对,除了那款椰子味的漱口水,你用了一次就扔掉的那瓶……

在超市 —— 油浸蘑菇罐头再买几个吧,你喜欢用它拌沙拉,洋蓟罐头还要不要?……

所有事物都让我想起他。商场餐馆出租车里播的歌在唱他，电影里的角色在演他，小说里的故事在哀悼他，按摩师的双手在模仿他……书店客人们纷纷皱眉抬头，店员惊慌地跑过来，跑向一个背后传出痛哭声的书架。这能怪我吗？我只想给同事的小女儿挑一套植物图鉴，结果随手翻开一本诗集：

> 我将痛苦地等待你，
> 我将常年地等待你，
> 你用独特的甜蜜引诱我，
> 你承诺了用永恒。
> 你的全部——是无言的不幸，
> 是照进迷雾尘世的偶然的光，
> 无法表达的冲动，
> 还未曾让我知晓。
> 你用永远低垂的脸庞，
> 用自己永远温柔的微笑，
> 用自己那并不稳健的步伐，
> 像慢慢飞翔的鸟儿的翅膀，
> 唤醒了我秘密沉睡的感受……
> ……我不知，你是骤然的死，
> 还是不可升起的星，
> 但我将等待你，我的渴望，

> 我将等待你，直到永恒。①

我早该知道，与少年时代一见倾心的人重逢，这种幸运太罕见了，就像独角兽放弃警惕，走出密林，躺卧在人脚边一样，稍一惊动，它就会跳起来消失在幽暗中。

这世间最不可解的，是我何以得到他又怎样失去他。为什么闭上眼，他是活生生的，会说会笑，睁开眼，这世上就哪里也没有他了？

我日日夜夜回想。在无数条岔路前，是不是有哪一处只要我选对了他就不会在那天到岛上去，就能避开那场致命的暴风雨……

我困在一幢废弃的楼里，他说过的数千句话，是墙上写得重重叠叠的涂鸦。楼没有门，也没有让人逃走的电梯。

偶有一些事，能让我一时忘忧：成功修复的雕像在美术馆展出首日拉下幕布，看脱口秀表演跟朋友一起大笑，公园里受小孩子邀请互扔雪球，母亲再婚时坐在第一排微笑观礼……

那个叫痛苦的怪物也要小憩，它闭上眼，发出轻轻鼾声，狮鹫似的大爪子松开了，但它又突然惊醒，低哮着再次捏紧我的心。

---

① 诗题《我将等待你》，作者为俄罗斯诗人康斯坦丁·巴尔蒙特，译者童宁。

不疼的时候，人意识不到"不疼"，等再疼起来，才会后知后觉地感叹，刚才偷来的一刻，是多么、多么、多么轻松。

接着愧疚又来了，因为快乐是背着他跟世界偷情。

有没有人抱怨过思念是个累死人的体力活？全部精神肉体都成了燃料，没日没夜地烧。有几回我猛地跳起来，冲进厨房，从刀架上抽出最利的一把刀，低头盯着身体，好像能透过皮肤看到那块肿瘤似的痛苦，它是活的，是只鼹鼠在草皮底下钻动。我得用左手抓住右手，不去尝试一刀刺向它。

我们跟人世隔开了一道深深的海水。我是说，我和伽拉，我们。

接着是第二年，第三年。春夜清新宜人，夏夜可爱温婉，秋夜剔透如一大块水晶，冬夜有朋友带来好酒和好消息。活下去，人生仍不乏美妙的日子，可惜我只能做旁观者。我全身关在一个玻璃笼子里，笼子有手有脚，跟我的手脚一样大。我舌头套着玻璃袋喝酒、吃比萨，戴着玻璃手套跟人握手、抚摸流浪猫。耳朵隔着玻璃罩，听嘴巴在玻璃面具后面发出的笑声。

痛苦像心底的洞，无论多少快乐倒进去，没多久就漏光了。笑的时候，想的还是那个洞。

世上最好的修复师，也修不好那样一颗心。

其实没人能活够肉体的岁数。我们早就死了，在呼吸停止之前死去,在心电图拉平直线之前死去。我们先真正地活些年头,真正地大笑,搂着心爱的腰跳出真正的舞步,离别时哭出真正的泪,做爱时到达真正的伊萨卡岛……随后剩下的生活,只是昔日的影子。是复制品。酒已饮罄,我们用水涮涮杯子,喝下去,假笑两声,骗自己那还是酒。

12

我一直给伽拉的公寓交房租。我定做了一个玻璃罩——真的玻璃罩,扣住床前毯上的衬衫,把它像一件展品似的保护起来。衣袖一直鼓着,保持伽拉脱下时的样子。衣柜里他的卫衣牛仔裤,也都用防尘袋装好。

跟笑颈结婚之后,我每隔半个月以加班为借口,过去做清洁。每隔两三个月,以出差为借口,在那房间里过夜。

不过,我不睡床。我把褥单铺到地上,躺在玻璃罩旁边,裹紧被子,度过长夜。有时我允许自己放纵一下,从防尘袋里拿出他的衣服,嗅着经纬里残存的一点他的气息入睡。

这份额外的房租,让薪水里出现一个不大不小的洞,我不得不接一些私活,赚点小钱,把它填上,比如替古董店修复镀金圣餐杯、掐丝烛台、微缩娃娃屋,给珍本书店修十六世纪的珠宝装帧福音书、维多利亚时期的彩饰手抄本。虽然我的专业是石材修复,不过坚持自学,疑难处找同行咨询,困难也都能克服。

可惜，人不会总那么幸运。那天是结婚两周年纪念日，我不记得，笑颈记得，他在家准备了一些惊喜，蛋糕啊礼物啊，甚至还有卧室里的情趣道具……但我那晚又要"加班"。他非要通个视频电话，我只好紧急布置现场，把伽拉留下的几个雕像复制品摆在书桌上，再拉拢窗帘，挡住街景，最后背靠书桌拨过去，一个甜笑，故作镇定地拿起咖啡喝一口，"亲爱的，还没睡呢？……哦，这是我同事的工作台，我过来参观她的进展。"

就是那个咖啡杯露了馅。那是我在楼下咖啡馆买的，纸杯上有店名和店标图案。笑颈一搜那家店的位置，就知道我根本不在工作室。

半个月后我照旧"加班"，开门时发现锁被撬了，门是虚掩的，推开门，屋里像来过一队缉毒警加三条警犬，能砸烂的东西都烂了，衣柜里衣服变成碎布，扔了一地。那只玻璃罩，就像里面有个迫切要出来的人狠狠撞在上面，碎成了一地玻璃碴。

那件我费尽心思保持原状的衬衫，当然也成了烂布条。

笑颈并不否认。我一问，他就说了，带着被骗的愠怒委屈、侦破大案的得意，还提前摆出只要我认错，他便不再追究的宽容面孔。我走了一会儿神，耐心等他讲完才提了离婚。

后来，我花一晚上把所有碎片收拾进几个大垃圾袋。房间变得空荡，凄惨。我筋疲力尽地躺倒在地板上，第一百次觉得生命大可于此刻结束。一转头，见床底下有样东西，完整得像集中营里孩子的梦境。

是个珐琅马赛克拼贴盒。我伸长胳膊，把它够出来，捞起身边一块布擦擦，它又变得光亮，跟几年前被送给我时一样。我打开，打开，打开，打开。最后打开那个方糖大的小盒。

我只是为了温习当时情景才打开它，没料到里面竟然有东西。

一张卷起来的纸条。展平，上面是伽拉的字迹，写着短短一句话：

是的，那天我打赢了狮鹫。

13

很多年过去了。我独自写完残缺国里王子与豹仔的结局，画好配图，交给编辑。它成了一本卖得还可以的图像书，隔几年会重版一次。有时书店请作者们做活动，到店给读者朗诵自己的书，我也在受邀之列。

我读道：

结婚典礼的日子定在"五朔节",五月一日那天。四月,豹仔向内廷总管辞职,不告而别。王子待人一向温和,这次却前所未有地大发雷霆,大吼大叫,摔东西,让人们去找。没有结果,没人能找到。

某个下午,他呆立在镜前试穿礼服,让宫廷裁作改尺寸。一位侍女进来,说西番莲夫人请他过去。

西番莲原是剧院的三流女演员,两年前由王弟引荐,成为国王的公开情妇,十分得宠,很快住进宫里。他随侍女来到她的房间,那妩媚的妇人歪躺在长榻上,裙袍下露出一对雪白小巧的脚,一位女画师跪在榻前,正在她右脚少一根尾趾的地方画西番莲图案。

她对王子说,你父亲给我一个任务,让我教你怎么应付新婚之夜。

他说,谢谢,不过礼仪老师已经让我排练过两遍流程,我不需要学什么了。

西番莲嘴角露出轻蔑的微笑。礼仪算个屁?你们宫里的废物,只知道教那些没用的。她招招手,刚才传信的侍女走过来,垂头而立。

西番莲说,这是铃兰,当年我们天鹅剧院最红的姑娘,只要海报上有她的名字,票准能卖光。

铃兰抬起头,微微歪头看他,嫣然一笑,他才发现她是个明眸生辉的美人。西番莲夫人对他的凝视很满意,说，去吧，铃兰，照我嘱咐你的办。铃兰便走过来，一只酥软小手拉住他的手，他一跛一跛地跟她去了另一个房间。

门关上，她牵他走到床边，按着他肩膀，让他坐下，她像厨娘削土豆皮一样，飞快把上半身剥个精光，露出形状美观的肩头和乳房。

他惊奇地盯着那一对雪地上的白兔，她笑道，殿下，你没见过女人的裸体？

他赧然点头，你是第一个。

她心里荡漾起一丝异样的感觉，再靠近他一点，抓起他双手，压在两座雪山的顶端。等他最初那阵抗拒和颤抖过去，她握着他的手，慢慢揉搓打圈。不，手指不能收得太紧……也不能全不用力，我们女人喜欢感受到温柔不野蛮的力量。

等到确认他领会了技巧，铃兰拿掉他的手，褪掉衬裤。他看一眼她那个女性部位，反而放松下来，笑道，原来你也割掉了。

铃兰一怔，割掉什么？

他说，这个啊。他打着手势，模拟那两个球根和花茎的模样，又指指自己双腿之间。铃兰一旦想明白，就笑得直不起腰。他面现不悦，这有什么好笑？

铃兰满面是笑的余韵，摇着头，天哪，傻孩子，你以为每个人裤裆里都有一嘟噜肉？不是的，女人生来就没有你们那碍事的玩意儿，用不着割。

他失声道，没有？生来就没有？……所有女人都没有？铃兰点头。他脸色大变，怔了一阵，突然跳起来，冲出房间。

那天晚上，王后在餐桌上问，我儿子怎么没来？人们到卧室查看，看见枕头留着一封信。说是信，其实只有一句话：爱你们。我会很快回来。

冬夜，大雪三日，幸好下雪前她已劈了足够的木柴。壁炉里木头燃烧，发出毕剥声，火上豹仔坐在炉前的椅子上鼓捣针线活，猎狐犬"老虎"趴在她脚边，时而咕哝一声。

她把它当搁脚凳，双脚架在它后背上。老虎乐意让她舒服点，因为它知道她手里缝的天鹅绒棉垫是给它的，它偶尔回头看一眼进度，再惬意地把脑袋放回爪子上。

门上传来一点奇怪的声音，像什么动物挠门。老虎站起身。她悄声说，老虎，你觉得是鹿吗？还是冬眠醒了的熊？

声音又响，这次像是动作僵硬的敲门。她趿上兔毛拖鞋，过去把门拉开一条缝，老虎朝门外的风雪汪汪叫。有个浑身是雪的人倚靠门框站着，门一开就倒在她脚下。

她赶紧把那人拖进来,关上门。

他只有一只脚,左边裤腿空着半截,身上的粗毛外套四处破口,加上手里那根当手杖用的粗树枝,看上去活脱脱是个乞丐。她双手搅在他腋下,费尽力气把他拽到壁炉前,把缝了一半的棉垫子塞到他脑袋下面,老虎有些不满,喉咙里嘟囔了一声。

他脸色惨白,蜷缩着,哆嗦得说不出话。她又把所有被子抱出来盖在他身上,最后在他身边坐下,替他脱掉前后开洞、底子磨得薄如纸的靴子,将那一条半冰冷的腿抱在怀中。

他渐渐暖过来,脸上有了红晕,眼珠也会转动了。她起身给他倒了杯麦酒。他慢慢拥被坐起,一点点喝下去。她说,酒是秋天在集市上换的,肯定比不上你常喝那种。

他说,酒很好。

她问,你的木脚呢?

昨天翻山的时候摔了一跤,滚下去,摔丢了。

你是怎么找到我的?

你忘了?你跟我说过,如果退休了想在河边盖个木屋。

……你找了很多条河?

他淡淡一笑,也没那么多。

热血冲上她的双颊，胀得皮肤发痒，但她竭力克制着，问，你爸妈和妻子呢？他们怎么会让你这样在外面瞎晃荡？

他说，没有妻子，因为婚礼没举行——愿她找到更好的丈夫——我在婚礼前就溜出来了，来找你。

她苦笑，殿下，你找我干什么？我已经退休了，我不是你的侍童了。

他敏捷地一伸手，她躲闪不及，他从她夹衣领口里拉出一条旧颈巾，上面的血迹还没洗掉。她往后跳开，双手捂住脖子，涨红了脸，一时说不出话。

他摇头说，不，你不能退休。没人能从爱里退休，那是一辈子的差事。你这骗子，你从第一次见面就骗了我，你根本没有残缺。她眼中含泪，映着火光，嘴唇轻轻颤抖。他继续说，因为我从没见过，所以也从没想到这世上存在毫无残缺的、完美的人。而你就是。

一股无法抵抗的力量在她体内涌动，她像那次等到他从昏迷中醒来一样，扑过去紧紧拥抱他。

他说，你愿不愿意做我的妻子？愿不愿意，赐爱给你眼前这个残缺的人？

她说，不，在爱里也没有残缺。你是完整的，没有残缺。你是这世上最完美的人。我愿意。

14

我相信伽拉会回来，只是不知道他会用什么方式回来。我等着，日复一日，越来越有耐心。镜中的我日渐苍老，而记忆中的伽拉还是个青年，当我想象我们站在一起，或对坐吃饭，脑中情景有点像母亲和儿子。

到了这一年夏天，我还有两星期就要退休。工作室接到个新活，一家海洋勘探公司最近从地中海一艘沉船中打捞上一批物品，要送来修复。对方没给照片，只发来一个表格：希腊硬币、绘着海妖的彩画陶器、金银饰品、色雷斯角斗士的青铜曲面盾牌、带鱼鳍顶饰的海鱼斗士头盔、护肩铠甲，还有一座厄运女神涅墨西斯的青铜像，一座大理石雕像。

这些东西本该那天上午运到，直到下午六点钟还没来。下班时间早过了，有人掩着嘴打了两三个电话给家人，柔声让他们"等一下再切蛋糕"。我跟几个同事说："你们去吧，都回家去。我在这儿等。"反正我家没有待哺的丈夫小孩，除了一只虎斑猫"老虎"，没人等我回去。

他们走后一个多小时，东西才送来，工人们用推车把一个个板条箱运上楼，满身大汗。他们把每个箱子撬开，让我查验。物品初步清洗过，不是长满藤壶、挂着海藻的样子。硬币十七枚，陶器一件（碎片五块），饰品五件，盾牌一件，头盔一件，铠甲一件（碎片三块）。

我每查点完一箱，在他们手上表格里打一个对钩。青铜雕像涅墨西斯保存尚算完好，一只脚掌、一条胳膊缺失，附有断臂半条，等待接上。

咯吱咯吱，最后一个箱子盖撬开，他们把四面木板一块块放倒，雕像的全貌露出。

那是一个人与狮鹫搏斗的景象……啊，不是搏斗，是战胜的那一刻：狮鹫仰面倒地，双翅软垂，两只鸟爪无力地蜷缩，他一脚踏住胸脯，左手扼住咽喉，右手将一柄短剑刺进那粗壮的脖子里。

他不再是青年，年纪至少四五十岁了，额头有深深的皱纹，两颊皮肤微微下垂，在腮边形成纹路。耳垂是正圆形。可惜面部受损较严重，五官基本被抹平，认不出模样，那没有脸的脸上，能看出一种梦幻似的、冷静坚定的神情。雕像的躯干基本完好。虽然不再年轻，他身上的肌肉略微松弛了点，但仍在美观悦目的范围内，清癯、瘦劲。

我转到箱子另一侧，去看雕像背后。石头脊梁上，有两条长长的伤疤，陷进肉里，脊椎左边有个指尖大的凹陷。还有一些表面不太平整的地方，好像那几块皮肤曾破溃了再愈合。

我慢慢伸出手。一只干枯多皱的、手背浮出青筋的手，抚在石雕的背上。

他的左腿从大腿处折断，断掉的一截腿也在箱子里。这好办，几根钢钉就能铆接上。时间还长呢，我可以慢慢修复他。

工人见我不说话，问："没问题吧？您看看，有没有丢什么缺什么东西。"

我说："没问题。什么都不缺。谢谢你们把他送回来。"我画上最后一个钩，交回笔，赶紧转过身，不想让别人看到我的眼泪。他们在身后远去。我在心里叹气，"我会很快回来"，你这可真不能算"很快"。又想着得叫盒比萨上来，再让花店送一束黄百合。重逢的第一顿晚餐，吃潦草点不要紧，以后还有很多晚餐，很多时间。我们有所有的时间。

注：

1. 罗马诗人奥维德在其叙事诗《变形记》中，讲述了皮格马利翁（Pygmalion）的故事。此人是塞浦路斯国王，擅长雕刻，对人间女性不感兴趣。他用尽技艺与热情，用象牙雕出一个心目中最完美的女子。日夜相对，他爱上了这座雕像。在爱神阿佛洛狄忒的神庙里，皮格马利翁为祭坛献上祭品，默默祈祷。爱神被他打动，赐予雕像生命，当皮格马利翁回到工作室，亲吻雕像时，发现那嘴唇温软如活人。随后她走下台座，成了活生生的女子。两人结为夫妻，幸福地生活在一起。到十八世纪，人们称这位雕像女子叫"伽拉泰亚"（Galatea）。

2. "金"："King"（国王）。

3. 涅墨西斯：厄运女神。她认为不应有人占有过多的好运，因此常去诅咒那些有福的人。狮鹫负责为她拉着战车。

红外婆

我要去看望外婆,独自住在森林深处的外婆。她的房子在三棵大橡树底下,围着一圈胡桃树篱笆。

我往篮子里放进蛋糕、葡萄酒,紧紧地梳起辫子,束在头顶,披上斗篷,把红帽子翻起来戴好,穿上红皮靴,挎起篮子,出门。

天气晴得要命,我仰起头,阳光照在脸上。有人走过来,站在篱笆外边,是村里最聪明的老人亨利。他背着手,咳嗽两声,"天气真不错,你好哇,亲爱的小红帽。"

"你好,亨利大叔。"我走出来,回身把篱笆门推上。

老亨利问:"雷奥妮不在家?"

雷奥妮是我妈。我说:"不在。她最好的朋友快生小孩了——那可怜的宝宝,还没出生就没了爸。我妈昨天翻过山去她家照顾她。"他当然知道我妈不在家,他故意问的。老狐狸。

"这几天你都自己照顾自己?真是个能干的好姑娘。"

我说:"我都十岁了。我外婆十岁打死一头狐狸,把皮剥下来,给我太外婆做了个皮手筒。我妈十岁时挖陷阱逮住一头猞猁，炖了肉请全村人吃，你不也来吃了吗？"

他脸上有些不自在，"小红帽，你出门上哪去啊？"

我说："去看我外婆。"

他朝我胳膊上挎的篮子张望一眼，笑道："是不是给她带了什么好吃的？"

我知道，如果我不主动，他会主动过来翻，索性掀开盖在篮子上的大手帕，"喏，这是酒，这是蛋糕，我刚烤的。"

他连连说："好香。"伸手捏一捏裹蛋糕的布。我往四周扫一眼，果然，不远处的大山毛榉树后面、荚蒾丛里，影影绰绰还有几人。我心里冷笑一声，说："再见，亨利，我要走了。"

他揪住篮子把手，脸色变得严肃，"他们是找你外婆报仇，跟小孩子没关系，你何必……"

我往外一夺，他没坚持，松了手。我说："祝你今天胃口好，心情好。"转身大步走上通往森林的路。他在后面说："也祝你……健康。"

我继续往前走了一阵，头也不回地说："出来，伊戈。别躲了，我知道是你。早就听见你吸鼻涕的声音了。"

侧后方一丛灌木簌簌作响，伊戈钻出来，先痛痛快快吸溜了两筒。他是老亨利的孙子，清晨时分就是他偷偷跑来报信，说昨夜狼族首领带着手下，一共十九头狼，团团围住了我外婆家的小屋。

伊戈使劲搓搓上唇。他一出生，上嘴唇就是裂开的，村里小孩都管他叫"兔子"。他说:"你还真去啊?"

我说:"不假。"

他跟在我旁边走,愁眉苦脸,想伸手拽我,又缩回去,连连叹气,"唉,唉,小红帽……可能你即使去了,也只能看到被狼咬烂的……尸体。"

"嗯,可能。"

他两个手在身前攥来攥去,一会儿左手攥右手,一会儿右手攥左手,"也可能连尸体都见不到。你不是跟我讲过吗?你阿姨当年直接被狼拖走,你外婆和妈妈找了几座山……"

我站住,转头看着他,"是你告诉我的,狼群会围上一天才动手,因为巫狼说日落时分复仇最吉利。所以我现在去,时间刚好。"

伊戈脱口而出:"你去干什么?送死?"

我沉下脸,"你是不是也想说村里人那套话——我外婆杀过狼首领,现在人家来报仇是她咎由自取?反正狼族只想杀她,我保命要紧,等狼群走了去收尸?"

伊戈看起来更难过了,"我不是这个意思,我只是觉得,唉,我偷听爷爷跟狼说话、再给你传信,反倒害了你,我……"

"你放心,不是送死。我有办法,我可是瑞德家的女孩。"我伸手拍拍他的肩膀,柔声说,"兔子,你是好样的,只有你肯帮我。等这事过去,我给你跟希希各做一个蛋糕吃。"

希希是他养的比格猎犬，会用后腿站起来跳舞。伊戈说："好吧，那我要莓子味的。哦别做可可的，你记得吧，上次希希吃了你送的可可蛋糕，病了两天。"

我说："当然记得。伊戈，你愿不愿意再帮个忙？"

伊戈真是个好小伙，听到能帮忙，眼睛马上亮了，身子一挺，"愿意，你说。"

我一边走，一边大声唱歌：

> 谁都知道瑞德家的阿婆，
> 红发红眉像团火。
> 在露水晶莹的早上，
> 她踏遍七个流过血的山坡。
> 嘿，嘿，嘿！
> 后来阿婆找到狼窝，
> 一棍打碎狼脑壳。

又一阵簌簌响。这次来的是狼，风一阵阵吹，狼臊气一阵阵送过来。我不动声色，左手装作伸到帽子里挠痒，右手攥紧篮子把。他要敢扑上来，可要结结实实挨砸的。我甚至都想好了，头一下砸腰杆，外婆跟我讲过，狼是铜的头，铁的背，玻璃腰。

眼前灰影一闪，一头狼蹿到面前三米处。是头大家伙，褐黄色皮毛光滑发亮,黄眼睛亮幽幽,针尖似的眼珠盯着我,黑鼻尖抽动几下。他们是百年前被森林之神选中的兽族,受魔法的赐福,能说话,会思考。那张阔嘴一张一合,说:"早上,好,小红帽。"

我不说话。

他说:"丢勒,我叫。别怕,来吃你的,我不是。人肉,我不吃。"

他讲人语讲得颠三倒四,好在勉强能懂。我使劲憋住笑。他有点讪讪的,在路中间蹲坐下去,像一头大狗,"偷溜出来我。首领,不知道。托我,有人:劝你赶快回家去。"最后一句转达那个"有人"的话,说得最顺。

我断然道:"不可能。"

狼丢勒说:"你外婆,勇敢。老了但是。不在家,你妈妈……哎,亨利是首领的,一伙,你知道?出远门你妈妈,的消息,亨利送来的。"

我说:"知道。"这句话让我相信狼丢勒不是敌人,我把手从帽子里放下来,"你们今天既然打算杀我外婆,难道不怕将来我再给外婆报仇,杀进你们狼窝里去?"

狼丢勒显然没想到这层,他们拥有智慧的时间还是太短了,他说:"真的……会报仇,你?"

我不答,既然他不伤害我,那我为啥不接着走?我目不斜视地路过他身边,他忽然说:"害怕极了,你其实。能闻出来，我。"

我继续往前走。爪子声嗒嗒，他跟上来，说:"害怕时身上，一股馊臭气，散发。兔子、羊、鹿、人，都一样。你靴子里，我现在闻见，就是那味儿。"

"那是天热闷出的汗。"

"你红帽子里，也是那味儿。"

"那是赶路急出的汗。"

"你手心里，也有那味儿。"

"那是一心想着跟你们狼群打架，兴奋出的汗。"

狼丢勒叹一口气，摇摇他那毛茸茸的大脑袋，"我尽力了。不听，劝告，你。回去了。可怜，他会伤心的。再见吧，小红帽。再见面，你的帽子，希望不会变更红。"说完轻捷一跃，没入草丛。

我冲着草间闪动的褐黄背影说:"喂，'他'是谁？谁会伤心？"没听到回答，簌簌声极快地远去了。

心里带着疑问，就好像衣服里藏了块石头似的。我继续往前走，偶尔停下，采几棵草、几朵花，边走边大声唱歌:

> 谁都知道瑞德家的女人，
> 笑声好比曼陀林。
> 在鹈鸰鸣叫的早上，
> 她用红手挖好一座坟。

嘿，嘿，嘿！
后来她总是准备着
为需要的人冲出家门。

又走了好一阵，不远处草丛簌簌响，狼臊气又来了，这次味道比上次淡一些。我说："又是你，丢勒？"

前方一棵大栎树的树荫底下，立起一个影子。我一怔，那竟然是一头……一个人狼。他浑身长着软毛，毛色跟我之前见过的狼都不太一样，是红褐色的，他脸上五官完全是人类男孩的样子，眼睛很大，眼珠灰绿色，狼毛跟络腮胡似的长到脸颊上，四爪还是狼爪，直立起来，两个前爪像人的双臂，耷拉在两边。

那对绿眼珠看着我，淡红的嘴唇开合，说："上午好，小红帽。"

我说："你是谁？"

他说："我叫菲恩。别怕，我不是来吃你的。我们不吃人肉。"

他的人语说得比狼丢勒流利多了，闭上眼听，会以为是村里普通十来岁男孩。我说："你为什么是半人半狼？"

"因为我爸就长这样。他还能变成完整的人，那个我要成年了才能学会。"

"刚才有一头狼拦住我……"

"是我让丢勒来劝你回去的。我没法阻止他们攻击你外婆——我试过,差点被首领咬死——我只能阻止你去白白送命。"红毛人狼菲恩叹一口气,眼中闪动忧伤、痛苦的目光。看来狼丢勒说"会伤心的"就是他了。

我心里一软,忽然觉得他样子有点面善,问:"我在哪见过你吗?"

他摇头,微笑,"你在镜子里或湖边照一照,就见到我了。"

我猜他的意思是,他跟我共享一些人类的样貌。我说:"也许我会白白送命,也许我跟外婆联手,就能打退你们一整群,谁知道呢? 我必须试一试。"

人狼菲恩用绿眼睛久久看着我,"我猜到你不会回去。你们瑞德家的姑娘,都是倔脾气。"

这话说得真蹊跷。我刚要问,他已放低上身,四爪着地,"再见吧,小红帽。希望再见面时,你的帽子不会变得更红。"说完轻捷一跃,没入草丛。

我冲着草间闪动的背影说:"喂,你见过几个瑞德家的姑娘?"没听到回答,簌簌声极快地远去了。

心里的疑问更多了,就像衣服里藏的石头更重了。我继续往前走,偶尔停下,采几棵草、几朵花,边走边大声唱歌:

  谁都知道瑞德家的女孩,
  红帽红靴有能耐。

在母鹿安眠的早上，
她采下雏菊和毒麦。
嘿，嘿，嘿！
后来小红帽吃饱喝足，
一拳把狼的嘴打歪。

等到手里花草攒成一满把，我看到了远处的三棵大橡树和烟囱，外婆家到了。我加快脚步。风吹过来，风里有浓得呛人的狼臊气。我使劲吸了一下鼻子，太好了，没有血腥气，外婆好端端活着。太阳挂在天正中，离日落还有半天，一切都来得及。伊戈如果顺利，这会儿也该到了。我站住脚，几步之外，三棵大橡树下，胡桃树篱笆外，有十九头狼。

有的狼站着，有的卧着，十九对眼睛齐齐望过来。

我妈讲过，狼群里尾巴谁翘得最高，谁就是头儿。在一群夹着尾巴的下属里，首领非常好认。它是一头壮硕得惊人的黑狼，左耳缺一块，脸上身上净是搏斗留下的疤痕，那是坐稳头狼位置的代价。

我挥一挥手里的花束，说："诸位，中午好。"

黑狼说："中午好，小红帽。没想到你来了。"他的声音居然出奇地柔和，软绵绵的，像刚搅好的鲜奶油。

离他最远的地方，狼丢勒没精打采地趴着，看我一眼，又低了头。

我又大声喊："外婆！"

"砰"一声，小屋窗户打开了，我外婆从窗里探出身，冲我微笑挥手："嘿，我的小冠军。"

"冠军"是外婆给我的专属昵称，自打我半岁赢下村里的"宝宝爬行大赛"她就这么叫了。我一看到她，突然有点想哭，腿也有点打战。她脸色稍微有点憔悴，不像平常那么有光彩，连额头嘴角的皱纹都显得更深了，蓬松的红发用一根发带随便捆在脑袋后面。

我拼命跟自己说，憋住憋住，我是瑞德家的女孩，不能泄气。于是我也跟外婆微笑："是呀，我还给你采了花，带了吃的。我这就进屋。"

黑狼身边一头独眼狼吼道："不行。"从跟首领的距离上看，他应该就是巫狼，地位仅次于头狼。

我耸耸肩膀，"你们瞧，我今年才十岁，除了采采花草、做做蛋糕，我啥也不会。我既没有尖牙，也没有利爪。让我进去跟外婆说会儿话，给她送口吃的，能有什么害处呢？"

黑狼首领显然在犹豫。外婆在窗户里冷笑说："狼王，你们不会真的害怕一个十岁小姑娘吧？"

一头银灰色母狼说："让她去。"她皮毛光亮，双目晶莹，四肢修长有力，我从没见过这么好看的母狼。我妈讲过，狼群里只有狼王可以选伴侣，他会挑出最美貌健康的那头给自己。我朝她甜甜一笑，"谢谢你，狼王后。"

黑狼说："你进去。说几句道别的话。日落的时候，你外婆就得死。"

我刚走到一半，独眼狼又说："篮子里，什么？打开看。"

立即有一头眼神凶狠的灰狼走过来，他是狼群里个子最高的，站在我旁边，嘴巴跟我脖子平齐。他喉咙里低哮着说："打开。"我甚至能感到他鼻孔里的热气，闻见他嘴巴里的臭气。

我用握着花束的手掀开手帕。大狼低头细看，鼻子抽动，嗅来嗅去，狼眼圆睁。他问："这，什么？"我指着说："这是蛋糕，这是酒。"

高狼转头说："没有刀子，只有蛋糕和酒。"

黑狼终于点点头。我走进胡桃树的矮篱笆，走上台阶，推门进屋，把屋门关上。外婆的拥抱就在门后等着我。

她抱紧我，紧得像要把我搂进她骨头里。我抬头看她，她眼角的皱纹里流出小溪。我扬手把小溪抹干了。

她反复说："你为什么要来？太危险了……雷奥妮怎么会让你来？她人呢？"

我说："安娜阿姨要生宝宝了。妈去她家照顾她，昨天骑马走的。"

"哪个安娜？"

"她结婚时我妈用野猪牙做了个花瓶当结婚礼物，那个安娜。她怀孕五个月，她丈夫赌钱赌输了在酒馆打架，被砸破头，抬回家两天就死了，那个安娜。"

外婆点点头，"哦，那雷奥妮应该去。"

我说："我已经让人去那个村通知她了，日落之前她肯定能赶过来。外婆，屋里怎么有点狼臊气？"

她指一指厨房，我才看到厨房乱七八糟，锅和罐子扔了一地。"他们趁我睡觉时闯进来，把我的刀、做面饼用的通心槌都叼走了。"她有点沮丧。

我小声说："没关系，我带了刀。"外婆说："你？"我把挎篮和花束搁到桌上，放下头上的红帽，露出头来，发辫在脑后固定着一个亚麻布包裹的细长条。我拿下来，解开麻布。那是一把磨得很快的厨刀。

外婆的眼睛重新亮起来，神采又回到她脸上，"哦，我的小冠军！不愧是我们瑞德家的女孩。"她接过刀，手指拭着刀锋，刀光映进眼中。她说："好，有这玩意儿，谁输谁赢，那可不一定。"

我说："我还有别的主意呢。外婆，你午饭还没吃吧？咱们做点吃的。"

门外的巫狼吼道："你们可别想逃走。"

我对着窗户吼："这是我们的家，我们才不走。"

巫狼说："唱歌，不许停。大声唱，让我听见。"

那还不简单？我放大喉咙唱道：

谁都知道瑞德家的阿婆,
红发红眉像团火。
在露水晶莹的早上,
她踏遍七个流过血的山坡。
嘿,嘿,嘿!
后来阿婆找到狼窝,
一棍打碎狼脑壳。

外婆也唱:

谁都知道瑞德家的女孩,
红帽红靴有能耐。
在母鹿安眠的早上,
她采下雏菊和毒麦。
嘿,嘿,嘿!
后来小红帽吃饱喝足,
一拳把狼的嘴打歪。

家里有储存的熏兔肉、熏野猪腿。我把采来的鲜花插进花瓶,把剩下的草洗净,统统丢进肉锅里,百里香,九层塔,迷迭香,野葱,熊蒜。肉锅咕嘟咕嘟,那些草让它的气味越来越香,越来越香。

在我篮子里的蛋糕底下，还裹着一包豆子，是香喷喷的可可豆。我们用它烤了更多的蛋糕，往里放了酒，放了樱桃果酱。香味越来越浓，越来越浓。

我把窗户开到最大，让香气飘散出去，看一眼天空，太阳正在下落，快落到树梢了。

骚动是慢慢发生的。所有的狼都抽动鼻子，嗅着风吹过来的香气，肉香，蛋糕香，我在屋里都能听得见一片抽鼻子声。他们既然有人的智慧，应该也分享了人对食物的审美。几头还没成年的小狼站起来，仰头咻咻吸气，其中一头小黑狼显然是首领夫妇的孩子，他走到银狼身边，跟她小声说了几句。银狼又跟首领小声说了几句。

黑狼首领说："小红帽，把蛋糕和肉拿出来，我们要吃。"

我说："哦，天哪，这可是我跟外婆的最后一顿饭了，你们也要抢走？"

高狼吼叫："首领说了，拿出来！"

我说："好好好。"

我端着一大盘可可蛋糕，外婆端着肉锅，我们慢慢走出门，走出胡桃树篱笆，把盘子和锅放在地上。

黑狼夫妇的孩子第一个冲上去，几乎把鼻子埋进蛋糕里，吃得呜噜呜噜的。他吃了两口，狂喜地叫："爸、妈，快来！"

等狼王夫妇也开始吃，其余的狼就跟着一哄而上了。独眼老狼是最后一个，他始终站着不动，透过敞开的门望进屋子里，直到看见我和外婆也分吃了一小块蛋糕，他才过去吃，只吃了几口，就走到一旁，望着天色。

太阳掉得更低了，就快落下去了。

空盘子和空锅被阳光照成了金盘子和金锅，我走出门，过来收拾餐具。黑狼首领说："你站住。"

我站在原地不动，看一眼远远近近的狼。黑狼绕着我走了一圈，一对狼眼紧盯着我，叫道："菲恩，过来。"

高草丛一阵乱动，露出一张半人半狼的脸。人狼菲恩四肢着地，垂着头走过来。首领挺着身子，耳朵直立，狼尾举起来朝脊背卷着，这是权威者面对属下的姿态。他说："你，杀了她。"

人和狼，还有人狼，都惊呆了。菲恩说："为什么？"

首领说："为什么不？"

我外婆在屋里大吼："跟她没关系。"眼看她要冲出来，灰影一闪，高狼扑到门口，嘴唇卷上去，朝外婆龇出门牙。不过他脚步轻微跟跄了一下。我知道外婆肯定会提刀跟狼拼命，一面大喊："你不要动，等等！"一面拼命挥手使眼色。

刚才我们约定的动手时间，还不是现在。

菲恩说："为什么杀她？"

黑狼说："昨天我问，你想当人还是当狼。你说，狼……"他后腿似乎软了一下，他蹲坐下来，甩甩头，像要甩掉一些不舒服。他继续说:"狼的牙,要沾血。狼的耳朵,要听命令的。你不咬死她,我咬死你。"

菲恩退了一步,说:"不。"一头褐黄色的狼猛地蹿出来,停在菲恩身边,弓起后背,背毛竖起,朝首领咧嘴露齿,那是狼丢勒。

忽听狼群里传来一声哀叫,银色狼王后说:"儿子,我的儿子!"只见她的小狼倒在地上,呕吐,抽搐。母狼扑过去,连连舔着儿子的颈毛,一转头,张嘴吐出一大摊。剩下的狼也呻吟起来,有的吐有的泻,乱成一片。黑狼首领摇晃两下,歪倒,伏地喘气,嗷的一声,呕出一地棕色液体。我朝外婆看过去,挡在她身前的大狼头昏脑涨地转了半圈,软软卧下去。

狗不能吃可可蛋糕。这是伊戈家猎犬的惨痛经验,我牢牢记住了。狼和狗同一个祖宗,狼吃了可可,肯定也不怎么舒服。

更何况,那锅肉里除了当香料的草,还放了毒麦和疆南星。

我外婆飞起一脚,狠狠踹在高狼的肋骨上。狼疼得嚎一声,张大口要咬她的腿,外婆手起刀落,一刀从眼睛直插进去,狼不动了。她用脚踏住狼头,拔出刀,血溅了半张脸、一裙子。她从狼尸上一跳而过,向我飞奔过来,发带掉了,红发散开飘在脑后,像一面旗。我也朝她跑过去,发现腿软得简直拖不动。

她一把抱住我。我的手直哆嗦,一个十岁姑娘被狼围了半天,哆嗦几下谁也不能笑话她胆小,是吧? 菲恩在狼群里地位最低,他刚才没凑上前,一口没吃,所以没中毒,他推我一把,"快走! 你们!"

这次原地站着不动的是外婆,她死死瞪着菲恩,好像看到什么极可怕的东西,脸色发白。她说:"孩子,你的红头发……你妈妈是谁?"

菲恩刚要说话,只听一声吼叫,黑狼扑了上来,把外婆扑倒在地,她猝不及防,手里刀掉在地上,只能扬起双手用力掐住黑狼的脖子。我浑身血液都凝住了,叫也叫不出。狼牙在余晖中一闪。

"嗖"的一声,箭矢刺破空气,噗,正中黑狼的后脑,铁箭头从大张的嘴里透出来。

黑狼眼里的光瞬间暗下去,他的日落降临了。

两个叫"妈妈"的声音一齐响起。一个是我喊的,一个是我妈喊的。她跳下马,提着弓箭,大步从树林里跑出来,夕阳照亮她半边脸,她就像一尊黄金塑成的狩猎女神阿尔忒弥斯的雕像活了过来。

外婆把死狼推到一边,仰望天空,躺着深吸了几口气,才坐起身。我妈伸手,拉她站起来。我们三个互相看一眼,抱在一起。我哇的一声大哭出来。

好一会儿,外婆问:"小狮子①,安娜的孩子怎么样?"

我妈说:"母女都好。她给宝宝取名叫雷奥妮,用我的名字。"

月亮升到天中的时候,狼们喝了我外婆拿来的牛奶,毒性解去一些,有了走路的力气,就在银王后的带领下,默默离开了。临走,他们逐个过去,用鼻子碰了碰黑狼和高狼的尸体,作为告别。

人狼菲恩走在最后面,走得慢吞吞。外婆站在胡桃树篱笆旁边,喊:"菲恩。"

菲恩立即回头,立起上半身。我妈妈拉着我的手,在门后静静看着。

外婆抬手放在鼻梁上,说:"山上有颗星……"

菲恩看着她,也抬起手 —— 前爪,放在右边脸颊上,"山下有口井。"

外婆说:"长的话,短的话,我都说完了。"

菲恩说:"小红马,老乌鸦,宝贝闭眼了。"

我感到我妈的手直发抖。

外婆说:"这是我给我女儿苏珊唱的歌。因为她鼻梁上有颗痣,右脸上有个笑窝。"

---

① 小红帽妈妈叫"雷奥妮"(Leonie),Leo 这个前缀在拉丁语中是"狮子"的意思。

菲恩说:"这是我妈活着的时候,给我唱的歌。她鼻梁上有颗痣,右脸上有个笑窝。"

我妈的妹妹,我阿姨苏珊,她十五年前被狼拖走之后,并没有死。狼群里的人狼朱利安抢下她,保护起来。朱利安每月会有一天变成完全的人类。他们就在那一天,当了爸爸和妈妈,后来生下菲恩。苏珊觉得自己跟人狼在一起,外婆会生气,始终没回去(菲恩:"我妈其实一直想回家,她总说,明年带你去看外婆和阿姨,看看我们瑞德家那两个姑娘,可是……")。菲恩四岁,苏珊去世了。又过了三年,我外婆寻到狼族的大本营,杀了黑狼的父亲老首领。原本黑狼就要下山报仇,但狼群推举出的继任首领是朱利安,他不许狼群去找我外婆的麻烦,带着族群迁离,搬到了五座山之外的新领地。今年,朱利安捕猎时被熊咬中死去。黑狼终于当上狼王,他第一件事就是回到旧领地,回来找外婆报仇。

这些话,是菲恩坐在厨房的地板上讲的。等他讲完,天就亮了。

狼群早走了。只有狼丢勒趴在院子里,吃饱了无毒的炖野猪肉,脑袋搁在爪子上睡着了。

外婆和妈妈轮流过去拥抱菲恩,她俩的眼泪,把菲恩的红毛都打湿了。

关于苏珊阿姨那几年在狼族里的经历,外婆只问:"你总能看到那口井吗?"

菲恩说:"是的。我妈妈每天都会笑,每天。"

我仍然每周去看望外婆。她的房子在三棵大橡树底下,围着一圈胡桃树的篱笆。不过她现在不是独自居住了,表哥菲恩跟她住在一起。

至于到底当狼还是当人,外婆说,可以等他满十八岁自己决定。

狼丢勒有时过来找他,晚上睡在外婆的门廊过夜。那儿铺着两张狼皮,一张黑的一张灰的。有一次我推开篱笆门进来,看见菲恩跟丢勒靠在一起,丢勒温柔地回头舔菲恩的耳朵,菲恩则轻轻亲吻丢勒的狼嘴。

对我来说,唯一的烦恼是,要带好吃的就得多带一份——有时还不止一份,"兔子"伊戈以我的救命恩人自居,经常让我给他和希希送吃送喝。

我往篮子里放进蛋糕、葡萄酒,紧紧梳起辫子,束在头顶,披上斗篷,把红帽子翻起来戴好,穿上红皮靴,挎起篮子,出门,边走边小声唱歌:"谁都知道瑞德家的女孩,红帽红靴有能耐。嘿,嘿,嘿!"

人鱼之间

I

1

新来的都要自我介绍，讲讲自己怎么进来的，怎么得了无期徒刑这个下场。

我说，你们先讲，你们怎么进来的。

老狱友们乱纷纷说道：因为不小心；因为贪吃；因为命运……

轮到我了。

我说：我啊，我是因为爱。我爱上了我的同事人鱼公主。

是的，殿下，你耀眼如灯塔，柔软如马尾藻，灵巧如宽吻海豚。穿着脚蹼和绸布鱼尾，你是半截白、半截紫的大鱼。换上裤子帆布鞋，你是双腿细长，走路没声音的女人。月亮无从知晓它寂静又明澈，甚至不知道自己就是月亮。沙子不知自己是沙子。你不知道你是个真正的公主。

海洋馆行政部门的人干过无数蠢事，比如开除了最会照管企鹅的老员工，聘来了副馆长的远房侄子，那个脑容量比金鱼还小的年轻人某天下班忘了盖鱼缸顶部的罩网，一条八岁的巨骨舌鱼半夜从缸里跳出来。它不知道玻璃隔开的是两种不同的透明，一种维生，一种致命，它也不知道，那伸懒腰式的舒畅一跃，要付出什么代价。以那两米的体长、一百公斤的体重，它死前那番扑腾颇为骇人。远近十几座缸里，几百尾同类，共同目睹了它渐渐安静的过程。昏暗灯光中，巨大的它横尸如一个死人，第二天早晨开门进来的女员工在昏暗光线中以为眼前是个凶案现场，惨叫一声，四肢并用地爬出去。

行政的人唯一做对的事，就是半年前把你招进来，做人鱼表演。

人鱼表演的薪水不高，标准挺高，得一米六五以上，身段苗条，尤其是腿要长，修长的下半截，套上鱼尾，才能符合观众的心理预期。第一轮有四人入围，那天我正在大办公室里，行政的老鳝领着四个女孩，从门外走进来。他指指西侧一个门说，那儿是更衣室，洗手台子上有卸妆液，你们进去换上泳衣，把妆卸干净。

四个女孩垂头进去了，她们挎包里自带了泳衣。办公室中央是四个水池，两个大池，两个小池，我们在这儿训练动物，给伤鱼病鱼做治疗。老鳝提着一副表演用的单蹼，坐在水池边的椅子上，掏出一枚哨子挂在颈上。我刚结束早泳，爬上岸，水淋淋地跟几个同事在一边看。四个女孩走出来，第一个丰腴，第二个黄头发，第三个宽肩膀，第四个瘦高。

第四个是你，公主，你穿湖水绿连体泳衣，黑眼珠像两粒鲟鱼卵，头发在脑后扎个髻，丰满的嘴唇噘着一点，像印度洋的鹦嘴鱼。四个女孩把四副泳镜推在额头上，只有你把你那副银色泳镜戴得像白银的冠冕。

你们四处张望，你的目光从我脸上身上掠过。我忽然觉得害羞，藏到挂水桶和胶皮管的架子后面，可我又有种强烈的冲动，想走到你身边去，让你注意到我，再多看我几眼。

老鳝把单蹼递给第一个女孩，她在水池边坐下，戴好泳镜，双脚伸进单蹼，手一撑，跳进水中。大家都拥到池边看。她深吸一口气，钻进水里，两腿并拢，鞭式打腿前进，翻身翻成仰面，再往下潜。一分钟后她浮上来换气，继续入水转圈，直到老鳝拿起哨子吹一声，她游近岸边，爬上来，脱下单蹼，拿给第二个黄发女孩。

几个女孩轮流穿一条橡胶鱼尾，只有你，只有你接过单蹼之后先不穿，而是拿它在池里洗了洗，舀一洼水，手伸进去搓搓，把水倒掉。

我在一边暗笑。殿下，如果王子捧着那只沾过全国女孩脚汗的水晶鞋跪在你面前，你也会拎着它先洗洗再穿，对吧？比起你来，辛德瑞拉真不是个讲究人。

你穿上单蹼，拉下泳镜，戴好，扑入水中，顺势在水里游了一个大回环,然后双手往前伸,手掌叠在一起,俯身,侧身,仰身,一道道柔和的波动不断从脊柱荡下去,传到臀部、大腿、小腿,最后达到鱼尾一样的脚蹼上。由于水的折射作用,从空气里看去,你身体的边缘稍有扭曲,你融成了一摊湖绿的色块。公主,其他人游泳是在跟水肉搏,跟水交锋,而你,波浪就在你体内,你一回到水中,它就醒过来,隔着你贴金箔的皮肤跟别的水呼唤、应和。我知道老鳝会选你,海里,陆地上,任何长眼睛的都会选你。

等你们走后,我偷偷跳入池子,潜入水底,俯身,侧身,仰身,用脚打水让自己前进,在刚与你肌肤相亲的水中钻来钻去,就像小时我母亲出去打鱼了,我爬到她睡过的地方,在残留的温馨气息里打滚。我养母曾说,有个神为了让人信他,让清水变成美酒。公主,我已经信了,你把整池子水变成了让人醉醺醺的酒。

第二天,你就来上班了。然后你天天都来,除了周一。周二到周五,你每天表演四场,每场半小时。周六周日,来海洋馆的游客最多,表演加到一天六场。周一是你的休息日,也是我为见不到你而忧伤的日子。有了人鱼表演之后,海洋馆给你录了视频,编进广告片里。馆内的墙上,每隔一段,挂着一个大方块屏幕,循环播放那个片子。我们大办公室墙上也挂着一个电视屏,每天播映十二小时。也就是说,我每天至少能看到你九十遍。

有一种海洋哺乳动物叫海牛，跟大家认为是"人鱼"的儒艮同属一目，都很丑，丑得也很像。海牛的听力只能识别高频声，它们感知低频声的能力退化了。而船的发动机声恰好是低频，海牛常因听不见马达声，跟船撞在一起。

对我来说，爱是一艘发动机嗡嗡作响的船，朝我冲过来，我跟它正面相撞，魂飞魄散。

头场表演是九点半，我从九点开始盯着办公室墙上罗马数字的大钟表。没有你，世界跟马里亚纳海沟一样黑暗无光。同事们坐在岸上的长凳上吃早饭，我吃完我那份，跳进水里来回游动，想象自己是个大热水袋，以心头的焦躁为热源，替你把池水暖热了0.0001度。你通常在九点五分走进来，溜着墙边走，低着头，像一只若有所思的海马。我把头探出水面，让光照在脸上，公主，你带来光，海里所有的光。你脸上有护肤油的香味，头发里有洗发水的香味，嘴唇上有一点唇膏的红色，有你小声跟同事们打招呼，朝我挥手、微笑——那个笑只给我，每次都让我肚子里翻搅起一阵沙丁鱼风暴。

九点十五，你从更衣室走出来，已经换上了比基尼泳衣，所有香味都洗掉了，嘴唇上的红色也抹掉了。要下鱼缸，身上不能有任何化学物质用品，但你每天还是会把嘴唇画红——为了给地铁上那些人看吗？我不明白。公主，那些涂料只能遮盖你的美。

九点二十,你在池边坐下,双脚和半截小腿伸进水里,探身把绸布鱼尾放进去浸湿,再把两条铅块绑带围在脚踝上,好让自己更易沉向水底。

九点二十五,你提着单蹼和鱼尾,走向通往巨型水族箱的过道。海洋馆响起歌曲《深海之下》,提示游客,人鱼表演要开始了:

> Under the sea 在海底
>
> The newt play the flute 蝾螈在吹笛子
>
> The carp play the harp 鲤鱼拨动竖琴
>
> The plaice play the bass 比目鱼弹奏贝斯
>
> And they soundin' sharp 它们大声尖叫
>
> The bass play the brass 低音歌唱家在演奏铜管乐
>
> The chub play the tub 白鲑吹起大号
>
> Under the sea 在海底
>
> Each little snail here 每只小小的蜗牛
>
> Know how to wail here 都知道怎样高唱
>
> That's why it's hotter 这就是为什么这里更棒
>
> Under the water 在水下
>
> Ya we in luck here... 我们很幸运……

这是电影《小美人鱼》里,一只叫塞巴斯蒂安的寄居蟹唱的歌。最大的水族箱对面，有一片阶梯看台，母亲带着孩子，孩子带着爆米花、烤香肠、水母气球、毛绒海龟，男人们带着青春期曾对人鱼发过的春梦和不那么纯洁的热望，他们挤挤擦擦地坐下来，等着，等你。

在他们看不到的后台，有一条钢管梯子，你像游泳的人从水里爬上岸一样，从岸上爬到水缸边缘，在那儿的一小块平台上坐下来，透过敞开的门，我远远看着你把双脚伸进单蹼，像穿裤子似的用一套左右扭动的动作把绸布鱼尾拽到腰间，最后你戴好泳镜，理一理长发。

九点二十九分，你手攀着最后一根铁杆，将下半截鱼尾伸下去。鱼尾一进水就还了魂，像奥菲利亚的长发似的飘荡。你款款扭动腰肢，作为预告片。从外面观众的角度看去，银幕上沿的边缘处，一条尾巴入画了，掌声和欢呼响起。

九点三十分，你松开手，慢慢下降，猛地往后弯身，头下脚上地仰面亮相，在水中画出一道 S 形弧线。人们反而安静了，美是一种权威，它带来的震慑让人噤声，只有一个小男孩大声发表他的创见：妈，美人鱼！真有美人鱼！

你的皮肤苍白发蓝，好像皮下流的是蓝色的血，光线透过水，成为你身上的金色斑纹。你以束手就擒的姿势伸直双臂，鞭式打腿，缓缓前进。鱼尾漂在水里，拖着两条长长尖梢，像飞在天里的风筝被风吹出阵阵颤动。海底一块大石头旁坐着一架骷髅，你向它游过去，拉起一只白骨的手握一握，跟它打招呼，这动画片般的一幕让观众笑起来。你放下白骨，若有所憾地挥手道别，升到海面去换气。绸布上的亮片闪烁，你潜下水游动一阵，再上去换一口气，上上下下，回环翻转。

以一场电影的长度比例换算，反派该登场了，果然，两条乌翅真鲨一前一后到来，以其祖传恶名让全体观众心跳加速。你悬在空中，盯着鲨鱼的身影，转动身子，做周旋状，做恐惧状，身姿不失优美。当然，这是斗牛士和牛、吹笛人和蛇那种周旋和恐惧，仅具表演意义。鲨鱼兜个圈子，游弋而去。

已爱上你而不自知的小男孩松一口气，问：鲨鱼为什么不吃美人鱼？他妈妈说，因为它们是好朋友。

不，女士，没人是公主的朋友，公主只有臣仆。

九点四十分，你游向通往隧道的出口，开始皇室巡游。人们纷纷起身，像听到花衣魔笛手的笛声，不由自主，眼睛紧盯着你，跟着往前走，走进山洞一样的隧道。你边游边向人招手，像午后的少女在花园漫步，悠悠笃笃，自得其乐。你从假珊瑚丛里游出来，好像穿过灌木间的小路，把手伸向成群游来的心斑刺尾鱼、蝙蝠鲳、小丑鱼，像伸手扑蝶。

而正如所有少女都近于死亡，死神一样拖着长尾的蝠鲼悄然而来，挥动两翼，飞过你头顶，投下不祥的阴影。如果没有你，蝠鲼只是块会飞的桌布。公主，这一缸伪造的海没有灵魂，是你暂时充当它的灵魂，让它有了种童话式的真实。

最后音乐响起，告别曲目是《我心永恒》。你朝人们挥手，做恋恋不舍状，双手在面前画弧，以水的波纹组成心形，再画一次，画出最大号的海龟那么大的心，随后转身，消失在一大块礁岩后头。

演出结束了。孩子在路过的第一个售卖亭买了人鱼玩具，握着绒布尾巴，让它在空气中波浪式前进，母亲一路说人鱼不够美，脖子上有颈纹，一颗牙齿不整齐，胳膊一挥还有蝴蝶肉，父亲沉默不语，他心里的暗房正一张张冲洗眼睛摄下的底片，悬挂在他私人画廊最显眼的位置，今夜那个酣畅淋漓的时候，床上会有三个人：她、他和他脑中闪现的你。他带着恶狠狠的快意，想象如何镇压那个会翻浪头的半人半鱼之身，与此同时，你回到那个小平台上，恶狠狠地扯掉假鱼皮，让它翻出寒碜的白布里子。

用不着血和蟾蜍毒液制成的药，时间一到，鱼尾自然变成双腿，你爬下梯子，拎着单蹼、鱼尾和铅块绑带，回到办公室，在门后挂钩上摘下浴巾，走进更衣室，在淋浴喷头下冲冲身子，裹着毛巾走出来。办公室角落里有张旧沙发，是副馆长办公室里淘汰下来的。你把单蹼、鱼尾、铅块绑带放在沙发旁的地板上，在沙发上坐下，长出一口气，等，等下一场。

一折起双腿，你的身子整个淹没在白毛巾里，像只毛茸茸的竖琴海豹。两场表演之间的时间，你不断给自己喂零食，鳕鱼干、鱿鱼丝、香酥小鱼。你总在吃，一闲下来就吃，好像你体内有只胃口奇大的抹香鲸，一边咀嚼，一边舔手指尖上残余的咸味。

男同事大鲈凑上去跟你聊天，他坐在沙发扶手上，把他的手机伸到你面前，歪着身子跟你一起看，你们发出二重唱似的笑声。我远远看你，不敢靠近。视频里有人在唱歌，你也跟着唱。在离你最远的角落，我悄悄往池子里滑下去，溜进水中。我从绝望的空气里逃走了，只有水永远不会推开我，水让我感到安全。我屏着气，从水里仰头看你，你是一团白茫茫的影子，像天边的云。

2

地球上，海洋总面积约为3.6亿平方公里，占地球表面积的71%。人身体里也有70%是水分，那么，类比一下，海洋就是地球的眼泪、血液、淋巴液、消化液。海上起大风暴，是声泪俱下，河道里激流奔涌，是血脉偾张。

不过海洋馆里养鱼的水，不是真的海水。即使在临海的城市，要把海水运进海洋馆、消毒到能使用的程度，代价也太高了。因此人们把海水晒干，收集析出的结晶，运到海洋馆，再像厨师做汤似的，兑水，尝尝，还咸，再兑水。调好一大锅人造海水，把鱼放进去，盖上盖，计时五十分钟，上桌，您的玳瑁石斑鱼赤魟乌翅真鲨混合汤好了，请慢用。这是我们海洋馆的笑话，同事们穿上潜水服，下去清理缸壁上的藻和水底污泥，有时会说：我下去喝口鱼汤。

人和鱼都觉得够逼真的，没什么怨言。对我来说，人造海水和真海水的差别，就像机器人和人那么大。不过如果没法生活在真海里，那海洋馆也挺好。

你刚到海洋馆，潜水员小鲍带你到处逛，你在水母区停留最久。真巧，我也最喜欢这里的水母区。水母拖着触手，像舞蹈演员浑身飘带，逍遥地舞过去。每种水母的伞不一样，巴布亚硝水母撑起一把斑点伞，犹如小孩简笔画里带圆点的蘑菇。黑星海刺水母的伞上有一大朵雏菊。桃花水母伞上顶着四瓣花。黄金水母其实不像金子，像玻璃碗里掉出剥了皮的橘子。倒立水母触角朝上，圆盘朝下，一群群漂浮，像一片被掀翻的水晶桌子。海月水母因为身子太透明，各个海洋馆给它们的大缸里，都点着变色霓虹灯，一会儿蓝，一会儿紫，一会儿红。光穿透它们，给它染色，让它们一会儿蓝，一会儿紫，一会儿红。它们一辈子生活在迪斯科舞厅里。

在海月水母的那半面玻璃墙前，你让小鲍给你拍了照。公主，如果带你游览的是我，我会好好给你讲它们的故事，它们的秘密。比如：水母没有眼睛、心脏和大脑，对它们来说整个世界的意义就是浮游生物和小虾。桃花水母在5.5亿年前就有了，它们把东西吃进去，残渣由同一个口子排出来，也就是说，它们的嘴跟肛门是一回事。黑星海刺水母会吃其他水母。黄金水母是无毒的,你可以走到后面喂食区,偷偷把手伸进去摸它们。

而且,小鲍错过了最了不起的东西:就在水母区东面那个方形水缸里,住着灯塔水母,透明体中间一块红彤彤的东西(那是它的胃),在一定条件下它能逆转生命周期,从成年期回到幼年期,重新发育一遍,像衔尾蛇一样成为一个无限循环的闭环。人们说,那就是永生。

像不像爱?爱,真正的爱,有无数次打乱再来的机会。爱能繁殖它自己,重获它自己,其过程甚至不需要另一方参与。

我的故乡在海边。

我养母是海洋生物研究所的研究员,她带着我和姐姐在海滩上玩的时候,我们会捡到水母。她讲水母的故事,讲各种奇怪的海洋生物,也讲这辽阔咸水中的秘密,"从海洋到陆地"的故事:

3.7亿年前,一群同类中最有进取心和勇气的肉鳍鱼从水里爬上陆地,爬得极吃力,在它们身后呆呆张望的是甲胄鱼、盾皮鱼、裂口鲨。那时地面上一只动物也没有,只有植物,松叶兰、石松、木贼、树状蕨类组成的早期森林遮天蔽日——这些树将变成煤,为几亿年后肉鳍鱼的后代提供火,提供温暖。

等进化到可以水陆两栖，它们中有一部分又后悔了，连肺和乳房都备好了，却又转头钻回海水中。这些懦夫的后代是海龟、海蛇、海獭、海狮、海豹、海豚、鲸、北极熊，每一代母兽哺乳时，那乳汁就是另一种可能性留下的遗产，是畏葸的印记。

后来，鳍进化成了恐龙粗壮的四肢，又一点点变成了鸟爪、马蹄、熊掌。

后来，后来，再后来，变成了人的胳膊腿。令肉鳍有力气攀爬的内骨骼，演化出了钻木取火、摇纺车、制木乃伊、扣扳机、弹钢琴、敲击电脑键盘的十根手指。

而3.7亿年前被它们抛在身后的鱼，到今天还是鱼。这么长时间，这么多年，肉鳍鱼的后代都飞上月球了，它们只演变出一些彩色鳞片、头顶吸盘、发光背鳍，还有放电、放毒、充气、装死、喷墨水、改变体色等杂耍似的小技能。

人类把这些亲戚运到海洋馆里，养起来，像观赏小丑和魔术师一样，看着那些千奇百怪、胸无大志的进化成果，庆幸自己站在玻璃缸的这一边。

至于"人鱼"，则是人对这些落后太远的前同伴的一种善意揣测，揣测它们毕竟以另一种方式追上一段，在进化的岔路上也拥有了面目、脑子，有了语言，有了成规模的族群关系，能分开拉屎和做爱的口子，也能对繁殖伴侣产生感情，甚至能享受喜怒哀乐。

人鱼之间

航海家哥伦布在一四九三年的航海日记中写道:"人鱼不像寓言中描写的那么惹人喜爱。它有两只深陷的小眼,没有耳轮,偌大的鼻子连着上唇,隆然鼓起,两只可以闭合的鼻孔位于顶端;下唇内敛,嘴边生着稀疏的短髭。前身两侧各有手臂似的前肢一条,顶端外侧尚有指甲,与大象相似。后肢退化,肥大的身躯向后渐渐收小,末端有一似鱼尾鳍的扁平尾巴,外形呈纺锤形。"

他描写的应该是海豹或海牛,太蠢了,这家伙!人鱼不是任何丑东西的错认,人鱼就是人鱼。如果它美,它就是真的。如果不美,就不是人鱼。

所以公主,你那么美,你必定是人鱼。

爱上你的第七天,早晨,我走进办公室,同事们都还没来,水平如镜,我对着水面打量自己。我是个结结实实的雄性,甚至可能是整个海洋馆最英俊的雄性,身高一米九五,体重一百公斤,皮肤黝黑,耳朵有点小,唇边蓄了点胡子(如果你不喜欢,我可以马上刮掉)。

我还是个秃头,但这不是缺点,大部分男人三十五岁之后都秃,我只是抢跑了几年。何况,如果真存在人鱼,他们很可能也是光头,因为头发的作用是保护头颅,在海里,头发只会碍事,跟珊瑚或海藻缠在一起,害他们丧命。所以我的脑袋算是秃得恰到好处。同事们偶尔摸着我的光头说,鲛叔（这是我的名字），你的脑袋真光滑，真可爱。

还有，我游泳游得特别好，坦白说，公主，比你还好，毕竟我是海边长大的。

我还有个优点：我善于沉默，我是最好的倾听者，好多同事把我当作一个没出口的邮筒，跟我小声骂骂老板，讲讲心事。他们知道我不会传话，不会泄露秘密，所以聊天也不避开我。比如兽医鲜鲜给海豚测完体温，坐在我身边往表格上登记，跟驯养师阿鱿说，我上周去竞聘那个新岗了，我准备了一个月写了好几稿，面试也很顺利，副主任都说我没问题，最后你猜怎么样？今天结果出来，他们选了前主任的侄女，哼，哼哼。

又有一次，阿鱿跟鲜鲜说：每次我们小组四个人下缸刷藻，十次有五次，小鲁都不下。每次她都跟组长撒娇，今天我可不行，我身上不方便，一下去就给你们把鲨鱼招来了哈哈哈哈哈……她一个月都不方便几回了？她那里是不是长了个浴缸塞子，一拔塞子就能放血？

小鲁也有不满，她跟潜水员大鲈说：我们帮鲜鲜拿橡胶管子给动物吸胃液，因为第一次是我做的，后来每回鲜鲜都把管子往我手里一塞。是，用嘴巴吸，有点恶心，可你才是兽医啊，为什么好像顺理成章该我干呢？

他们也聊你。从谈话中，我东一句西一句搜罗关于你的信息，拼起来，拼出你的故事：你虽然是公主，但你父亲不是海里的王,他是很远很深的山里一个普通人,有两条参差的腿。他四十五岁时成婚,娶了三座山之外的你母亲,你母亲是个聋哑人,比他小十五岁,不过身体健康。身为家中长女,你有一个妹妹一个弟弟。从舞蹈学院毕业后,你在健身房当过教练,在艺术馆当过伴舞,两年前你在某个海洋公园看到人鱼表演,仿佛听到某种召唤,立即跑去应聘,从此一共有五个海洋馆的观众和鱼群拥有过你。

你还有个男朋友。有一次潜水员大鲈走进来,过去跟你说话。阿鱿凑到小鲁耳边(虽然女人们对彼此不满,但面对面的时候还是会搂着肩膀亲密说话)说,瞧,以前大鲈总给你带咖啡,现在他又找那位献殷勤去了。可人家是有男朋友的啊。小鲁往你那边看一眼,说,她有男朋友了?我就坐在她们身后,心里回想小鲁那句话:有男朋友了?

几周后我看到了你男朋友,应该说,我是先听到他的,办公室一墙之隔,是后院停车场,我听到一阵轮胎摩擦声,一辆车急速开过来,又急刹车,车门打开,一个年轻的雄性声音嗽了嗽喉咙,响亮地发出一个喷吐声,车门重重摔上。两分钟后,办公室的门推开——没有敲,是直接推开的,一个人走进来。

他穿一身黑底白点衬衣像黄貂鱼,嘴巴上短下凸像鲅鱇鱼,头发爹起来像狮子鱼,就这么一个人,他自我介绍说是你男朋友!

我很希望他是个精神病患者，男朋友云云都是胡说八道，因为他连做公主的鞋匠都不配。可同事们都对他很客气，让他坐在你常坐的沙发上等。鲜鲜说，她的表演刚到一半，你要不要去看看？他摇头，朝墙上的屏幕一伸下巴，我看这个就行。

老鳝进来拿东西，我听到他小声跟大鲈说：……开的是蓝鸟。

什么鸟？他能骑着鸟飞行？那我倒要对他肃然起敬（当然我猜得到那是一种汽车的名字）。大鲈的眉毛往脑门上蹦了一下，一个不以为然的表情。《我心永恒》的歌响起来，两分钟后，你从那扇门后面湿淋淋地走过来，一手抓着单蹼、鱼尾和铅块绑带，一手拿下毛巾，擦擦脸，怔住，笑道，哎呀，你怎么来了？

他朝你走过去。你转头跟房间里的人说，这是我男朋友巨狲。人们纷纷说，知道知道，他说过了。你男朋友好帅呀，还来接你下班，好体贴呀。巨狲走到你面前，第一个动作是抓起你手里的毛巾，把你身子兜住，皱眉道，赶紧裹上，这么多人。

地面的空气让我窒息，我从远远的角落滑进水池，吸一口气，沉入水底。

你走进浴室，去冲掉身上的"鱼汤"，关门之前回头一笑。巨狲在浴室外等你，叠着手，脚尖不断抖动，那道让人心烦的震颤都传到水里来了。几分钟后你湿着头发走出来，嘴唇上抹了红颜色，挽着你的提包。你们并肩离去，他个子比你高一头，低头跟你说话时，手从后面握着你后颈，像人要把一只猫拎起来的姿势。

公主，如果你身边的人是我，我会跟你说什么？

我会给你讲故事，讲人鱼的故事，是我小时养母给我讲的。

3

故事发生在海边一个小国家。国王是个心地很好、缺乏才能的人，他有一位睿智的首相帮他治理国家。首相大人博闻强识，并且像《暴风雨》里的米兰公爵普洛斯彼罗似的，懂得法术。记载法术的古书收藏在皇家图书馆的小阁楼上，妻子因生产而丧命后，首相就整夜待在那个小阁楼上，研读那些书，排遣痛苦。

亡妻留下一个男孩，首相给他取名芸香。芸香是悲伤、哀叹的意思。他给孩子的，差不多就只有这么个名字，做父亲该付出的陪伴、亲昵与慈爱，他统统赊欠，只登记在心里一个自知永不能清偿的账单上。

在祖母和其他家人的照料下，芸香慢慢长大，很正常地长成一个寡言、忧郁的孩子。他最好的朋友是国王的独生女玫瑰。两人经常手拉手在海边散步，海边礁岩下一个山洞叫作"家",搬了画册、蜡烛、玩具放在里面。

他们一同去偷国王酒窖里的酒喝,醉倒在桌子底下,睡成一堆。人们都认为他俩早晚会成为夫妻。变成少女的玫瑰,也感到爱意在心中萌发。在别人面前,她是个瓷娃娃一样娴静的公主,陪伴她父亲接见外国使节,她可以几个小时端坐不动,嘴角带着半温不热的笑。唯有跟芸香在一起,她才显得激情洋溢,完全不吝惜含情脉脉的眼光。她敢于劈手夺下他正在吃的苹果自己啃上一口,也敢于在游泳回来躺着晒太阳时,亲昵地拂掉他额头的沙砾。

然而,芸香待她并不比普通朋友多点什么。玫瑰抛来那些蛛丝一样细而发亮、难以忽视的讯息,他都接受,但似乎根本没注意到自己接受了。他常对着海浪出神。有时他仿佛坐在一个透明的茧里。玫瑰问,你在想什么?芸香说,我在想在这海水下面,被埋葬的那些秘密……你知道吗,我母亲是海葬的。一提到母亲,他就露出复杂难言的苦笑。那笑宛如鼓风机给她心头的爱火吹去一股强风。

他也像父亲一样,痴迷读书。十五岁那年,他在某本书里发现一则记载:几十年前遥远的北方国家,有术士发明了一种神奇的镜子,可以映出人心中最思念的人的脸,笑貌如生,本国有人斥巨资订购,但载着镜子的货船在距离港口几里的地方遭遇暴风雨,沉到海底去了。买镜人想再重订一面,得回的消息是术士已因心疾猝逝,制镜的秘诀也未能传下来。

芸香跑到父亲办公室里，举着书，把那段记载给父亲看。首相抬起头，显得很冷淡。他说，哦，我知道。只是个传闻，不一定是真的。

芸香垂下手。如果是真的，那面镜子肯定还在海底的船里……

他父亲又低下头，去看面前的文件，说，那又怎么样？

芸香说，只要我潜水去找到沉船，就能找到镜子了。

找到镜子又怎么样？

芸香大声说，我就能在镜子里看到母亲！

首相仍然没有抬头。他不想告诉芸香，十几年前他在这本书读到这一段，产生了一模一样的想法，但他小时曾在海中溺水，此后一直有很严重的恐惧症，他尝试了很多次，最远一次走到了水没过膝盖的深处，浑身颤抖、呼吸困难，最后四肢并用地逃回来，伏在沙上痛哭……他翻了一页，平静地说，儿子，你该把时间用到更重要的事情上。

芸香垂下头，转身出去，轻轻带好门。首相盯着那扇门盯了一页书的时间，仿佛儿子的背影还有个渐渐淡去的虚像留在空气里，从前芸香的母亲也是这样，轻手轻脚地送来一碟三明治，有点夸张地做出踮着脚尖、上半身一下一下往前探着走的样子，嫣然一笑，又轻手轻脚地走开，带好门。

第二天，芸香又来了，他说，父亲，你读过的书里有没有那种……人吃了能在水下呼吸的药？他父亲一听，就明白他想干什么，犹豫一下说，有的。

芸香喜动颜色。你能不能造一些给我？他父亲沉下脸。不行。

为什么不行？

你要那种药干什么用？

芸香小声说，在海里游泳时用。

你是想到海底找沉船，找沉船里的魔镜，对不对？

芸香低下头。他父亲说，太危险了。即使传说是真，海那么大，找一艘沉船就像在一片沙漠里找一块石头。何况那只是个缥缈不实的传说呢？你到底要在这件事上浪费多少时间？赶紧打消这个念头！读读书，甚至练练网球，都对你有益。去吧。

此后几天芸香再没提起沉船和魔药，首相以为这事过去了。又过了几天，他被请到玫瑰的书房里去。公主跟他面对面坐下，她拿起一本绿色皮革封面的书，声称要请教一些关于柏拉图《对话录》中的问题。问答进行十分钟后，她漫不经心说，啊，忽然想起，我前几天在另一本书里读到一种魔药，人吃了它能在水下呼吸，而且不怕海水的压力，能像鱼一样游泳……我听说您会制造这种药？能不能帮我造一些？

首相微微一笑，转动目光向四处看，房间西面有一扇绘着宫廷场景、镶嵌着象牙和珍珠母的六折屏风，其后似乎有细微呼吸声。玫瑰见他往屏风处看，慌忙催道，您帮不帮忙？

我真的很想要！下下个月是圣诞节，这个就当是您提前送我的圣诞礼物，行不行？

首相知道，如果他再拒绝，玫瑰可能还会搬出她母亲，甚至她父亲。他带着一丝苦笑点点头，好的，殿下。

七天之后，仍在这间书房里，首相把一只玻璃瓶交给玫瑰，里面装着紫色的液体，他缓缓说道，每次一小匙，不要贪多，不要使用超量，人的身体每次能承受的药量就那么一匙。他朝六折屏风后面看一眼，又说，这药能让你在海中像鱼一样自如，但一次的药效只能保持三个小时 —— 我亲自试验出的药效，是三个小时。

屏风后发出一点轻微的声音，像不安的屁股在凳子上扭出的声音。首相继续说，我是个老人了，我身体需要的能量比年轻人少，所以药水在你们身上的有效时间只会更短。他望着玫瑰说，喝下药水后，手指间会长出蛙一样的蹼，脖子上也会裂开鱼鳃，药效一旦过半，透明的蹼开始变灰、萎缩，鳃也慢慢合拢，那时，一定要赶快返回，切记，切记！

玫瑰大声说，谢谢您，我会记住的！首相起身告辞，带门出去，在门口走廊里静静地站了一阵，只听门里爆发出两个孩子的呼叫。玫瑰那鸟似的尖脆声音里，夹着芸香那变声期的沙沙的笑声。父亲从没听过儿子这样的欢声。他心头一酸，却也夹杂一点欣慰，摇着头，带着心头新的担忧的重压离开了。

隔着一扇门，芸香叫嚷着，原地蹦跳转圈，宣泄了一通愿望满足后的兴奋，喘着气倒下去，跟玫瑰并肩躺在窗前的地毯上，他举起玻璃瓶对着阳光看，紫色的光在额头脸颊上流动，他说，你知道吗，我父亲有恐惧海水的毛病，可他居然为了我，在海里泡了三个小时。三个小时！他把瓶子捂在胸口。玫瑰弯曲手臂，支起头颅，半截身子抬着看他，一下一下眨眼，芸香转头，朝她甜甜一笑，她感到整个人轻得要飘到窗外的蓝天里去。

当天下午他就试了第一次。他赤裸上身，只穿短裤，手执一只酒杯走进海水，杯里有一匙药水，等水没到胸口，他一饮而尽，抛掉酒杯，低头扑进海水。

身周一阵裂开似的疼痛，然后是痒，手指脚趾脖子都痒起来，咬牙忍过那一会儿，痛和痒消失了，他抬手，摸到脖子上裂开了三道鳃。他还一直小心翼翼地憋着气，此时试着慢慢呼吸，只觉得清凉的海水从鳃那儿流进来，在舌根留下一片咸涩，又流出去，一点也没有窒息的感觉。他看看手，手指间果然长出了透明的蹼，再看看脚，双脚变得长而扁，脚趾间也有蹼，正如蛙的脚一般。他试着向前游，只觉身子从未如此轻盈，也从未能游得这么迅捷。海水细微的流动，皮肤都感知得清清楚楚。他怀着沉默的狂喜，往深处游去。

根据传闻中的航线，芸香在地图上画出沉船可能存在的区域，他为自己做好计划，每次探索一小部分。玫瑰对潜水并无兴趣，当芸香潜入海中，她带着书和糕点，坐在礁岩下的"家"里，等他回来。那三小时的药效，芸香嫌太短，他把一匙药液装进一只小瓶，以热蜡封口，挂在脖子上，等前一份药量的时效将至，他在水下把瓶放入口中，咬破封蜡，吞下药液，这样就可以在水下再待三个小时。

其实他还试过三个三小时，但药力尚未尽，体力先一步耗尽。一旦感到困乏昏眩，他就明白自己太贪心了，赶快向海面浮上去。其间他想捉条小鱼充饥，但遇到的鱼太少，而且那些家伙一摆尾巴就逃出老远。终于从水中探出头，天已全黑，远处一颗微弱的光，是玫瑰为他点的火把。

他划动软绵绵的四肢，朝那点光游去，一到浅滩就倒下了，潮水一次次扑在他身上，想把他推到更安全的地方。玫瑰蹚着水跑过来，连拖带拽，把他弄回"家"里，给他擦干身子，拔开一只酒瓶塞子，倒一点酒在牛奶里，喂他喝下去。过了一会儿，芸香才能说出话。他说，你从什么时候开始喝酒的？玫瑰心中说：从等待你从海中回来的第一天。她嘴上说，你下次再这样，我就把剩下的药倒进海里，你也休想让我再去跟你父亲求药。芸香说，你放心……我只想见我母亲一面，并不想死在海里。

孩子总要被火烫过手才知道哪种花不能摘。此后芸香的探索变得更小心，他在腰带上系了铜哨和指南针，又拴了匕首。从洒着阳光的空气里沉入水中，四周一点点暗下去，明朗的光线纷纷在他身后停住脚步,像被一项律令约束着,止步于异国的国界线。那些光的小箭头仿佛在说,别去了,跟我们在一起吧,留在我们身边吧,瞧那下面多黑,多可怕!你再往下走,我们就不能保护你,不能给你温暖和活力了。

可芸香从不回头。他一直向下潜,犹如从早晨走回黎明,走回拂晓。再下去,人的眼睛就没法看清东西,幸好父亲的魔药令他的双眼也起了变化,能跟海洋生物一样,在幽暗中视物。跟光一起消失的,还有声。深海的世界,静得所有声音都融化了,那寂静本身就像一种具有妖异力量的声音。芸香心里仅余的一点恐惧和杂念也消融了,静下来了。他向更深处游去,一切彻底黑下来,有些发出荧光的海藻和水母漂浮着,像会飞的星星,又像提着灯走夜路的人。他向更深处游去,直到远远看到下面黄色的沙地,那就是海的底部。

海下跟陆地上一样,有高山,有峡谷,有些谷地被繁茂的珊瑚覆盖着,角珊瑚的枝杈像树枝一样,只是枝上没有树叶,长着海葵、水螅,柳珊瑚的触须像柳条一样柔软,还有脑珊瑚,芸香见到的最大一个脑珊瑚,足有他父亲的办公桌那么大,就像从一个巨人的头骨里捧出来的。海底花园的色彩,比人间花园更艳丽,深紫,朱红,橙黄,湖绿,浅粉。各色的鱼像鸟儿似的在树枝之间穿梭。但芸香不能学鱼那样自在地钻来钻去,他的皮肤上没长出滑溜溜的鳞片和黏液,容易受伤,只能非常小心地游过去。

在更深的海里,他曾遇到剑鱼,它顶着一柄永不归鞘的长剑,四处巡视,用橘子那么大的眼珠瞪了他一眼。他还见过一头遍体通红的巨型乌贼,一条年轻的灰鲸——说年轻是因为它表皮还很光滑,没那么多被螺旋桨打伤、跟同类搏斗留下的伤疤。据说鲸的记忆力很好,芸香很想问问它有没有见过一艘沉船,可惜他不会讲鲸的语言。

也有些时候,一整天六个小时他连一条大点的鱼都见不到,海像一座蓝得发黑的荒漠,这时他想起父亲的话,"就像在一片沙漠里找一块石头"……不过他也不寂寞。母亲的骨灰是撒在海里,因此每滴海水中都有母亲的气息,想着这个,他就觉得跟整座海都很亲。

他不是每天都有机会下海,父亲安排的课业任务仍要完成,而他觉得父子间有种默契:得更好地完成学业,才有资格使用魔药。一个月过去,第一瓶用尽了。玫瑰再次叫人去请首相来。这次首相没来,只让传讯的人带回同样一瓶药。此后这成了惯例。每次她并不送芸香下海,只估量他快回来时,到海边来,坐在岩洞里等着他,等一个影子从黄昏的海波中立起,一身金光,朝她走来,那是她最快乐的时分。天黑了,她点起火炬,插在沙地上,作为给他的指引。有一天她听着海涛,心中浮起一个想法:她和芸香的父亲同样在等,等芸香死心,等他抛开那些念头,回到正常生活的轨道上……

我想你也猜出来了,沉船肯定会找到,否则故事还有什么意思？那天芸香的探索临近结束，他打算"爬"到前面一道山脉的山顶看看，就转身回去。这片海域有一道温暖的洋流通过，海洋生物繁盛，鱼群像彩色的云，飘过山腰。山顶到了，望过去，山那边一片御花园那么大的空地，远远一条大船歪躺在那儿，犹如一只睡着了的巨兽。

有一阵，芸香怀疑是药物造成的幻觉，他慢慢游过去，心里怀着恐惧：那船会惊醒，坐直身子，鼓足风帆朝他撞过来。越靠近，船显得越大，能想象它迎着阳光遨游的威风。船身长满了密密麻麻的藤壶，像是中了诅咒、起着毒疱的皮肤。桅杆断了两根，帆索都烂光了，舷侧还挂着一条救生船，说明当时灾难来得多么突然，人们甚至没来得及放下所有小船。芸香先绕船游了一圈。呼吸有点困难，他知道该走了，可还是忍不住游向船舱入口。

每个装满水的屋子都像一个鱼缸，有些门关着，有些门开着，芸香从倾斜的走廊里经过，一个个房看。在某个房间前，他伸手拽住走廊墙上的壁灯，固定住身子，瞪大眼睛。屋里的两面墙之间，拴着一个吊床，有个人坐在上面，正拿吊床当秋千，双手拨水，一下一下荡。

床沿垂下的不是腿，是腿那么长的银色鱼尾。

一条人鱼。芸香张大嘴，一串水泡代替惊叹，从嘴里咕嘟嘟冒出来。那人鱼可能听到了声音，转过头来，它的头光溜溜的，额头下没有眉脊，直接成了眼睛，下面一对石榴籽儿似的鼻孔，没有鼻梁鼻翼。那对眼睛大得跟猫似的。有一瞬间芸香想逃走，可那副目光平静，坦率，充满好奇，像幼鹿，或者儿童，怎么看也不具有伤害性。他又不想走了。它胸口有一对跟人类女性一模一样的乳房。芸香在心里说：是"她"，不是"他"。

他呆呆凝视，"她"也瞪着他，从头看到脚，吊床的摇晃停下来。她伸手，点点自己的头，又一指芸香的头，前者光滑得像个水母，后者上的短发像海葵的触手飘拂。她在旁边墙壁上捞一把海草，按在头顶，芸香摇头，抬手揪住自己头发，扯一扯，表示是真的。人鱼咧开嘴，发出一个大笑，露出两排尖尖的牙齿。

那真是个笑，纯粹，完整，光彩照人。芸香愈发惊奇，以及不安。惊奇和不安其实是美的回声。然而他呼吸的困难程度已经达到极危险的地步。他转身离去，不敢挥手道别，因为他在书里读到，面对陌生种族（人或动物）不要乱做手势，它们可能会误读为攻击的信号。

他急速游出船舱，向上升去。一回头，只见人鱼追出来，手抓着舷边立柱，悬在那儿，银灰色尾巴像一只手轻轻摆动。

芸香把头探出海面，鱼鳃消失，鼻孔嘶嘶吸气。夜空是一口大黑碗扣在头顶，碗底沉着碎钻。他用复原的手掌抹脸上的水，想起"她"奇异的笑，忍不住对着星座结出的图案发出微笑。

玫瑰在火光下问他，今天怎么样？他说，我找到沉船了。玫瑰一怔，跳起身，腿上的瓷盘和葡萄滚了一地。她尖叫着，拽着芸香到沙滩上跳舞，芸香数次张嘴，又数次闭上，把关于人鱼的话吞回去。

两个月后，他终于告诉她：玫瑰，我爱上她了。

过了一会儿，玫瑰说，谁？芸香说，是我在海里认识的一位人鱼。玫瑰说，人鱼有名字吗？芸香说，有啊，他们人鱼的名字是一句歌，她叫……他哼了四个音符的一句调子。玫瑰看着他的笑，面色惨淡。他从头讲：如何遇到，如何再去沉船里找、发现她也在等他，又怎么学人鱼的语言，学骑上露脊鲸的背，去游览她最喜欢的珊瑚花园。

玫瑰问，那她爱你吗？芸香说，是的。玫瑰问，你们吻过？芸香说，她给了我一个人鱼的吻，她们的吻，几乎等于咬……他快活地眨眨眼睛，不再说下去。玫瑰又问，魔镜你不找了吗？芸香想了一阵，说，我觉得是我母亲指引我，找到了她。玫瑰不再问问题。

芸香抓住她的手。谢谢你，你一直支持我，帮我讨药，在夜里为我点起火炬，你是我的灯塔，没有你，这些统统不可能发生，我爱你，亲爱的。他低头吻了她冰凉的手。又说，我要去求我父亲，让他为我制一种能永久待在海底的药。以后你来找我，我带你去人鱼们的城市里玩。

他走后很久，玫瑰仍僵直地坐着，坐成一座石雕。

热恋使人敏锐，也使人对恋爱之外的世界麻木、迟钝，一切早有征兆，只是芸香没注意，每次他夜晚循着玫瑰的火光游回来，发现她总是醉醺醺的，而且醉得越来越厉害。他说，是不是海风太冷？你多带条毯子，不能靠喝酒。玫瑰一笑，我现在喝酒倒是越喝越冷，而且老也喝不醉，奇怪吧？

所以那天夜里她到底是不是喝醉了、昏睡过去，永远没人知道。大雨只下了前半夜，但足以浇熄火炬，玫瑰没有再点燃它。

翌日清晨，人们喊着名字，在浸透雨水的海滩上搜寻。

……有人高叫：找到了！

潮水把尸身送到一片浅滩上，那个石膏面具一样白的脸上没有痛苦。人们把他抬到空地，有人脱了件衣服，给他盖上。平卧的芸香显得手长脚长，像个真正的青年了。海风吹拂，他头顶心的几根头发动了动。人群沉默地分开，首相跟跄而来，跪倒在地，抱起死者的上半身，脸贴着脸。紧挨着的两张脸，一个多皱、苍老，可毕竟是活的，那年轻的额头平滑、光洁，但已没有一丝生命气息。

玫瑰慢慢走过来，站在一旁，脸上有还没干的泪。哭声响起，像动物被射中后的号叫。玫瑰呆看着，芸香膝盖上方的大腿上，有一圈椭圆牙印，血点已变成黑紫色。她想：那应该就是人鱼的吻痕。

好，故事讲完了。你喜欢吗？这是我养母给我们讲过的故事里，我最爱的一个。人们为了爱，会干出多少不可思议的事啊……

4

人会爱上跟自己完全不同的人吗？人会爱上人鱼、人鱼会爱上人？

你认为呢，公主？

我养母在我几个月大时收养了我。家里还有个姐姐，比我大七岁。我最快乐的记忆，就是跟姐姐在浴缸里玩塑料鸭子。我小时以可爱著称，养母的朋友们常来探望我，不管我干什么，吃蛋糕还是玩球，他们都会惊呼，天哪，太可爱了，简直是小天使！

养母在我和姐姐身上花了大量精力，不过我们还是不满足，有一年，她参与一项关于动物神经的什么什么研究项目，实验室里运来一头俊美的海豚。她为这个新工作频繁加班，我和姐姐都很不开心。贪婪不是成人独有，只是大家容易原谅贪婪的儿童。

姐姐悄悄跟我说，她不会爱上那只海豚吧？

什么？人跟海豚能相爱？姐姐给我讲：科学家们曾做过教海豚识字的试验，在一个注满水的房间里，负责教学的女孩跟一只叫彼得的雄性宽吻海豚同吃同住。一开始教学进行得很顺利，但几周后，彼得开始不认真学习，总想跟女驯养员亲昵、嬉戏。他像青春期的男孩一样，爱上照镜子，打量镜中的自己（他没发现自己跟心上人的体貌有多大差别吗？）。女驯养员打电话的时候，他在一旁大喊大叫，表示嫉妒。

后来，女驯养员在日记里写道：彼得对我硬了好几次……他钻进我两腿之间，轻咬我身体的各个部分……他可能在对我求爱，他把肚子和生殖器对着我抖动……

这个逐渐滑向失控的实验中断于第十周，彼得被送走。他无法承受见不到恋人的痛苦，愤而自杀。自杀方式是沉到池底，不再浮上水面换气，窒息而死。很可能这并不是单恋。直到几十年后，那位女驯养员讲起往事，仍只叫他"彼得"，对她来说，他不是海豚。

这故事给我带来长久的震撼。幸好我养母参与的那个试验也中途停止，那头海豚在赢得她芳心之前离开，我和姐姐才放下心来。

丽达跟天鹅欢好，金球公主吻了青蛙冰冷的嘴，这些是故事。现实中，伦敦有位女士跟两头公猫结婚，一个意大利青年跟他的牧羊犬宣誓成为伴侣。在我看来，很多爱人、夫妇之间的差别，比人和海豚、人和牧羊犬的差别还大。

有的夫妻互相说话都能听懂，仍然语言不通，是那种灵魂的"语言"，他们的心也从未对彼此敞开。阿鱿说：我爸妈正在办离婚。

那你难过吗？

我一点都不难过，从我记事起，他们就分房睡，他们根本受不了躺在一个床上。我妈妈连我爸爸喝水的杯子都嫌，说杯口有臭气。他俩的杯子把手上缠着红胶布和黄胶布，坚决杜绝混用的情况出现。所以到现在这个年纪才离婚，只能算是亡羊补牢。我一直不明白，他们这么讨厌对方，干什么要结婚？

公主，你跟那位巨猊之间的差别，比人和海豚之间的差别还大。从第一次来过之后，他常来接你下班。你带着他到售票处，跟鲤姨说了一下，他就每次不买票，从正门进来。他那个什么鸟的车子的声音，我也听得熟了。等你的时候，他占据你的沙发，脚腕横搁在大腿上，一面抖动脚尖，一面以居高临下的口吻跟老鳝他们说这个海洋馆的经营有多么失败，人鱼表演这么受欢迎，应该多雇几个演员，在专属大缸里表演，额外卖票收钱。有一次海豚米娅病了，被送到办公室的浅池里养病，鲜鲜给她打针。米娅挨了一针，很不痛快，斜眼看着我们，像小孩子赌气时歪着头的样子，鲜鲜为了安慰她，抚摸她的后背，摸了好一阵，又搂着她脖子，在她的尖吻上亲了一下。刚好他在一边看着，说，天哪，你们居然跟这东西嘴对嘴，好恶心！

还有一次，他笑着说，鱼要是死了，你们会不会带回家清蒸了尝尝？那么名贵的鱼，不知道什么味儿？下次再有这种好事，你们给我一个电话，我马上开车来拿，我爸做鱼一绝。

这种蠢话，小鲁居然还傻乎乎往下接：那你最想吃我们馆的什么鱼？他笑嘻嘻的。我想想啊——鲨鱼，金龙鱼，还有，美人鱼！小鲁立即发出一阵咯咯的笑，那种表达赞同、取悦而非愉悦的笑。

……你根本不知道他是这样的人。有时他给你带来热腾腾的纸杯咖啡，上面那个绿色美人鱼标志旁边，店员用黑笔写着你的名字，他笑道：瞧你的名字跟这图多配！

你就为这么一句平庸情话露出甘甜的笑，掀起睫毛望着他，仿佛眼前是世上最完美的情人，仿佛他不曾当众批评你的衣服"这么短/这么花/这么低胸，多难看，多俗气"，让你难堪得垂下头。

爱你的人，当爱你每种模样。公主，我记得你每一套衣服。夏天，你穿黑白条纹的上衣，黑色短裤，像一条泗水玫瑰鱼。你那件橙底孔雀蓝花纹的连衣裙，穿起来像西太平洋的花斑连鳍鱼。

而你穿低胸大摆裙的时候，就像暹罗斗鱼，走起路来，鱼尾——我是说，裙摆，在双腿周围飘动。

冬天，你用一件漆黑的长羽绒服裹住身子，下面露出金色长裙的边缘,像黑鳃刺尾鱼的鱼尾。羽绒服的绸面光滑发亮,你是一条黑鳗,在潮湿空气里游动。

我是不是忘了说,你哼起歌来像年轻的座头鲸?

还有你的鼻子。我听见你跟鲜鲜聊起"对自己哪个地方不满意",你摸着鼻梁说,我男朋友嫌我鼻子太高,不好看。他妈妈的说法是鼻梁高鼻头尖,命苦不藏福。哦还有颧骨,他说我的颧骨也有点高。等以后攒够钱,我想整一整。鲜鲜小声说了一句什么,你们俩都笑起来。你说,当然啦,那玩意儿他们永远嫌小!

最后这句我没听懂,人身上什么东西"永远嫌小"?是不是手脚?或者眼睛?……我只想说:别信那些话。公主,你的鼻子像逆戟鲸高扬出水的鳍,你的颧骨是皮肤下拱起的柔和波浪。如果可以,我想跟着那只鳍游到最远的海域,我想把嘴唇埋在那波浪里。

月亮无从知晓它寂静又明澈,甚至不知道自己就是月亮。你不知道你美得无可挑剔。

有一个早晨,你比往常早来了二十二分钟,平时你九点五分到,那天才八点四十六,你就推门进来。我正跟大鲈他们一起吃早饭,一口食物差点卡在喉管里。你反常地戴着一只黑口罩,大半脸遮没了,口罩上沿是一对网着红丝、睡眠不足的眼睛。你坐进沙发,深深陷进去,双手环抱在胸口。没多久,老鳝来了,他走到你面前说,让我看看。你摘下口罩。

这时大家才看到，你的半边脸发青，嘴角红肿。

鲜鲜的嗓子第一个炸起来：怎么回事！谁打你了？他还敢跟你动手？她跳到你面前，朝你的脸伸出手，轻柔地握着下巴，把你的脸转一转，仔细打量。

不是不是！你哑声说。他没打我，我们俩吵架，他一转头要走，一摔门，我刚好跑过去追他，那么巧门就拍在脸上了。阿鱿说，疼吗？你说，还能忍，就是不能笑，笑的时候脸疼得像要掉下来。说完你就笑了一下作为演示，演示得呻吟了一下。鲜鲜紧起眼眉，替你"嘶"地吸了口气，说，别笑了，这几天你就摆着扑克脸吧，不怪你。

她们摇着头，口中发出啧啧声。我不相信打你的是门。我难过得说不出话，甚至不敢看你的脸。那座我所爱慕的神殿，他以暴力在上面涂鸦。

你向老鳝仰起脸，怎么办？今天我怎么演？游泳镜倒是能挡住那块青，可是挡不住嘴角。

小鲍说，要是有个全脸潜水面罩就好了。小鲁说，用半脸的面镜，再咬一个呼吸管就行！一个呼吸管立在嘴边，正好挡住嘴角。老鳝说，好法子，就这么办吧。小鲁脖子一扭，朝老鳝抛去得意的一眼。大鲈抢着说，用我的面镜吧。鲜鲜说，占人家便宜是不是？那是叼在嘴里的东西，你是想间接亲吻？大家都笑了，你没笑，我也没笑。阿鱿说，用我的，我给你多洗几遍，弄得干干净净，保证没有烟味，没有口臭味。大鲈说,你怎么知道我的呼吸管有味? 你用过?

大家又笑。你嘴角往上一推,露出一个忍痛的、扭曲的微笑。九点半到了,这天的人鱼公主咬着一根呼吸管,像草原上的牧羊儿拔了条草秆衔在嘴里。观众没觉察到异样,照样在你出场时鼓掌,照样"哇"。同事们议论,叹气:长得帅有什么用? 打女人……

一个星期过去,女同事纷纷给你带来散瘀的药和偏方,你那半边脸逐渐变色,青黑转成深紫,嘴角边缘一圈黄绿。看得出你笑时没那么疼了,但还有别的痛苦拦住你的笑容,不让它浮到脸上来。

几天后我们接待了三十名孤独症儿童。小鲍和志愿者带他们把海洋馆游览一遍,在隧道里看人鱼表演,在剧场看魔术,看大鲈在水中骑着海豚米娅前进,看海豹西蒙滑滑梯。等孩子们排队抚摸过了莉莉和米娅,小鲍又把他们领进大办公室,让他们看兽医鲜鲜怎么给生病的企鹅抽血。

你换上海洋馆制服,走进来,小鲍说,瞧,她就是刚才的人鱼阿姨。人鱼阿姨美不美? 有几个小人低着头,眼神漠然,剩下的小人和大人们说,美!

你向他们挥手。我在小人的丛林里朝你望去。即使在这个时候,你的笑也只是淡淡的一点,还没有平时十分之一的热量。有个孩子的母亲盯着你的脸颊,盯得呆住,你摸摸脸说,哦,这个,您别怕,这不是被动物打的,我们馆的动物都非常温顺，非常善解人意。

又过两个星期，你才能不用呼吸管遮住脸。第二十七天，他到办公室里来了。

当时其他同事都去外面饭馆吃午饭，你盘腿坐在沙发上吃饭，你自己做的金枪鱼沙拉，卤鸡蛋。为了减一点体重，练好倒立，我跟你一样在节食。不过你从饭盒里夹一枚蛋给我，我当然不会拒绝。你笑着说，鲛叔，接住！一扬手，褐色圆卵在空中飞出一道弧线，我准确地预判出弧线轨迹，一侧身子接住它，吃下去。你说，好吃吧？我点头。就在气氛最好的时候，门一开，巨猊走进来。

你把饭盒放到沙发扶手上，站起身。他根本不看我，上来抓住你的手腕一拖，拉着你到墙边，他不是想躲开我，他只是想让你不舒服，让你感到威胁。他低头凑在你耳边说了两句话，我听不见，只看到你脸上变换委屈、恐惧等表情。我用我最严厉的声音，在他身后叫了几声，他不理我。

我往前走了两步，对他吼道，你滚出去。

他转过头，以轻蔑厌恶的眼神盯着我。我瞪视他，他终于有点忌惮的意思，转头对你说，他是有病吧？让你们那兽医，赶紧给他打两针。

你向我不断摇头、摆手，轻声说，鲛叔，别激动，没事，我没事。门外传来笑声，有人吃完饭回来了。他顿一顿，气焰稍减。门打开，鲜鲜和小鲁一人举着一根售卖亭的烤香肠走进来，看到你们一怔，朝你点点头，走开。你说，你还是先走吧，晚上再说。

巨猊走了。你靠在墙上愣了一段振作起来的时间，鲜鲜凑过来，你没跟他分手？你闭紧嘴唇微笑一下，没点头也没摇头。阿鱿也过来，一手拿着零食小袋子，一手捏着个东西往你嘴里送，说，尝尝，鱼豆腐！你柔顺地张口吃了。小鲁在后面说，想吃鱼豆腐还用买？直接摸莉莉和米娅的胸脯子不就完了。大家哈哈笑，阿鱿说，你个没文化的！海豚是鱼吗？人家是哺乳动物！

跟着笑了一阵，你的愁容稍解，长吸一口气站直了身子，走过来拍拍我后背，柔声说，谢谢你，鲛叔，我知道你担心我。

我转头走向水池。我需要冰冷的假海水平息怒火。我背上你的手碰过的地方，有种奇异的感觉，仿佛从出生到现在，我才第一次意识到那个后背的存在，它在身体各个部分和器官里忽然变得至关重要。

直至怒火熄灭，那种感觉还燃烧着。

不一会儿，水里传来扑通一声，我沉在水里看着，换了泳衣的你跳进来，激起一身水晶珠，头发像海葵触手似的扬起，一对鲟鱼卵似的黑眼睛，透过游泳镜望着我。

5

巨猊消失了半个月。我听到大鲈悄悄问阿鱿：我是不是可以乘虚而入了？……公主，我一直盼望你跟我倾诉心事，但我没想到，即使是从你那两片可爱的嘴唇里说出的话，我也有不想听的时候。

又一个同事们都不在的中午，你走过来，在水池边的塑料凳子上坐下，坐在我身边。我听到你说：鲛叔，你最好了，你永远不生气，永远不会笑话人。

我朝你微笑。你说，这些天我都愁死了，我该怎么办？他一直给我打电话，买了玫瑰花放在门外，晚上还给我买晚饭，粥和点心，一盒盒送上来……其实，后来我冷静下来想想，上次我也有做得不对的地方。我当时急了，说话句句都揭他的短，男人都爱面子，也不怪他受不了……再说，我爸我妈是那个样子，换个人真的接受不了，可他就没嫌过我这个。我们刚确定关系，他就说要为我妈去学手语。你说，这是不是说明他特别爱我、特别在意我？

我不知该说什么，该说什么才不暴露我的私心，只能答以沉默。你低头伸手玩了一会儿水，双手捧起水来，抛到远处去，看那水花落下的样子。

你低声说，鲛叔，告诉你一个秘密，不要告诉别人……有时候他管我叫小妈妈，我管他叫宝宝，他跟我撒娇说，小妈妈永远不许丢下宝宝……他跟他亲妈关系不大好，他妈妈是个特别强势的人，直到他上中学，还会拿皮带、拿晾衣架劈头盖脸地抽他。唉，所以他也不是故意的。老鼠的儿子会打洞。他就在那种环境里长大，怎么可能不耳濡目染？……

公主，我不想听，又不忍心走。空旷的大房间里，你的声音像隔着雾气，有种不真实感。你把膝盖抵在一起，手肘支在一边大腿上，刚褪尽瘀痕的半边脸歪过来，搁在手掌窝里，一个可以让遐想跑得很远的舒服姿态。

你说，鲛叔，我还没见过真的大海呢，可笑吧？演人鱼的，没下过海。真是啥世面都没见过！我跟他说，如果度蜜月，我想去海边，可是他说他不喜欢海，嫌海太乏味，太无聊，不就是水、沙子、鱼吗？……他喜欢爬山，喜欢把一个庞然大物踩在脚下的征服感。你听，这简直是小孩子话，风把一朵花吹上山顶，难道花就征服了山？哈……你发出一声轻笑，激起轻微的回音，像水中扩散的涟漪。你开启的嘴角在手掌边缘移动，笑的末端钻进了手心。寂静把屋子变大，大得真像一套天空、海水和沙滩，沙上两个影子并着肩。

后来，你走了。

我还在那儿。我是一本被忘在海滩上的书。谁都知道，人们拿书到海边，是为了让手不孤单、有事做，通常是不读的。

6

爱如何自证？

如果一种动物吃肉，它就是肉食动物。

如果一种幼崽吃它母亲的奶，它就是哺乳动物。

如果一种东西吃你的心，你却摸着它的牙印，在无人时默默发笑，它就是爱。

如果重逢时狂喜，分离时牵挂，如果彼此的抚触能带来独一无二的愉悦，如果再也不盼望世上任何其他生物的陪伴，它就是爱。

你觉得呢，公主？

甚至用不着任何证明。如果爱说自己是爱，那它就是爱。

那么多年过去，在爱的泥沼里，肉鳍鱼的后代们徒劳地记录故事、失败者的教训、肺腑之言，徒劳地摸索真相，但没人能学乖。

最精明、最势利的进化之手，对"爱"这个比体毛更无用，比尾巴、第三眼睑和耳动筋更该淘汰的玩意儿，两手一摊，无计可施。

7

巨貌和他的美人鱼咖啡又出现了，他居然毫无愧色，且颇有收复失地的得意。

我本来寄望于几位背地里为你愤愤不平的女同事会责骂他，然而她们都平静接受了他的回归，还跟以前一样跟他开玩笑，好像是，既然你已做出正确决定，大家就要尽心尽力维护。

所有人都既往不咎，都心平气和。只有我，你脸上带伤的惨状只给我这一颗心留下散不掉的瘀青。

冬深了，进入水中越来越成为一种苦差，馆里几位兽医下水给动物测体温、抽血、抽粪便，抱怨得更大声。每次你结束表演回来，湿淋淋地佝着背，揪紧大白毛巾的边缘，我想：我会说出来的，我早晚会告诉你，我爱你。

有一天，他在你的表演时间走进来，手提着七八个装纸杯饮料的袋子，在场的人都围上去，都喜滋滋地分到一杯，他说，都不是外人啦，兄弟有点事，想拜托你们帮忙。

老鳝笑道，想吃鱼肉就算了！

他说，不是那个，是——我想在你们馆里求婚。

8

公主，我再给你讲个故事吧，还是我养母给我讲过的，还是人鱼的故事。

某个城市里有位富翁，他平生只爱做两件事，一是赚钱，二是讨他女儿欢心。他跟女儿住在一幢巨大的雪白房子里，房间里到处铺着象牙色地毯，家具也大半是白的，因为白色最娇贵，最难保养。在这间房子里服务的人都叫她"公主"。上个月公主参加了女同学的生日会——公主的朋友自然也都非富即贵——那女孩的爸爸弄来了两只海豹，驯兽员指挥它们在泳池边表演，孩子们轮流把帽子和花环抛向泳池上空，海豹从水中跃起，每次都准确地把东西顶在头上，赢得惊呼与掌声。

因此公主对自己九岁生日派对的要求只有一个，就是得有比海豹表演更酷的玩意儿，不能被同学比下去。

富翁把这句话作为命令，发给他的四十个助理。离生日还有十天，人们纷纷去找"更酷的玩意儿"。小丑、魔术师太普通了，请演艺明星？孩子们还没到懂得"名气"的价值的年纪，对他们来说，十个影帝影后不如一匹粉色独角兽。后来，第三十九个助理的实习生，找来了一条人鱼。

我忘说了，在这个故事里的世界，人们知道人鱼真实存在，但人鱼族机警、狡黠，海洋又是如此广阔，它们把自己藏得很好，躲过了绝大部分捕猎者，全世界只有三个国家的水族馆拥有活的人鱼。

这条人鱼是一艘远洋货船带回的。一个夜里，那条"唐·卡洛斯号"的两个水手偷偷到后舷幽会，听到夜风里传来歌声。他们叫来大副，大副又报告船长。船长指挥船朝那个方向驶去，在英仙座的星光下，一条人鱼仰躺在水面，歌声就是从它嘴里发出的。人们放下小船，慢慢划近，它也并不闪避。只见它搂着一个婴儿，银色小尾巴像块手帕似的，软绵绵搭在它胸口。船还剩几米远的时候，那母亲松开手，沉入水中。

他们把漂在波浪上的婴儿抱回船上，放在一个装满海水的铁皮桶里。没人养过人鱼，他们按养金鱼的法子养，倒也把小家伙养得肥壮起来。一开始它用奶瓶喝牛奶，两个月后它吃小鱼，吃蚂虾，吃罐头牛肉，吃腌黄瓜，也吃厨子煎的鸡蛋。每隔一段时间，桶就要换更大号的。大家管它叫"美人"。

可别误解，从人类角度来看，脑袋光秃秃、没有睫毛眼皮只有瞬膜，也没有鼻子只有鼻孔，哪样都跟美不沾边。下一次停在码头时，轮机长下船买了塑料黄鸭，给它放在水里玩。

六个月的时候，人喊"美人"，它知道从水里钻出来，双臂搭在桶边上，一对蛙式大圆眼四处张望。一岁，它长到一百四十厘米，人们有时把它抱出来，放在甲板上，让它用尾巴颠球。一岁半，美人被人从桶里捞起来，放进一个定做的玻璃缸。一个小轮车把大缸推下船，水颠簸得直起小浪头，塑料黄鸭在浪里挣扎。

它回头看，船员们在唐·卡洛斯号的甲板上站成一排，挥手道别，那些越来越小的脸上，有伤感也有愉悦。换算下来，美人每块鳞片都值一个月薪水，他们已经在憧憬妻子看到汇款数字时的快乐尖叫。

它又体验了飞机，然后是卡车。运输期间有人往缸里丢了几条鱼，它没有碰。卡车开进一家研究所，一个专家给它做了全身检查，宣布它为雄性，健康无虞，只是尾部有几块寄生虫造成的掉鳞，在水质良好的环境里养两天就好了，根据人鱼的寿命推算，它还在童年期。

富翁亲自来查看，他绕缸走了两圈，皱眉道，不是说会唱歌吗？母兽会唱，幼兽肯定也会。到时让它给我女儿唱歌。

于是第三十九个助理请来一支乐队和歌唱家，在玻璃缸边奏乐、演唱。他们不断朝美人打手势，以口型和眼神示意，让它开口唱歌。美人趴在缸边看着，带蹼的手指里捏着塑料黄鸭。它长久地一声不出，最后尾巴一掀，哗啦一声，一朵大水花溅出来，把演奏者和歌唱家淋个精湿。

愠怒的助理用实习生递来的纸抹脸，说，把那个破黄鸭拿走！

到了公主生日那天，三米高的玻璃缸早早运到花园中心，蒙着红天鹅绒布。等贵宾大致到齐，公主领着队伍走过去，等在缸边的人伸手一拉，幕布滑落地上。从梦中惊醒的美人转过头，看到外面十几张小号人类面孔，每个面孔上都有个张得老大的黑窟窿。

它以前没见过这么小的人，原来，小号的比大号的精致、好看。那些小人原地跳跃，拍手，尖叫，朝大缸冲过来，几十只小手摁在玻璃面上，像一群雪白海星密密麻麻巴在礁石上。

每个女孩都披挂得像圣诞树，可美人只看着公主。她是唯一没凑过来的孩子，站在几步外，两只白手矜持地在身前互攥，金发里戴着一顶小小的银冠，无袖蓝裙的肩头垂下一对白手臂，裙下露出一对光溜溜的小白腿。美人以前见过的人腿，都是黑的，肌肉突起的，毛森森的。像这么细的下肢，肯定爬不上桅杆，暴风雨来时都没法在甲板上站住超过两分钟。那两条小细胳膊，美人咬断过的鱼椎骨都更粗一点。可它觉得这种脆弱很……顺眼。

每张小脸盘上，都有差不多的大眼睛小鼻子小嘴，就像一条鱼和另一条鱼。可它只想看着戴银冠的女孩的脸，心里涌起奇异的感觉。

小人们大声说：她没有鼻子！不，她有，那不是有鼻孔嘛；她上身也有小鳞片；她为什么没有红头发？爱丽儿的头发是红的。

公主傲然道，是"他"，不是"她"，他是个男孩。其实她也很想冲过去，把鼻子贴在玻璃缸上看，可她更想表现一种女主人的镇定。有人回头朝她感叹道，太酷了！……公主得意得脸蛋泛红。

第三十九个助理领着一支四人乐队走过来。演奏者在玻璃缸侧后方坐下，奏响音乐。他们根本没指望人鱼对音乐做出反应，只想从阔佬手里拿笔演出费就收工回家。可是美人在缸里动了。

它摇晃鱼尾，两手一伸，一个猛子朝缸底潜下去，快触底时身子一团，团成个C字，倏地转了方向，慢慢向上升，肩膀腰肢和长尾一起扭动，那柔美几乎达到脊椎动物能表现出的极限。小人们叫道：跳舞了！人鱼跳舞了！欢呼声差点淹没音乐声。

那个黑衣服白高领衫、像白肚皮虎鲸的助理盯着美人，一脸诧异。其实美人也诧异，它也不知道这舞蹈哪来的。猝不及防，那舞自己就在它身上跳起来了。一种梦似的狂热，灌饱了每块鳞片，富氧血都变了缺氧血，尾巴尖儿和蹼激动得发胀。

如果它有幸跟随母亲在族群中长大，它会在一次次旁观中懂得这些动作的适用场合——那是求偶之舞。雄性生物弹涂鱼能扇动鱼鳍从泥潭中立起来，跳到半米高的空中。雄天堂鸟能把羽毛夸成一个浑圆的碗，像陀螺似的，在事先精心清理过的林间舞场滴溜溜旋转。

而雄人鱼的舞蹈就是这样，上上下下，回环翻转，展现敏捷、健康与韧性。如果雌人鱼中意，就会游过去跟它共舞。

这些美人都不知道。它眼里只有一张脸，从水里看，那精巧五官的线条被折射过，略有扭曲。它全身用力，跃出水面，带起一身水珠，在最高点那一瞬，它偏过头，看清了小王冠下的面目——比水里看到的更美——那双眼正为它闪闪发光。

它落回水中，砰然巨响，一个水花四溅的大场面，孩子们疯了似的拍掌……音乐结束了。人群散去，生日聚会的各种节目和游戏将从下午持续到晚上，罕见如人鱼，也不能长久牵住他们的注意力。

几个小时后公主再次光临，带着三个迟到的小贵宾，来做二次参观。第一个震惊得说不出话的阶段和第二个提问阶段过去之后，一个女孩两眼发亮地说，嗨，要是他吃了有魔法的药，鱼尾巴会不会变成腿呢？她们互相看，那点亮光像烽火台上的火光，在眼里传递。那是童话和动画片强大魔力的余晖，她们正处在对奇幻事物半信半疑的最后的年头。公主果断地说，去找！

她们想找到带毒液的蟾蜍，但只找到一条蛞蝓，一只蜗牛；又拔了欧白英、蒲公英、牛蒡，替代海底巫婆的魔药。公主御驾亲征，到花圃里摘了一朵红玫瑰。童话里没提玫瑰，但她始终相信玫瑰有神圣的力量，否则为什么爸爸每次拿一束玫瑰给人，那些女人就会笑？

凑趣的大人搬来梯子，孩子们依次登上去，扬手把心目中的魔药扔进大缸。美人躲在另一侧，后背贴着缸壁，看着这些小人的奇怪举动。牛蒡、蒲公英、欧白英，然后是蜗牛和蛞蝓，最后公主爬上梯子顶端，肃穆地抛入一朵玫瑰。

花草漂漂浮浮，蜗牛和蛞蝓沉了底。美人从水中慢慢升上来，半身露出水面，伸手拿起那朵玫瑰。它在"唐·卡洛斯号"上见过这种花，不过是平面的，也没有这么红，那是二副胸口上的文身：花底下连着一个骷髅头，旁边还有个女人嘟唇献吻的图像（女人是二副的美艳太太，全船人都传观过她的比基尼玉照）。

美人拿着这朵花，颠来倒去地看，在断茎处找了一阵，没找到骷髅头，捏一捏花瓣，揪掉两片，放进嘴里嚼嚼，吐掉。想起那个女人献吻的图像，它大致明白这朵花代表什么意义，胸口震动，忍不住朝亲手赠花的公主微微一笑。

可惜公主正紧盯着美人的尾巴，没收到那个笑。盯了一阵，她们失望地说，没变嘛。

一个大点的男孩说（他父亲是著名外科医生）：把一整条肢体分成两半，是很大的外科手术，怎么可能吃点药草就成了？我看过我爸给连体婴分离下肢的手术录像，可复杂了！

孩子们没趣地走开，又振奋地奔向下一项娱乐，全城最贵的魔术师到了，不断从袖子里掏出蝴蝶，他们四处跑着追蝴蝶。整个下午，美人独自跟玫瑰待在一起。

夜幕降临，草坪上立起投影屏，播放动画片《小美人鱼》，以加强这个人鱼主题派对的主题感。孩子们排队拿了爆米花，坐下来看。动画片的好处是，听不懂对话、光看画面也能明白剧情，几米之外，隔着玻璃和水，美人看得极认真，眼珠瞪得从眶子里胀出来，它全看懂了。

电影结束时，公主的富翁父亲终于赶回来，他拿着话筒走上前，为爱女致辞。掌声，掌声，掌声。等他走下来，公主拽着他的手,要跟他一起去看人鱼。美景要跟亲爱的人同看,才算真看过。她说,爸爸,它还是不会唱歌,可是它跳舞了!……明天你要把它送走吗?

富翁笑道,不。我把它杀了给你做刺身?

公主说,你敢!我要养着它,我要给它取名叫公爵。

然而缸空了。草地上一道宽宽的压痕,像拖拽一件重物留下的,草叶上还有没干的湿渍。人们循迹追过去,忽然有人说,听!

是歌声,一阵歌声随风飘来。歌里好像有词,又像没词,只是无意义的呢喃,语音的变换只为顺应旋律的流转。人们怔着,听着,听得胸口里浮起灵魂,灵魂泡在温热的海水里,啜饮糖浆。

歌声是从白布搭建的宴会长棚里传来的。长桌下,美人躺在那儿唱歌,身子底下铺着好大一块红布,其弧形边缘仍在向外蔓延,如止不住的火势。

它把鱼尾切开了,用切蛋糕的长刀。尾巴还是尾巴,没变成腿,只弄碎了美人最引以为傲的一些鳞片,血肉模糊。

赶来的人都因惊惧而呆立,公主跑进来,瞪眼尖叫,立即有人捂住她的眼睛,拎起两腋,把她抱走。美人转头目送,两条尾巴也没法让它站起来去追她,这实在比死亡更心碎。血红而稠,像熔化的红宝石,像它捏在手里那朵玫瑰。美人知道生命正节节败退,撤离身体。它刚当了几个小时人类童话的信徒，就要献祭生命了。

它也终于明白为什么母亲会在那个月夜里唱着歌，躺在海水上，引人过来：它想把婴儿托付出去，它快死了。

人鱼只有临死时才会唱歌。

袅袅歌声渐弱，犹如一杯冷下去的热水的烟雾。外头夜空里，一饼圆月高挂，整个世界被月光裹了一层银灰色糖霜，美人想起某个月夜它被抱到甲板上看海豚成群跳跃，船长蹲下给它喂了一口细颈玻璃瓶里又苦又涩、味道像眼泪的液体，大家看着它呛咳，哈哈大笑，风摇着头顶的帆吱吱作响……

它还想吃"唐·卡洛斯号"的厨子做的煎蛋，那是它脑中最后一个念头。

公主，我的故事讲完了。

9

他要向你求婚的周三早晨，我从六点开始盯着办公室墙上的大钟表。同事们坐在岸上的长凳上吃早饭，我没吃我那份。

窗户慢慢亮起来，天光掀开世界的盖子。你在九点五分走进来，溜着墙边走，低着头，像一只若有所思的海马。你的漆黑羽绒服裹住身子，绸面光滑发亮。你穿了一双边缘带毛的、厚厚的新棉鞋，像那种在冰盖上捕鱼的因纽特人的靴子，它让你走路时发出橐橐声。

我把头探出水面，让光照在脸上，公主，你带来光，所有的光。你脸上有护肤油的香味，头发里有洗发水的香味，嘴唇上有一点唇膏的红色，你跟同事们打招呼，朝我挥手、微笑，让我肚子里翻起一阵沙丁鱼风暴。

九点十五，你从更衣室走出来，已经换上了比基尼泳衣，嘴里很小声地发出"嘶"的吸气声。

九点二十，你在池边坐下，双脚和半截小腿伸进水里，探身把绸布鱼尾放进去浸湿，再把两条铅块绑带围在脚踝上，好让自己更易沉向水底。

九点二十五，你提着单蹼和鱼尾，走向通往巨型水族箱的过道。海洋馆响起歌曲《深海之下》，提示游客，人鱼表演将要开始。

一切如常，你那越走越远的是个一无所知的平静背影。人们互使眼色，偷笑，空气中洋溢着过节似的欢快和期盼。他们已经分好工了，有人负责放音乐，有人负责布置玫瑰花，有人负责点蜡烛。花和蜡烛都会摆在海底隧道里，等你在九点四十分游进隧道，《深海之下》就会变成《无法停止对你的爱》，巨猊选的歌。上周闭馆后，他们试播了好几次：

> They said that we couldn't, but we did make it work 他们说过我们不可能，可是我们的确做到了

And nothing could stop us, not even two different worlds 没什么能阻止我们，即使我们来自两个全然不同的世界

Whoever said that we could never hold on 有人曾说我们不能长久

And don't know I found my star 因为他不知道我找到了我的那颗星

Baby, you are my star 宝贝，你就是我的星星

I can't stop, can't stop this love 我无法停止，我无法停止对你的爱

……

所有人都快乐得像要去喝喜酒，除了我。

没时间了，公主，我得告诉你，我爱你——这些话无数次冲锋到我嘴边，又无数次回到我心里幽深的海底。我想说，你跟他不一样，你跟他的差别，就像海豚和人的差别。能跟你心意相通的是我，我也有一个陷入永恒沉默的母亲，我也不想征服山，不想征服任何东西。你想见识海？跟我回我的家乡去，我知道哪儿的海下有像大教堂拱顶一样的岩洞，我带你潜水去那儿约会，烛光鱼在四周游荡，就像餐馆里的烛光晚餐。不要答应那个人的求婚，否则那扇打在你脸上的门还会一次次落下来，让你的笑越来越冰冷……然而在你的表

演开场时，我的工作、我要参与的表演也开始了。

砰砰咚咚的音乐声中，我们完成了第一个节目，人们鼓掌，我慢悠悠地往舞台边缘走了两步。我早就看好了，表演池和观众席之间有个平台，只要跳过去，就可以绕过观众席，冲出大门。

同事说：下面我要跟鲛叔一起为大家表演一个……欸？鲛叔！

我全身用力把自己像一颗炮弹似的发射出去，跃过护栏。身体悬在空中那一瞬间，我想起了那条因跳出鱼缸而死的、八岁的巨骨舌鱼。

一声闷响，我成功地落在平台上，双手一撑爬起身，惊呼声如水花四溅，我冲出了剧场大门。

从剧场出来左拐，抄一条水母区的近路，就是海底隧道。一路上，人群像摩西面前的海水，分开两边，涌动尖啸和喧哗。时间到，空中响起《无法停止对你的爱》，前面隧道入口处，地上蜡烛荧光闪闪，一大片猩红玫瑰花瓣，像一摊血。

双眼嘴巴像鲛鲢鱼、头发像狮子鱼的男人，抱着一束花跪在那儿，眼望隧道里的鱼群。我以最大音量吼着，朝他跑过去，他转头看到我，惊叫一声，抛下花束就跑。

我走到他刚才跪着的地方，搅乱了地上的血和光。头顶的音乐唱道："没什么能阻止我们，即使我们来自两个全然不同的世界。我无法停止，我无法停止对你的爱……"

隧道入口，你摆动双腿，从假珊瑚丛里游出来，像午后的少女在花园漫步。成群的心斑刺尾鱼、蝙蝠鲳、小丑鱼从你身边游过。

我仰头看着你，也看着玻璃上映出的我的身影。你在水中停下，瞪视着我，睁大双眼。我吼了又吼，所有该说的话我都说了，虽然我知道你听不懂。公主，多遗憾啊，如果三亿年前我的祖先能勇敢点，没有转头回到海里，现在玻璃上映出的就会是一个跟你一样的人，一个用两条腿站立的男人。

而不是一头海狮。

II

海洋馆明星海狮落户动物园　憨态可掬大受欢迎

早报讯（记者李由　摄影池永）本市海洋馆一只表演明星海狮因上周从剧场跑出，惊吓游客，被专家判定不适宜再做表演，今日送抵动物园，住进了新家。

据悉，这只海狮原名约书亚（Joshua），雄性，今年六岁半，体长一百九十五厘米，体重一百公斤，正处于青壮年。约书亚来自英国格罗斯特郡，身世颇为曲折，被人发现时，它的母亲躺在海滩上，因颈部被人类渔网缠绕，奄奄一息，小海狮依偎在母亲身边，发出哀伤的呼叫。与其他鳍脚亚目动物不同的是，雌海狮不会收养失去母亲的孤儿，因此当地野生生物救护组织的工作人员与海洋生物研究所的研究员在抢救母海狮失败后，把小海狮抱回研究所，取名约书亚。

研究员朵丽丝·库马尔博士把小海狮带回家，当上了它的养母。她无微不至地照料约书亚，给它喂奶，为它制作鱼肉大餐，让她跟自己七岁的女儿麦琪一起在浴缸里玩耍。闲暇时，她喜欢带两个小家伙到海滩散步，"母子三人"在海浪中嬉戏，这成为当地居民十分熟悉的温馨画面。

根据当时的新闻报道称，朵丽丝博士教女儿麦琪识字、读书时，也让约书亚在场旁听。约书亚非常聪明，后来它能识别简单的字母、单词，甚至能辨认养母手中海洋生物的图片，以叫声指示正确的名称。朵丽丝表示，等约书亚成年后，会训练它回到海中生活。

约书亚的幸福生活终止于三岁，那年朵丽丝在一次潜水采集标本时遭遇事故，虽有同事对她施行紧急救援，但减压病留下的后遗症仍严重伤害了她的神经，导致她双下肢丧失70%行走能力。辗转各地求医的朵丽丝无法再照顾约书亚，不得不为它寻找新家。英国康沃尔郡一家野生动物园表示愿接收约书亚，他们来到格罗斯特郡接它，在机场，坐着轮椅的朵丽丝含泪吻别了"海狮儿子"。

约书亚再一次失去了母爱。在康沃尔郡的动物园，它学会了表演节目，顶球、倒立、打滚。半年后，这家动物园因经营不善而倒闭，本市海洋馆斥巨资买下了约书亚和两只雌性海豚"莉莉""米娅"。

到达馆中，在兽医黄玉仙等人的照料下，约书亚适应了新生活，并很快成为馆里的明星，它以聪明温顺的性格赢得了大家的喜爱，工作人员都亲切地叫它"鲛叔"。海狮表演和人鱼表演，一直是海洋馆最受游客欢迎的项目。今年十一月，三十名孤独症患儿与他们的父母在志愿者的带领下来到海洋馆，与可爱的动物互动。患儿们与鲛叔一起玩球时，露出难得的笑容。

然而正如动物学家所说，兽永远有其兽性，不管它表现得多么温顺。事后，海洋馆的潜水员卢飞和鲁倩倩回忆说，那天早晨他们就觉得鲛叔有些反常，喂给它的鱼，它一条也没吃。上午九点半，观众涌入"欢乐剧场"，坐下来准备观看海狮鲛叔和海豹西蒙的表演。表演开始后，鲛叔明显不在状态，对驯养员尤兰给出的信号反应迟缓。第一个节目结束，鲛叔突然跳过表演池和观众席之间的平台，冲出大门，一路狂奔，发出吼叫，受到惊吓的游客们四散逃跑，不巧当时海底隧道里还有一位男性游客正准备向女友求婚，遭此意外，求婚也不得不暂停。工作人员卢飞、单勇波等人迅速赶到，以麻醉枪和网兜制服了这头失控的海狮。

整个事件中无一游客受伤。据悉，那位男性游客的求婚对象，原来是海洋馆负责人鱼表演的女职员，虽然男友准备的求婚道具被破坏，但她还是欣然应允了求婚。

事发后，海洋馆领导相当重视，召开紧急会议，并请来海洋生物专家为肇事海狮做检查，专家们的会诊结论是，由于生存环境等问题，海狮鲛叔很可能罹患了抑郁症，这在被圈养的表演动物中十分常见。

由于鲛叔不适合再为观众做表演，本市动物园表示愿意接走鲛叔，让它从演艺界"退役"，住进新家。动物园海洋部主任佟智说："我们会让鲛叔在新家过得舒心，改善它的精神问题，也会尽快替它相亲，找到一只适龄雌海狮，让它早日收获爱情，繁育后代。"

辛德瑞拉之舞

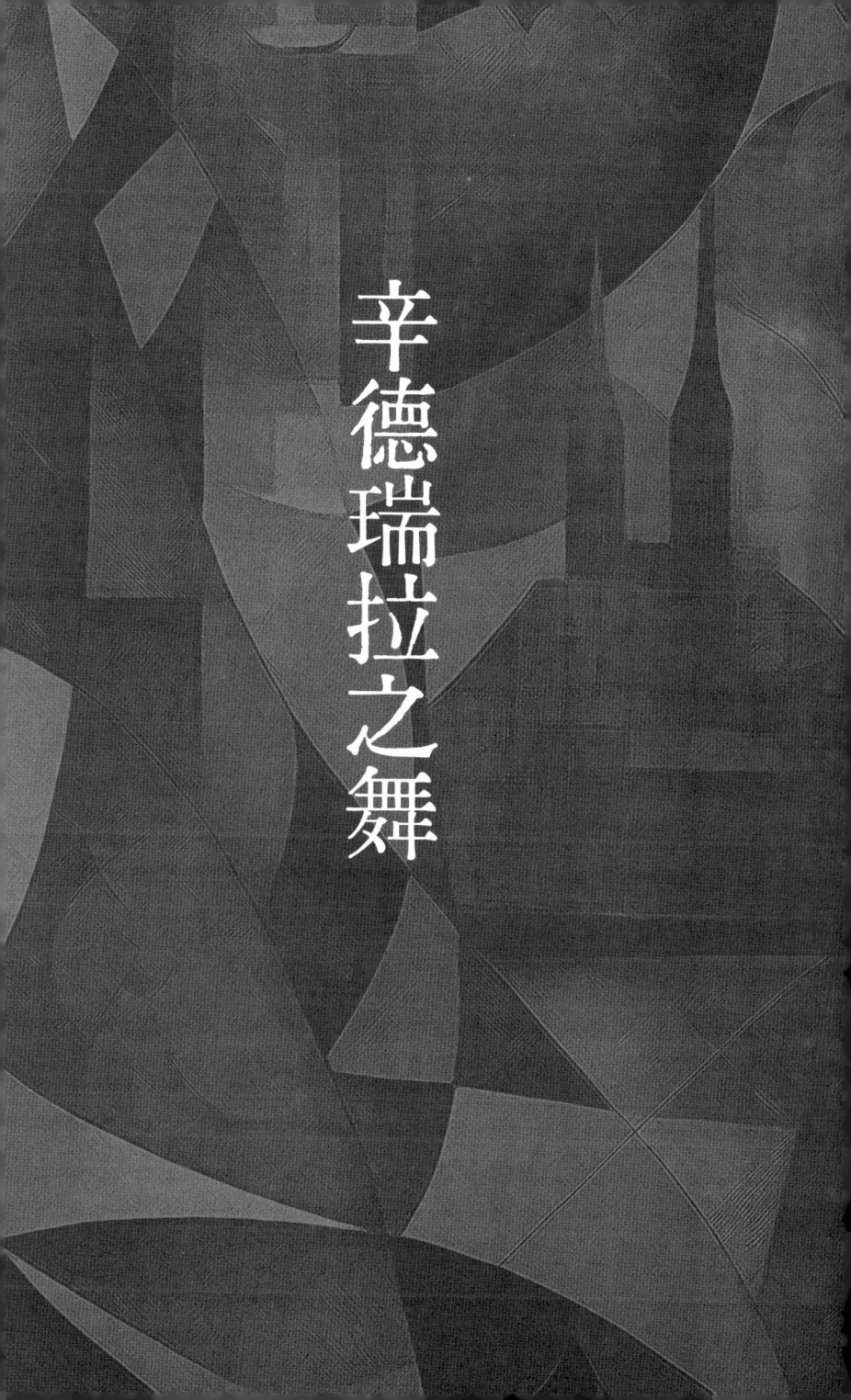

我朝我丈夫的方向翻身六次，朝没有他的方向翻身六次。

翻这十二次需要两小时，一百二十分钟。这还是在我极度克制翻身欲望的情况下。我总对每次翻身寄予可怜又空洞的期望，盲信着睡眠这次会在另一边等我，直到第十二次。

失眠该从何时算起？答：从你身边的人进入睡眠开始算。有了对照组，才有了"失"。我抚摸丈夫的身体，他睡得像一座倒下来的温热的雕像，像一场捉迷藏游戏里乖乖闭目默数的捕捉者，像等待大利拉刈去头发的参孙。我的手指穿过他的鬓发，在头皮上滑出嗞嗞声，又溜到他的后颈，揉压他胡桃色的皮肤，寻找刽子手最爱的那条能落斧子的骨缝。

他全无知觉。

每次失眠，都是一次被遗弃，我被独自遗弃在几厘米外的深渊里。

人在失眠的时候，脑子会像一台无法停止的坏机器，不断把做错的选择、说错的话、口角时的诅咒和追悔莫及的时刻循环播放。他对此大惑不解：脑子是你自己的，你为什么要想？你忍住不想，不就成了？

在他看来，该不想的时候忍住不想，就像憋尿一样自然。这就是为什么不能谈论痛苦，因为痛苦无法交流。断腿人无法理解独眼人。

嘀嘀踏嗒，嘀哩踏踏嗒——这是什么调子？在哪里听到的？像个失灵的音乐盒一样不断重复；今晚有蓝月亮，咱们夜里去看吧？是月亮变成蓝色？那倒不是，蓝月只是种说法，当一个季度有四次满月，第三个满月就叫蓝月亮。既然蓝月并不蓝，那有什么可看？嘀嘀踏嗒，嘀哩踏踏嗒；刚才你给侍应生的小费又给少了；你脱胸罩的时候能不能拉上窗帘？……

我每翻一次身，旅店床单的温度就增加一度，失眠本身有一种魔法，如果人不能获得睡眠的神光庇护，黑暗里的精怪就围拢上来，愉快地拿人的焦躁开宴大嚼。它们那些看不见的手，像栽花一样，把钉子一根根栽到我和床单之间。翻到第十二次，我身下已经是一块滚烫的钉板。作为背景音乐，我丈夫在梦中发出各种无意义的声音，吹气声，吸气声，哄小孩撒尿那种嘘嘘声，奇怪的烧水壶似的噗噗声……

他侧着脸，脸上的皮肉轻微往下掉，容貌开始有屈从地心引力的趋势。他鼻梁上戴着丝绸眼罩。除了拉下眼皮的卷帘，外面还要加一层绸缎防盗罩，严防任何光线，或人，盗走神圣的睡眠。

也不能说他没尽过心。我失眠的最初几年，他也曾积极寻找助眠香薰，催眠音乐，安睡枕，甚至半开玩笑地在床头贴过文字如蝌蚪的符咒。我们还能鉴赏它带来的一点烦恼。后来关怀像所有必将终结的慈善一样结束了。他说，总强调这件事，反而助长它的气焰，如果不做心理暗示，也许会好一些？

于是，我跟他都装作这件事不存在。

然而它就在那里，重视它或忽视它，它才不理会。它像虫找到了最甜的苹果，安安稳稳地在中心盘踞下来。苹果外表依然红润，但苹果知道虫在。

他也知道，所以不愿咬下去，紧邻它之前的夫妻娱乐节目也失色了，不管体位是俯视或仰视，他总能看出我眉间对睡眠——对被遗弃——的忧虑。就如博尔赫斯说的：不仅是干渴，是干渴和对干渴的恐惧使日子难以忍受。

——不仅是失眠，是失眠和对失眠的恐惧破坏了一切。

后来，我又对这次庆祝结婚六周年的旅行寄予厚望。我以为异国会让它水土不服，以为长途跋涉会消磨它的法力，以为这个海滨城市的潮湿空气会让它翅膀滞重，至少打个盹，放过我。飞机上我靠着舷窗睡了两个多小时，醒来看到我丈夫的目光，像王子吻醒睡美人之前满意地鉴赏着。

但入住旅馆的第一夜，我还是失眠了。然后是第二夜，第三夜。

我在去参观海边悬崖巨石的大巴里睡得口水四溢，在十七世纪教堂著名的天顶画下面发出不雅的小呼噜……

就是没法在床上睡着。

他的一呼一吸仿佛潮汐,我像一只搁浅的螺,眼巴巴望着面前不远处潮水的湿渍。我望着我的丈夫,望着平静而掩藏一切的海面。

他轻松地翻过身去。我望着这个把受伤战友扔在战壕里的背叛者的背影。

旅店房间墙上古董钟咔嗒一声,那是时针分针拥抱在一起的声音。午夜十二点。

我慢慢坐起来,好吧,我放弃了。

我放弃了,一旦跟自己说出这句话,浑身一轻。

猛地坐起身,有点头晕目眩,像从一种黏稠的处境里挣脱出来,不过脚底一踩到床边毯的硬毛,心里好过多了。我站起身,床的弹簧紧跟着我的臀部,弹回平面。

嘀嘀嗒嗒,嘀哩嗒嗒嗒,脑子继续回响这个调调。我在心里哼着它,想起这是作坊街一家店铺里放的音乐,白天我和他路过,进去转了转,什么都没买就出来了。

我赤脚走到衣柜前,连胸罩都懒得穿,胡乱抓一条波点连衣裙钻进去。鞋柜的柜门每次打开总是发出极刺耳的声音,算了,我弯腰拎起旅馆的塑料拖鞋。

开门出去之前,回头看一眼床上人在被子里制造的隆起,终于,这次轮到我遗弃他了。

一出门我把鞋子扔下，趿上。走廊里的灯光发绿，绿得可爱。午夜十二点过六分，一个失眠人该干点什么？我拥有整个夜晚。我可以干一切我丈夫不感兴趣的事，比如，去海边看蓝月亮。

我从电梯出来，距离门口几步的值班室里，值班的意大利老头正用袖珍电视机看一个才艺秀，一对少年男女在台上跳舞，四肢飞旋。他听见电梯声，向我转过头来，光秃的眉脊往上一纵，往我身后看看，见没有别人，眼中射出惊奇的目光，略夸张地睁圆眼睛。午夜好，美丽的夫人，你一个人要去哪儿？

我拽起两边裙摆，一屈膝。我要去参加舞会，不要告诉我丈夫，好吗？

他在身后喊道，注意安全！……

走出旅店，我使劲吸一口夜的体气。月在天空的极高处，白而亮，浑圆得可爱，像一枚从舞者手钏上滚落的银铃。四周云朵宛如褪下的灰丝绸舞裙。舞者不知哪里去了，只剩银铃遗留在层层叠叠的布料中。

夜间的城跟白昼完全不同，现在它像沉入水底似的，浸在青白天光里。两边铺面都已关门，放下铁皮卷帘门或窗帘，像一张张我丈夫那样戴着眼罩的熟睡的脸。我趿着鞋，沿着大街走，全无仪态地拖着脚，绝不费心蜷缩脚趾把鞋子带起来，鞋跟一下下拍击石板路面，发出踢踢踏踏的声音。

时有一辆摩托车响着极大噪声疾驰过去，勇猛得像圣乔治前去屠龙。我吹起口哨，一支歌吹完，刚好一条路走到尽头，十字路口有个带阶梯的圆形小广场，白天总是坐得七成满，中间有裤子肥大的男孩卖艺跳舞：单手倒立急停，把竖起的手臂推到一边好像那是假肢，用头顶住地面，滴溜溜打转。他女朋友在一边给他用CD播放机放音乐。我总想过去往他的帽子里投钱，每次都被我丈夫拽住，走吧，快走，多粗俗，不值得你花钱。

现在这块地面空无一人。我摸摸裙子口袋，里面天意一般有个硬币，遂走过去，蹲下，把硬币竖着塞进地面石板的缝隙里。月光在上面反射出一丝银光，明天，当男孩在此倒立时，硬币的光会折射进他眼中。

再走两个街区就是那条作坊街，白日云集的游客行人散去，作坊里的匠人们也早就回家了，街道像一条长长的骨架安静摊放着。通往海滩的路是另一条，但我走到路口中心回头一张望，发现一片漆黑中，居然有个窗口亮着。屋顶的霓虹灯招牌已经关掉，但我认得招牌的形状：一只高跟女鞋。那条盘旋不去的旋律，嘀嘀踏嗒，嘀哩踏踏嗒，就源于他家的老式唱片机。

不知被什么力量驱使，我像赴约似的走过去，站在门外犹豫一阵，抬手敲门。

敲到第三声门就开了。门后一位矮小瘦弱的老妇人，棕色脸盘，黑鬈发在肩膀上结一根粗辫，嘴唇错动，在嚼什么东西，一面用探询的目光等我说话，一面双手绕到背后解开腰间皮围裙，显然她已准备回家。我说，抱歉，打扰了……后面不知该怎么说下去，因为我也不知道为什么要来敲门。

但魔幻之夜的意思是，一切不合理自有解释。老妇目光一闪，我记得你，亲爱的，白天你来过。她扇着手让我进去。不过那时你跟你丈夫在一起。等等，是丈夫吗？还是……她挤挤眼睛一笑，皱纹在松垮的表皮上起舞。

我笑道，是丈夫，不是情夫，如果要选情夫我不选他那样的。

老妇说，哦，别这么说，他是个蛮俊的男人，你可以让给我，我愿意选他做情夫！我和她都笑了，她亮出满口棕黑牙齿和牙上的黑色药草渣。

屋里只剩桌上的一排工作灯还没关，昏暗里有种舒适的惺忪，长长松木案子上，分格工具盒像被掀掉盖子的旅馆房间，上线用的木柄锥子像一排卫兵一样立在架子上，还有十几只木偶人脚一样的鞋楦，凌乱地堆在一起，犹如某个有砍脚习俗的蛮族人的战利品，有点阴森，又像一篇哥特风黑童话里的一幕。一切染着木头与皮革的气味，闻惯了甚至觉得很香。四边墙上钉满了错落的短木板，每块板上摆一只女鞋，像几十只脚踩在不同高低的梯子上。每只鞋都像艺术品。我走到架子前，停住，老妇说，我也记得你曾拿起一双鞋，翻来覆去看了又看，我以为你就要买了，可惜你丈夫把你拉走了。

我知道掩饰无效，歪头笑一笑，挪出两步，站到我曾爱不释手的鞋子面前。老妇问，你为什么没买呢？

我说，因为我丈夫觉得我的小腿短，比例不够好看，他喜欢我穿高跟鞋。

这双鞋没有高跟，乍看它是双极普通的平底鞋，就是那种斗牛士们穿在粉红长袜下面的圆头鞋。但拿起来会发现鞋面是双层的，两层都透明，红色来源于其间流淌的液体。我捧着它，手掌抬高，放低，欣赏血在血管中流动的奇景。红玛瑙被炼金术士炼化，红玫瑰精魂溺水而亡，红枫林立于日落余晖，红樱桃醉倒在葡萄酒中，红唇吻着革命者流血的心。啊！

老妇在我身后说，绝大部分鞋是皮革绸缎质地的足枷和刑具，这双不是。试试，亲爱的，我保证它的滋味比十个情夫还好。

我一只一只踢掉脚上拖鞋，老妇望着我的左脚。我知道她在看什么，左脚脚背上有很多条疤痕。我解释道，我母亲生我时，一条左腿先出来，助产士太年轻没经验，把腿塞回去的动作太急，脚掌断了，神经也受损，后来做了好几次手术，拼好了神经骨头，保住了正常行走能力，那些疤就是拼图图案里的缝隙。

我边说边穿上红鞋，明白了"比十个情夫好"的滋味是什么。鞋底软得像云，刚开始能感到鞋面一圈液体的凉意，很快它被体温染热，犹如不会凝固的血液，在皮肤外建立新循环。我愉快得说不出话，扬起双臂，踮脚原地转个圈，足尖足踵传来阵阵陌生的惬意。老妇说，我只做了一双，你穿居然这么合适，带它走吧，亲爱的，这双鞋我送给你。

我说，不行，明天我来付钱。她无所谓地笑着摇摇头。像祝祷又像预言似的说，今夜你一定还有奇遇。

于是我反复道谢，穿着这双血和玛瑙的鞋子踏出门去。奇怪，夜像是变幻了一点点，哪里有变也说不清，像是空中飞来了无数不可见的透镜，让一切形状与光色在折射中变形。我大步往前走，像个拿到了护照的偷渡者，像找到一位坚贞同伙的劫匪。

从这个街口开始，每当我要过马路，交通灯总是及时变绿，像集体接受了什么密令，向我证明此夜确是魔幻之夜。月光四处弥漫，像干冰机喷出的雾气飘在舞台上，等待伶人登场。再过一条马路就到海滩了，海波早就在棕榈树之间的缝隙里闪闪发光。

从棕榈树的栏栅之间走过去，海赫然仰躺在那里。我站住，心满意足地叹一口气。

在它随着呼吸一波波柔媚荡动的肚皮上方，是一轮满月。

并不蓝的"蓝月亮",吸饱了海上蒸腾的水汽,它显得更滋润,自得,心满意足。

我舍不得让新鞋沾沙子,遂把它放在沙滩与石板路交接的边缘处,赤脚走下去。走下去,像踩在新研磨的豆沙里。月光照得沙面成了淡奶油色,因此我是踏着奶油豆沙向前走。每一步,足趾和足踵都被更软的弧面托住。

一整块海滩空无一人,没有脚印。一整排棕榈树密得像筛子,道路上的声音传过来,已经被筛得细碎。

睡意和世界距此仿佛远得隔着十二个雨季。我立在海水中,一只完好的脚,一只带着纵横刀痕的脚,海浪不厌其烦地一次次抹拭它们,仿佛那样能把疤痕擦掉。

我站一阵,继续往前走一阵。走走停停,不知过了多久,一个人向我走过来,一个白衣白裤的男人。为了打消我的警惕,他远远把双手举高,像投降的士兵向对方营地走过去。其实我并不害怕,他不知道我正在等他——也不一定是他,我在等任意一人来演男主角,带着即兴台词上来,与我交锋。

他的第一句台词是:女士,这是不是您的?

原来他举起手是因为手里提着东西。东西是一双鞋,红色平底鞋。

我答道,是我的,谢谢。

他说,我们在南边海滩喝酒聊天的时候,波比把它叼过来——波比是我朋友的爱尔兰猂犬,总喜欢把各种小玩意儿叨来叨去——我朋友有点醉，想回家睡了，我说，那我去找鞋主人还鞋吧。

傻子才会去深究这理由的真假，我点头笑一笑。身为灯光师的月亮把金属色泽的银光打给他，照亮他的脸、肩膀和长到耳垂处的淡金色头发，无论在哪个舞团剧社，那都是一副领舞人的身段，一张既能扮哈姆雷特，也能扮科里奥兰纳斯的脸。

他向我伸出空着的手，我也扬手相握，但他把我的手背翻到上面，低头一吻，唇上薄髭像极短的小刷子，有分寸地轻轻一擦。我先是意外，没反应过来时手背已经一酥。

请问您的名字？

叫我辛迪。我怎么称呼你？

叫我"六"。

这么奇怪的名字。

我本名当然不是六。他笑了，露出两排白牙齿，犬齿有点歪斜，像音阶里一个不小心弹错的音符。您知道毕加索的原名吗？我的原名跟他差不多长，说一遍这夜就过去了。你不是本地人对吧？

不是，我跟我丈夫来这里旅游，庆祝结婚纪念日。

他一面嘴里说，祝贺你们，听上去真甜蜜，一面往四周找。我笑道，不，他在旅馆房间睡觉呢，不会跳出来怒揍搭讪者，别怕。

他也笑了。那你放弃甜蜜的睡眠,独自到海滩来干什么?也来看蓝月亮?

我说,你又独自到海滩来干什么? 也是失眠症患者?

互用问题代替答案后,他向面前的海面伸出一条胳膊,像也要握住海的手背吻一下,说道,晚上的海,才是海,白天它只是,游客脚底下的一摊水。

对。我由衷说道,有月亮的天空才是天空,白天它只是候场时的舞台。

一阵海风吹过,他的淡金色头发飘起几绺,肥大衬衣和布裤像帆似的在背后膨起来,布料紧贴他胸口、腹、胯。我抬头去看月亮,他却低头看着我的脚,裙襟被风撩起,掩藏的脚背泄密似的露出来。我观察他的表情,他沉着地说,您的脚很美……人们都觉得有疤是丑的,是吧? 要我说,正是重叠的刀痕,才令一无是处的泥团和铜块变成罗丹的吻和夏娃。

他声音中的真诚令我一阵震悚,双手在身边的沙中握紧。我一时说不出话,他善解人意地把话接下去。不知道有这样美丽双脚的辛迪,是做什么工作的?

我说,我是个设计师。

设计房屋? 公共花园? 布料?

都不是,我设计立体书。你呢?

他长吸一口气,仿佛那答案是胸中的火焰,需要猛拉一把鼓风机，让它的火苗蹿出口腔，他傲然道，我是一家博物馆的馆长。

哎呀，这个工作真了不起！是什么主题的博物馆？

他笑道，你想去参观吗？想去我就告诉你。

想。不过这个时间博物馆肯定关门了，我明天……

你忘了我是馆长呀，我想要它凌晨开门它就可以凌晨开门。解说员也为你随时待命。哦忘记说了，解说员也是我。

我仔细打量他的脸色，辨认其中有没有歹念，自认为判断清楚后点点头。六的眼中闪出惊异之色，他没想到我会答应。又用肢体语言确认了一次，他显得愉快极了，一手背在背后，一手从面前划到肩膀旁边，深施一礼：女士，我代表考洛斯博物馆欢迎它的第三千六百五十四个访客。"考洛斯"是希腊语中"舞蹈"的意思，您将见到一座小而美妙的舞蹈博物馆。

我又说，等等，我出门急，没带钱也没带信用卡，馆长先生能否先借我钱买门票？

当然这是无意义的玩笑，他笑嘻嘻道，算你运气好！今天刚巧是特殊日子，博物馆免票。

是什么节日？

是"辛迪女士芳驾光临日"。

我笑得哈哈有声，毫不掩饰对这话的受用。两人花心思互说废话，就是调情，我承认，但是，睡得着觉的人在梦中无论通奸杀人都不必有负罪感,既然我失去进入那块放纵之地的资格,自找一点恣意总可以吧!

他抬手举起那双鞋子,说,可否?

我犹豫了一下,他的意思是要帮我穿上,这就超出绅士风度和随口调情的范围了,可判断他是恋足癖病患又为时过早。嗨,管他呢。我扬起脚尖,蜷起脚趾点动两下,并给点头的脚配音:好哇,谢谢。

六单腿跪下来,托起我的脚踝,先掏出一块叠成方块的蓝手绢,像古玩店伙计给古董瓷器抹灰似的,把脚掌脚背上的沙子拂一拂,掸一掸,再把那双红色平底鞋套上去。他赞道,你的鞋子也很美,配得上你。

我看着那个陌生的头顶、陌生的发旋,一阵恍惚。六年前这天,婚礼的晴朗早晨我在化妆间里哭泣,哭得满室阴云,前夜右脚——好看的那只脚——被不知名的虫子蜇伤,足踵又肿又圆,特意订制的婚鞋小了一号,怎么也穿不进去。伴娘们给我擦药水,有人拿来冰块,有人打电话给熟悉的医生问有没有快速消肿的法子。亲友们坐在不远处的礼堂中,玩手机,用大帽檐扇风。我瘫坐在凳子上,哭个不住,上一场失败婚姻遗留的恐惧,和婚前镇压下去的犹豫、畏缩,此刻卷土重来。

最后我丈夫被叫进屋。礼服和发胶把他包扎得像一份精美礼品,好看得陌生。人们都蹑足退出去,关上门,但我知道他们都贴了只耳朵在门板上偷听。他跪下，不出声地亲吻我的脚，从足趾到足心，犹如阿喀琉斯上阵前，帕特洛克罗斯亲吻他的战甲盾牌。

我渐渐止啼。他说，现在我口袋里有把瑞士刀，咱们切开鞋跟，再用胶带粘住，好不好？或者干脆，改造成没跟的穆勒鞋。

我笑了。再后来，他命门外的人找来一瓶橄榄油。先用冰块敷肿处，再反复抹橄榄油，他总算把那只肥大的脚跟塞进鞋里。我忍痛站起身，吻他，吻那双刚吻过我脚丫的嘴唇，嘴唇上还带着淡淡的药水味儿……唉，那时我多爱他呀。我昏头涨脑地说：即使需要切掉脚跟或脚趾，我也会穿上这双鞋，跟你完成典礼。（听听！）

其实不用切掉，走向圣坛时，我已经感觉到大脚趾和脚跟都在流血。我是新婚之日把血流在鞋里而不是床上的新娘。

我听到面前的六说，好了，现在是凌晨一点二十分，咱们走吧。

走出棕榈树栅栏，踏上街道，我正要问博物馆远不远，要步行多久，他四下张望，忽然目注街的另一头，探身扬手，又吹了声口哨。就像这一夜所有忽然出现的人事物一样，我看到了一辆马车——真正的马车，由身穿丝绒黑马甲的驭夫控缰驾驶的马车——蹄声笃笃地过来。

他笑嘻嘻，以完成一个魔术的魔术师的表情看着我，马车停下之后，驭夫打着哈欠说，我们早下班了，我要回家了，不过如果顺路可以捎你们一段，二位去哪儿？

这是此城的观光马车，而"我们"指的是他和马，他的马叫帕芙，因为——你们听过那首歌《神龙帕芙》吧？"神龙帕芙，住在大海边，小杰吉·佩帕是爱它的友伴"，我叫杰吉，所以我家美人叫帕芙。真没听过？那我给你们唱……

坐马车并没有想象中美妙，铁条座椅硌着骨头，怎么坐都不舒服，美人帕芙扭动浑圆屁股前行，不时往屁股后边的脏布袋里噗噗撒下几个粪球，不幸我们的方向是顶风的，臭气随风阵阵袭来。幸好夜色很美，我们从一个路灯的光团里走向下一个光团，脸上交替掠过树影和亮光。

我知道六一直在打量我，像反复读一道谜题的谜面，也像转校生被安排到新座位上，望着身边新同伴，好奇，暗怀期望，跃跃欲试，又略带羞涩。他狭长的鼻梁中间凸起一粒小圆骨头，就像里面有个极小的指头要捅破皮肤伸出来。他捧着手肘，竖起小臂，一只指节搭在鼻梁上，下意识地来回摸那块小骨。嘿，你为什么一点不犹豫？你不怕我是专门诱骗单身女性的杀人犯？

我笑一笑。你是吗？

当然不是。但你的防卫心这么淡薄，可不好！下次有像我这样的陌生人邀你到陌生的地方，你不要去。

我嗯一声。他诚挚地看着我,看着不看他的我,半天才把头转回去。

马车在一个路口停下,我挥手跟杰吉和帕芙道别,马蹄嗒嗒远去。街两边都是三层小楼,每个方方的阳台都像个装满花的镂空铁盒,花香渗在夜间空气里,犹如一勺蜂蜜调在凉茶里。六领着我走了几百米,拐进一条小巷。

月光下有什么东西一闪,我低头,发现墙根有一溜脚印,用奇特的闪光涂料漆着,一直向前。印子由水滴形的小巧鞋掌印与圆点状的鞋跟印组成,仿佛一个鞋底踩了漆料的女人刚刚轻快地走过。

六说,那是我画的,给游客指路用。我说,好想法,庞贝城的街道也是这样,雕刻出一个个阳具标志指向妓院,你是不是借鉴了那个?

他上半脸皱眉下半脸笑。我说,怎么啦?做那种表情干什么?听不惯女人说阳具这个词?

亮光鞋印一直指向一幢小楼,楼前有台阶。台阶上也有鞋印,不过只有半个前掌印,没有鞋跟印。我也踮起脚尖,一级一级走上去,想起《巴斯克维尔的猎犬》中福尔摩斯和华生关于验尸报告中"半个脚印"的对话——人为什么会用足尖走路?因为他在跑,拼命地跑,他要逃避什么东西。

故事里的老人要逃避追上来的恶犬与死亡,急迫地跑向舞会大厅的女人要逃避什么呢?无趣的生活?

小楼是砖拱结构，外墙刷成淡淡的玫瑰色。门楣上方有一座向外突出的石雕，一个长颈如天鹅的女人正从石头中舞出来，月光给她披了白纱，她闭着眼睛，高扬起一对圆滚滚的手臂，像是有什么力量拉住她的手腕，把她提到空中，一束藤蔓环绕着她的身体，顺着腰间爬到背后，又从肩头长至耳边，一路打着花苞，最后在头顶形成开花的花冠。

我仰头欣赏时，六走到门前，掏出钥匙开门。我说，她身上的藤蔓象征什么？束缚？负罪感？

六不满地看我一眼。欢乐，当然象征欢乐！你没跳过舞？没感受过跳舞时周身像要开出花朵似的那种欢乐？在埃及语中，"舞蹈"这词的意思是"求得欢乐"，跳舞是为了快乐。

他边说边走动，把两扇镶彩色玻璃的木门推到一边，脚尖从阴影里拨出黑猫造型的瓷门当，把门挡住。我正要进去，他伸手一拦。等等，你确定？你真不怕这是连环杀手的魔窟？

我抬头看看，一笑。这样一座殿堂里是不会容留邪恶的。

六盯着我慢慢点头，莎士比亚，《暴风雨》，了不起的引用。好，请进吧！

灯光已经亮起。我走进去，站住，深吸一口气。面前是个宽敞的长方形门厅，柔和的金色灯光照亮每个角落，地板上交杂铺着粉色与灰色大理石方砖，两边墙壁绘的依然是藤蔓，蔓延到穹顶上，结聚到一起，在那交会处垂下一盏吊灯。

六站在下面，双手张开。尊敬的女士，欢迎来到舞蹈博物馆。在他身后的地板上，大约有几百只鞋摆放在一起，宛如集结了一支军队。

各种舞鞋，女士与男士的舞鞋。只有鞋，没有人，宛如一群狂欢男女整夜跳舞后，把鞋子脱在这里，手挽手上楼睡觉去了，鞋子从疲乏的脚上纷纷落地的啪嗒声尚有回响。每对鞋都美不胜收，方才老妇人作坊里是当代美术，此处众履则是史书插图。丝绸鞋面和丝绒鞋面泛着相似又相异的光色，桃红缎子系带鞋小巧得像一对花瓣，船形鞋，杏核形鞋，红漆鞋跟，黄铜鞋跟，木质镂空雕花鞋跟……每双鞋组成不同的站姿，顺着它们，可以往上想象出一个个舞蹈动作中的身体。缤纷的女鞋中夹杂黑色男鞋，像繁花间的叶子。

最初那阵眼花缭乱过去之后，我发现鞋子与鞋子看似杂乱，其实留出了林中小径似的缝隙。六领头走进去。那路径并非笔直，而是蜿蜒回环，他走得极快，随着路径时而转身，时而小步跨越，时而斜向滑出一步，像在跟一个看不见的舞伴共舞。

一支舞，原来这就是进入舞蹈博物馆的仪式。我也走进去，或者说，笨拙地舞进去。纵然小心谨慎，还是在一个转身处走不稳，踏错一步，踢到鞋上，心里一慌张，眼前已提前出现一长串鞋子醉汉样歪倒的情景……谁知鞋子竟不动，我蹲下察看，用手拨拉，知道鞋是钉在地板上的，如蝴蝶标本钉在软木板上。走到最后一步,只见群鞋之外丢着伶仃一只白缎面舞鞋,鞋帮上密密绣着凸起的花纹,五光十色之外一只白蝴蝶。另一只不知哪儿去了,仿佛一千零一夜的零一。

六等着我,双手背在后面,腰杆笔挺,像等待舞伴从上一曲里撤下来,再接她开启下一曲的绅士。我回头凝视舞鞋方阵,问,这么多鞋,哪儿来的?那只白鞋的另外一只呢?

他示意我跟他走下去,边走边答,鞋子是关于这个博物馆的长长故事的最末一节,请允许我从序言开始……

走到一个房间外,他伸手推开门,里面是个非常大的大房间,辽阔得像个微缩荒野,天花板漆成蓝色,地板是墨绿色,可解作海波或草茵,四壁安装的十几个投影装置射出全息影像,投在空中,地上,栩栩如生。

每组影像都是一群跳舞的人,地区和族群名字像3D字幕一样飘浮在他们脚边。深棕色皮肤、头插长翎的几内亚男人们给四肢擦上各种颜色的粉末,边吼叫边轮流抬起膝盖,肥厚脚掌重重夯击在地面上。哥萨克人一起做着蹲踢式舞蹈,两腿轮流往前踢,双腿跟地平线平行,越踢越快,少女们在他们中间跳跃着绕来绕去,以拍掌的节奏与他们相和。法国普罗旺斯的母亲们肩头扛着婴儿,沿着圆形轨道舞蹈,男人大步跳跃,女人们快步跟随,摇晃身体,互相做出牵曳的动作。古希腊的斯巴达人手握兵器,做出各种战斗与防卫的动作。红色的人,黑色的人,黄色的人,白色的人。光色并不完全写实，掺入一点蓝绿色，像马蒂斯《舞蹈者》画中颜色。当他们完成一组动作，影像就变化成另一种族的另一种舞蹈，不同时空的人把癫狂和欢乐接力下去。

六那黄铜似的声音在房间中回荡：梵文的《吠陀经》认为整个宇宙起源于舞蹈，诸神跳起狂野宏伟的环形舞蹈时，混沌的灰尘扬入太空，形成了宇宙与星系。在我们这颗小小的蓝星上，各地的国度、村庄、部落，没有一个群体没有自己的舞蹈。每秒钟都有几十万人为了诞生与死亡、欢喜与悲伤而起舞。如果你愿意多花点时间，可以在第一展室看到本馆收集的一千五百六十种舞蹈，这些影像文献展示了舞蹈在童年时代的原始形态，以及它们的流变。

我像等待车流里的空隙一样，等到一处解说词的暂停，立即插进去：好！足够了，馆长先生，下一个展厅怎么走？

他倒没有失望之色，只说，后面还有苏丹酋长一边跳舞一边吞吃火炭的影像，还有几内亚丛林部落行阉割礼的舞蹈，特别珍贵，你真的不想看？

这时他脸上有种文献学者式的、纯真的沉迷神色，亦像小男孩邀人分享他珍藏的金龟子，动人极了。但我说道，对不起……

他不死心。还有我读博的时候跟导师到加里曼丹岛拍摄的祭祀舞，美极了，我们花了五个月才等到那一场。

我说：还是抱歉，我是那种读侦探小说直接翻到尸体那页的人。

天哪。他笑得那颗歪齿在双唇中间一闪。对你来说，我博物馆里的尸体是什么？

是那些鞋子的故事，我猜那才是这个馆的核心，猜得对吗？

他没回答，做了个让我跟上去的手势。我们穿过房间，真实身体与虚幻身体擦肩而过。门打开，门关上。他嘟囔道，你根本不知道自己错过了什么……好吧，那我从头讲起。

走廊的墙根处，闪光的女人鞋印又出现了。我溜到那一边去，紧挨着鞋印走，就像跟那位看不见的女士肩并肩，走了几步发现我每一步都刚好踏在鞋印旁边，完全不用调整。六低头看着我的脚步，开口讲道：

很多年之前，这国家有个喜欢跳舞的王子。只是王子，不是储君。他是国王的小儿子，上面有两个沉稳强壮、很得民心的兄长，兄长们也各有儿子，也就是说他继承王位的可能性极小，但这并不是坏事，这位爱跳舞的王子没什么政治抱负，他乐于一辈子享受王室年俸，一辈子沉迷在派对和舞会中，研究舞蹈历史与艺术，为各地的舞蹈协会剪彩，挂个顾问或副会长的头衔。每位王子的婚姻都是大事，他也不例外。到了必须结婚的年纪，他征得父母同意，宣布要举办一场盛大舞会，连续六日，最后他会从满场女子中选定王妃……

故事暂停，六打开第二个房间的门，与之前的房间一样，室内有虚幻的人影幢幢。场景变成阳光明亮的晒谷场，又变成月光下燃着一堆堆篝火的广场，六说：二号厅和与之相连的三号厅展示了十六世纪至二十世纪欧洲流行的二十四种社交性复式群舞，如小步舞、康特尔舞、伦德莱尔舞。男人与女人用舞蹈来表现爱情中的欢乐、眷恋和姿态。旧式的链状舞蹈逐渐退场，代替它的是轮状舞和环状舞……

人们组成两排纵队，先面对面鞠躬行礼，然后一个跟一个排成直线，直线组合成方块，他们旋转，迈步，转圈，线条有序地交织，会合又分开。裙摆旋转起来，像伞在雨里张开，舞步一停，裙子落下去，伞就收了。旋律像一只手握着丝绸带子在牛奶河里抖动，漂荡。管乐与弦乐本身就像一对在光亮地板上滑行的人，我的耳朵吞咽音流，满足极了。

六在我身后，把故事讲下去——

却说舞会开幕前一夜，从外省赶来的女郎挤满了都城的酒店。音乐响起，王储夫妇走下舞池领了一支舞，舞会正式开始。女人们像暴雨前拥挤在空中的云。王子对每位舞伴都礼貌地微笑邀请，下场完成一支舞，但他没有邀任何人多跳一曲。他是不是曾对某双明眸、某对朱唇动心了？无人得知。到最后一晚，王子终于找到最佳舞伴。她是个白裙白鞋的娇小女子，双腿双脚如有魔力，他跟她一曲又一曲地跳下去，没有更换舞伴，一直跳了十二支曲子……看，在第四个展室，我们复原了一场二十世纪贵族舞会的全貌。

他打开门,像掀开一个珠宝箱盖子,金光迸溅出来,门内的大厅四壁是金色与红色,墙壁上挂着希腊神话故事挂毯和油画,油画大多是半胸像,画中人从黑底子上投出忧悒严肃的目光。男人们身穿白衬衣黑礼服,或带蓝色斜绶带的军装,女人们的裙子像植株杂生的花圃一样缤纷,小扇子在手里像虫子翅膀一样急速扑闪。音乐从上方圆弧形楼厢里传出来,圆舞曲的旋律像美酒一样香滑地喷到空中。人们互相伸手邀请,走入舞池。

一段群舞结束,乐曲变化,影像也变了。人们都退到一边,留下舞池中心一对男女共舞。那两人的影像是彩色的,其余人变成了黑白。而那女人也近乎全白,白裙白鞋,长至手肘的白手套,镶蕾丝花边的高领犹如花器,捧起一张小小胭脂面孔,额头上垂下一块方形白蕾丝,像窗帘也像眼罩,直遮到鼻梁中间。琴弓在弦上极快地小幅度颤动,吐出蛛网一样绵密的乐音,四只脚尖以出奇的伶俐在蛛网的细密格子里跳跃,辅以扭动腰身肩膀,双手不时伸出,指尖与对方精准地碰触。没人能做他的对手,只有她。他们像林中草地举行舞祭的巫人,浑身俱受着魔法的笼罩与支配。

真美。我看得呆住了。六说,这就是当年舞会最后一夜,第十二支舞,是波兰流传过来的一种快步舞。不过那晚他们并没跳完。

为什么？

最后一曲尚未结束，那白裙姑娘忽然离场，风一样跑出去，甚至没留下名字。王子追出门，只看到台阶上遗落一只舞鞋。

我哼一声，这行为根本不合逻辑嘛。

不，合逻辑的。她是个聪明女人，她肯定明白，无论跳舞跳得多么情投意合，如盐入水，王子也不一定让她成为选择题的唯一答案。于是她勇敢地、睿智地溜走了。

所以丢下一只鞋子逃跑是欲擒故纵？

是。因为人类天生有将事情做完、让需求得到满足的倾向，"未完成"总是在记忆中亮着最高瓦数的光芒，这光驱散了一切别的女人的影子。王子心中再也不惦念别人，只迫不及待想解开这个谜。而风筝没有彻底飞得无影无踪，她给他留下了线索：一只舞鞋。

后来呢？王子怎么找到她？让全国女性都来试穿这只鞋？

六被逗得哈地一笑。当然不，那多蠢！脚一样尺码的女人成千上万，试能试出什么来？再说，他怎么舍得让别的女人的脚伸进去，污染这只他视作信物的鞋？

我只能干笑两声。对，有道理。

开始他想要寻找制鞋的工厂或作坊，但鞋上没有任何制作者的钤印，也没有一个鞋匠认得出它。后来王子发布了告示。匿名告示，发在报纸上，详细描述一只女鞋，重金求购另外一只，也求购关于鞋子主人的线索。登出告示之后，他把自己关在书房里，日夜面对那只鞋，幻想鞋子之上尚未探索就骤然消失的一切。一切在想象中趋近完美，反过来令他相信自己正在寻找的是世上最好的女人。他试图为她画像，画出的每副面孔都不一样。如此持久的念念不忘，已经够分量命名为爱。他的王父与王兄过来探望，走出书房时说，天哪，他真的恋爱了。国王的话很快传遍全国，人们都知道王子爱上了那神秘女郎。有一些人按照告示中的描述，拿仿造的鞋来碰运气，都被赶走了，更多人跑来声称他们见过穿这双鞋的姑娘，在教堂，在面包铺，王子的幕僚们每天忙于甄别真假消息。而在城中某一个平民公寓里，神秘女郎也在按捺着现身的欲望，她要摸索那条界限。渴望固然能把好感熬成爱，但等得太久，也会导向遗忘。在大家几乎绝望的时候，另一只鞋终于出现了……

舞蹈影像仍在循环。我们走过他们身边，开门出去，轻手轻脚地掩上门，怕惊乱他们的舞步。

六继续讲道，告示发布的十二天后，一个背斜挎包的小男孩被带到王子书房里，人们瞪大眼睛，目睹他从挎包里掏出一只白鞋，犹如魔术师从帽子里掏出白鸽。

走向第五个房间，门一开，轻柔如灰烬的音乐飞扑出来。房间中央凹陷下去圆圆的一大块，蓄着水，是个极浅的水池。

两个舞者的影像出现在水面上方。六说，这是曾风行于意大利锡耶纳地区的水舞，跳舞的两人没有身体接触，只用脚尖或手向对方泼出水花。

他们踩在水中，跟着音乐跳或踏，单脚或双脚，踮起一个脚尖把身子抡得转起来，另一只脚尖在水面画出波纹，最后踢出一串水珠。每当他们做出撩水、踢水的动作，水池底的装置会让水相应地喷溅出一小柱，逼真得令人惊叹。我叹一口气，这象征恋爱初期互相试探的阶段，是不是？

是的。六也叹一口气，最美好的时期。

我装作专心观赏舞蹈，等了差不多够礼貌的时间，开口问道，那个小男孩是谁？

是她弟弟——绰号"小老鼠"，后来娶了一名王室远亲——她没有现身，戏剧张力要保持到最后一刻，否则前面的铺垫都会减分。由小老鼠带路，王子和随从们到达她的家，车子堵塞了整条路。她的父亲、继母和两个姐姐早就等候多时，他们很知分寸地换上灰扑扑的衣服，立在楼梯口。楼梯上响起脚步声，王子站在楼梯下，手捧两只舞鞋，仰望着一个遍身雪白的美人赤足一步步走下来，像白光照进灰尘。她在倒数几梯处站住，他跪下来，替她把鞋穿上去。

走廊里摆放着长桌，桌上一列排开带小龙头的高大玻璃罐，就像自助餐饮料区似的，旁边放着尖角形的纸牌，上面写出饮料的名字。我读道：棕榈汁，蜂蜜酒，麦芽啤酒。六从旁边的藤筐里拿了一个纸杯，说道，这些是人们跳舞前用来激发精神、助兴的东西，你要不要来一杯？

他给自己接了一杯棕榈汁，小龙头里冒出淙淙水声，我说，我也要一杯那个，谢谢。长桌对面是供休憩的长椅，我坐下来，身子往下滑，屁股抵在椅子边缘上，红鞋子跟脚一起歪向两边。桌子侧面还有一只半人高的小冰柜，他打开冰柜，从里面夹了两块冰放进杯子里，转身走过来，朝我一笑递给我杯子。我抬手阻止他坐下，一仰头把杯里的棕榈汁灌下去，手背蹭着嘴角，把杯子塞回他手里，笑嘻嘻道，续杯，谢谢。

第二杯拿来，我才慢慢啜饮。他在我身边坐下，样子斯文地喝他那一杯，挪了一下，不是挪远，是挪近。他每靠近一厘米，我的体感温度都会上升一度，就像他皮下骨骼由取暖灯管做成。这种热力不是没缘由的，但我若无其事地把棕榈汁喝得索索有声。

窗外的蓝月亮像个巨型监视器探头一样，炯炯地亮着。他看着手中的杯子，说，一直是我在讲，也该你讲讲了。

我讲什么？我对舞蹈一无所知。

不，你应该也讲个故事，作为回报。

我可以选别的回报吗？

你连门票都没买！记得吗女士！你还不肯留下个故事当

门票钱?

我想了想，说，可我不知道讲什么，讲劳伦斯·布洛克的侦探小说?

不，讲讲你的爱情，你的丈夫。愿意吗?

……第几个? 我是说，你想听我第几个丈夫的故事?

我的头一场婚姻纯真得像儿童简笔画。二十岁，我跟好友去草地音乐节玩，T恤撕到胸罩下沿，渔网丝袜套在平脚内裤外面，帆布鞋上头两条不一样颜色的花长袜，就那样挤在人群里，为台上抱着吉他狂抓狂挠的长发汉子们嘶吼，晚上跟人合租帐篷。帐篷根本不够用，地面上横躺的身子摞起一层半，有些人在睡，有些在嗯嗯呃呃地搞小型肉体狂欢。我是那一半真睡觉的人——那时我还年轻，像童话里的金发姑娘似的，在熊窝里都能睡得着。不过叫醒我的不是三只熊，是三个女人，后半夜我朋友和她新交的朋友们把我摇醒，我趿上帆布鞋，鞋跟都没提就被拽出帐篷。揉着眼迷迷糊糊走了几分钟，发现自己置身一个露天派对，周围多了好些人影，音乐从一个人肩扛的大收音机里冒出来，人们搂抱着跳舞，黑暗里一些晃动得合乎韵律的光点，是人指头里的烟头。

一些男人迎上来，他们是我朋友的朋友的朋友，几个姑娘像蒲公英种子一样散开，落入他们的手臂里，立即融入旋律和轨道。剩下一个金发仔伸手微笑代表邀请，我就跟他跳。

说是跳,其实是软塌塌地跟着晃,白天的狂欢和晚饭的啤酒让我始终不太醒得过来,表现在行为上是出奇地柔顺,懒得拒绝。金发仔小声说,来,咱们提提神。

他手往裤兜里一探,摸出两个棒棒糖样的东西,往自己嘴唇里塞一个,递我一个,像学校里同学之间分零食。我伸手要接,身子忽然奇怪地往后一退。

那一下的力量源于胳膊上多出的一只手。我回头看到一个高大的红发青年,他把住我的手说,美人,后半场舞跟我跳好吗?说完直瞪着金发仔,满脸我看不懂的威胁。金发仔上下打量他,举起双手做投降状,叼着棒棒糖走了。红发青年望着我,满眼诚挚,低声说,那是他们自制的大麻糖果,别碰!

原来他是在保护一个素昧平生的姑娘。我也望着他,他的眼睛美得像一针兴奋剂,从我的眼珠注射进来,瞬间走遍全身,我清醒了。神哟,怎么才能让这双眼睛永远望着我,我愿意用一根手指去换。他见我不说话,目光和声音更像呵哄,有种让人腿软的温柔:相信我,那绝对不是你的损失,你想嗨,我有好多别的法子。我是键盘手,我们乐队明天有表演,我可以带你到后台去,你想在那儿看完整场都行。

我摇摇头说,不想,我想要刚才那个。

看他失望地一愣,我笑着拉起他的手放在我腰间,我是说这个,我要你跟我跳舞,你邀请过我的,对不对?

于是我们吻了又吻,并在吻中明白对彼此的渴望旗鼓相当。夜风里手脚面颊都冻硬了,只有四条嘴唇绵软如梦境。我们紧紧搂抱,缓缓旋转,天堂只在四个脚掌踩着的那一丁点地方——所以你看,我怎么可能不懂跳舞的快乐、那种晕眩和六神无主?

我真心希望他日后每次想起我这个前妻,也会先想起这一幕,而不是互相扔碟子扔沙拉碗,手执水果刀搁在手腕上威胁要割下去……那些满面眼泪、满口刻薄话的狰狞嘴脸。我们在相识十八天后结婚,四百八十六天后离婚。那一夜,爱情代替大麻让我嗨得神志不清。恢复清醒后我发现,键盘手丈夫给女人们的温柔是天上的雨,而婚姻则把我推进安稳的室内,从此我就只能从窗户里看下雨。再加上他经常跟着乐队出远门演出,雨就更成了广播里遥远某市的天气预报。

当被人追问狠了,不得不解释为什么离婚的时候,我打着哈哈说:因为药劲过去了。

后来我想(是"想",可不是反省),一切太容易了,应该麻烦一点,应该再熬一熬。更怪我不该穿着帆布鞋牛仔裤就跟他去公证结婚,见证人只有他们乐队的主音吉他。当愤怒失望、觉得日子过不下去的时候,反锁门坐在抽水马桶盖上,想想恋爱结婚花费的气力,肯定会有些舍不得,顺着那一截舍不得的线头拽呀拽,总能扯出更多缠绵不断的眷恋。

也许错不在此,但我总得,总得责怪点什么吧。

所以第二次婚礼前我让我丈夫陪我把准备工作搞成了长达半年的马拉松。我亲自设计了伴娘裙和婚礼蛋糕。我甚至买了一盒小颗水钻，一张张绘画、剪贴，做了两百张立体请柬，由他用镊子把水钻贴到立体新娘的脖子和手指上。我对他说，我切掉脚跟也要穿上婚鞋，因为那婚鞋是买了折价机票飞到米兰去订制的。

讲完这些，我呼出一口气，像吃完一块蛋糕似的两掌拍拂，打掉不存在的碎屑。六还没从沉浸状态里出来，他呆呆思索，双眼一下一下眨动，很像那种眼皮会动的老式塑胶娃娃，我忍不住伸手把他一只眼皮按住，我小时就爱这么玩娃娃。他哎哎地叫着，把我的手推开。

我抽回手，假装没注意他指头上传来一丝束紧的力量，像要收起捕蝶网的网口一样，把我的手留在里面。我心里说，嘿，怎么能这样？我刚刚可是在讲我的婚姻生活。

一旦察觉到细微的抗拒，他的手立刻回到守礼绅士的正轨，落回膝头。他说，两次婚姻，两次？经历过一次失败，你还有再战的勇气，真了不起。

这话不像他此前的赞扬一样能让我振奋，我苦笑道，我的故事也就剩一点愚勇可取。不等他反对我的自我贬抑，我抢先把话题拧回上一个频道，哎，求你了，说回辛德瑞拉和王子吧，他们的故事是真的？

他看我一眼。嗯，是。

我猜游客们一定不相信，他们会觉得都是你编出来的。

不会，他们来的时候解说员不讲这个故事。

那解说员什么时候会讲故事？女王陛下来访的时候？

不，在他心情好的时候。他笑道。

就算故事是真，辛德瑞拉那些想法你又怎么知道？肯定是你想象出来的。

你又错了。我讲述的一切都有引用来源，我的解说词后面可以跟一页参考文献列表——因为她后来写了自传，"故意丢一只鞋"等等，全是她自己写出来的。

这次轮到我惊得张开嘴巴。这些心理活动她都写出来了？

是啊。那本自传文才不高，不过以平民视角记录了很多王室生活的细节，极具文献价值，我念研究生时还写过一篇研究她自传的论文呢。

等等，王室能容忍她写这种揭老底的东西？

哦，她写自传的时候早就跟王子离婚，并自动放弃赡养费，王室管不到她了。走吧，你还有一半展室没参观呢。

剩下一半在楼上，我跟在他身后绕着木楼梯走上去，像跟随鹦鹉螺的纹路走进它壳里。墙上悬挂的玻璃画框里镶着奇怪的画，我停下来端详，六说，这是"舞谱"。地上荧荧的足迹引路，通向第六个房间。第六个房间是纯白的，白得像糖霜。人们站成一个方阵，两手各握一根长长的白绸带，绸带从一角连到另一角，横向或斜向相交，两个跳舞的人在绸带的网中跳跃、转身，绸带撞在他们腰间，他们灵巧地滑向另一端。绸带的线路本身也在变化，执绸带的人走动，两手交叠，或张开，或并拢，网格便随之变斜，变宽，变窄。

六以一种面无表情的声音讲下去：他们理所应当地结婚了，一场盛大婚礼过后辛德瑞拉住进宫中，她的父亲、继母、继姊妹和弟弟也搬离原来的老房子，住进新居，分享了王妃的光芒。王子参加派对有了固定伴侣，报纸上最常见的照片，就是他与辛德瑞拉光彩照人地出现在各种舞会上。

他抬手屈指，敲敲身后墙壁。我们身在的这座博物馆，博德街六号，前身曾是王子母系家族的私人产业，由著名印度裔建筑师迪让·雅度设计督建——楼下大厅里有这座房子刚落成的照片，就像刚裱上花的新鲜蛋糕一样华美——这房子被作为结婚礼物赠予王子，他和王妃常在此举办舞会，或邀请世界各地的舞蹈家来表演，上流人士都以能出入博德六号为荣。

我说，这样看，他们的婚姻生活不是很幸福吗？

六摇摇头。他闭紧嘴巴，打开七号门。

第七个房间的四壁、天花板和地板从中间整齐分开，一半漆成黑色，一半漆成白色。舞女的衣裙与身体也同样半黑半白，半张脸涂黑，半张脸涂白，一条手臂黑色一条手臂白色。她头顶和双手手心平放着三个放白蜡烛的黑铁托盘，两脚分立，站在黑与白的交界处。音乐一响，她的腰肢开始摆动，提起膝盖，单手举高，又缓缓伸到脑后，双脚在交界线处跨过去又跨回来。她的动作越来越大，在各种难以置信的柔媚动作中，那三个蜡烛托盘始终保持平衡，蜡烛亦不倒，不灭。

他解说道，这种以平衡为主题的观赏性舞蹈源自苏门答腊。黑白象征人世的夜与昼、恶与善、悲与喜、生与死，三盏蜡烛象征信仰、忠诚、爱。

我刚要说话，舞女猛地做了个向后仰倒的动作，我吓了一跳，下意识地伸手想扶，但她以惊人的腰腹力量，游刃有余地弹了回来。烛焰晃了晃，仍然明亮。

我叹一口气。照我看，这舞蹈的主题倒更像婚姻——那三根蜡烛象征丈夫、小孩和自己，或者象征家庭、事业和自由，所有已婚妇女都是这样跟跟跄跄地努力保持每根蜡烛不灭，跳舞已经不足以形容其难度了，那简直是杂技。

六笑了，他以为我在讲笑话，所以不管好不好笑，笑都是应有的礼仪。我再叹一口气，叹息他的不理解，也羡慕他的不理解。我说，做了王妃的辛德瑞拉，也没保住她的蜡烛，是吧？

六点头。他们的婚姻并不幸福，虽然有过欢愉和希望，但不足以抵抗侵蚀。到了晚年，七十岁的辛德瑞拉在自传里写道："每个晚上我们都安排节目，忙不迭地出门，到各种嘈杂的地方待着，只因为那样就可以不用说话了。跳舞是一种太好的幻觉，该死的幻觉。"

宛如一阵冷风从时间的缝隙中吹来，我手臂上起了粟粒。我觉得这话像是在我心里藏了很久，而由不知多久前的她说出来。我明白，共舞那一刻有着世上最甜美的恍惚，它把爱里最有迷惑性的东西提纯、具象化。跳舞的时候你不用说话，音乐会替你说，手和脚会替嘴巴说。腰肢坚贞地跟随手掌，浑然一体，膝盖热情地拨开双腿，推它转弯，每个动作都是一句美妙的许诺：许诺亲密无间，许诺同进同退，许诺如影随形……但它不是琥珀，它不能把爱的感觉像昆虫一样包裹在里面，达成永生。

爱里有如此多像致幻剂似的东西，它们仅仅是一种太好的幻觉。该死的幻觉。

六说，我们走吧。

并肩走出这个房间，他探过头来观察我的脸色。抱歉，这故事越来越苦了，你还想听下去吗？

不就是婚姻失败嘛，婚姻失败也没那么苦。你为什么要抱歉？

第八个房间十分拥挤，足有四五十人，我往门里走了一两步就不敢深入，怕撞到屋里的人。人们戴着花纹繁复的面具，身体近乎全裸，面具和身上绘有抽象化的图案，我认出的有太阳、星星、匕首、花朵、山丘、丛林、鹿、狼……乍看去，面具花纹颜色没有规则，仔细分辨能看出面具上花纹颜色分为红色调、黑色调、蓝色调。他们直直地凝视前方，望向虚空之中，并不看人，与舞伴只随机做出一种动作便各自松手，旋步走向下一个舞伴，一切仿佛毫无规律。除了人们脸上，墙上也错落地挂着各种陶制面具，空洞的眼睛里透出墙纸颜色。

他说，这是澳大利亚中部的面具舞。他们用面具区分人和动物、祭司与战士、猎人与首领，等等。在面具舞中，舞蹈已经具有了哑剧的特征。

第九个房间里，满室闪耀橙红色火光。他说，这是危地马拉一个崇拜火神的族群的舞蹈。

像第五个房间里的水一样，火是真实存在的，火燃烧在不同高度的陶瓷盆中，高的有人小腿高，矮的大致到人脚踝。火盆摆设成一个难以看清的图形，女舞者的眼睛由黑绸带蒙住，她的男搭档牵住她手，领着她舞进火的兵阵，他以手抬高或前引的动作，告知她火的位置与高低，她则以各种恰到好处的跳跃、踢腿、旋身，凌空越过一簇簇火焰，这默契的代价如此可怕，一旦心未领神未会，血肉就成了火盆里的燃料。我看得揪心，拉一拉他手腕，示意离开。

第十个房间布置成星空的样子，墙壁地板漆成最靠近黑色的蓝，代表行星恒星的光点在幽深的蓝色之上闪耀。两个跳舞的人站在相隔最远的两个角落，皮肤上涂着银色粉末。行星徐徐运行，光束划过，像无形的刀尖剖过去。男人以舞蹈的抽象化方式，做出亲吻、拥抱、爱抚的动作，女人相应做出被亲吻、被拥抱、被爱抚的动作，默契得像边缘吻合的两块拼图。他们甚至以表情和姿态模拟了性爱。

然而两人中间隔着茫茫虚空，怀中只有空气，只有星光。

我当然没见过这种舞，但它表达的那种无奈却熟极了，熟得心里一酸。六没有解说，可能他也觉得这舞的意义不用解释。他只是声音平静地讲完最后一页剧情梗概：他们结婚数年后，王子遭遇一次重大事故，性命无虞，但腿伤导致行动不便，他不能再跳舞了。

隔空起舞的两人就像书中插图，像无声的画外音。虽然早被剧透了，还是觉得黯然，我苦笑一声，不能跳舞，这不足以成为婚姻失败的理由吧？

六看我一眼。你有没有读过《查泰莱夫人的情人》？

他以这种委婉方式说出另外一个理由。我说，这个……也是辛德瑞拉晚年自传里写到的？

六点点头。他们也没有孩子，起初是不想牺牲时间心力，事故之后两人尝试了各种方法，都失败了。"送子鹤只要在云端瞥一眼，就看出不能把孩子送到这个卧室里。太失败了，我们的虚假和谐连鸟类的智商都骗不过去。"你看，这件最苦的事她反而写得最幽默。

再后来呢？

再后来辛德瑞拉跟她的舞蹈教师出轨了。反常的是，她跟情人约会并不怎么费力躲闪，仿佛关于丑闻的报道正是她想要的。王室的各种活动不再允许她出席，连一家亲的表面功夫都不费心做了。辛德瑞拉写道："我那位以优雅闻名于世的婆婆肯定关起门来骂了我婊子，而且不止一次，我肯定。而我唯一的烦恼是记者们偷拍的照片不挑角度，把我拍得显胖。我是跳舞高手啊，我的小腿哪有那么粗？"

他一边说我一边笑，因此当他讲出故事结局时，最后一点伤感也被冲淡。他说：在被记者们的相机围猎一年之后，辛德瑞拉与王子签署了离婚协议，她从王妃变回了平民女子，但很多东西永远不会变回去了。

走出第十个房间，门砰的一声关上了。我好奇心忽起，猛地转身再次推开一条门缝，看里面灯光和人影会不会突然亮起。

六愣了愣，随即笑得弯下腰，嗓子里发出痉挛似的笑声。你以为博物馆的展厅是冰箱？开了门灯亮，关了门灯灭？

我也笑得扶住墙。

展厅外的这一段走廊摆放着一排衣架，架起不同式样的跳舞裙子，每条裙摆下都伸出一根铁杆支撑，像一群单腿站立的鹳。我从这些穿裙子的鹳旁边走过，伸手撩起裙角，再让它像水一样滑下去。说真的，我有点累了，眼皮发涩，两腿也沉起来，每拔起一步都感到肌肉的勉为其难，这一夜要是穿高跟鞋脚肯定要痛死了，想到这里，我感激地低头看看脚上的平底鞋。

六走在我后面，温存的眼光投向每条舞裙，这应该都是他引以为豪的珍藏。他伸手捞起一条石英粉色连衣舞裙的长袖，托在手心，另一手搂住木头衣架的腰，一个滑步，搂着衣架转个圈，顺势滑向下个织物舞伴。

奇怪，他始终神采奕奕，怎么会有人整夜不睡，还能像刚切的柠檬一样新鲜？

我正盯着他研究，他朝我看过来，双手一摊。嗨，博物馆的故事讲完了，又该你了。

该我什么？

讲你的第二个故事啊，之前你问我"你要听哪个"，现在我想听你跟现在纪念周年庆的丈夫的故事。他狡黠地一动眉毛，先说你们在哪里认识？咖啡馆？自助干洗店？书友俱乐部？美术馆？……

他见我眼珠一转，知道自己猜中了，哈的一声，伸高手臂表示庆祝，样子又幼稚又气人。我有点泄气。我就这么好猜？

这有什么难的？你是个文雅端方的女人（我瞪他一眼，仿佛文雅端方都是贬义词），你平时常去的地方肯定就那么几个。讲吧，讲点又酷又浪漫的情节让我吃惊，讲"尸体出现那一页"。

……好吧，是美术馆。那年我跟出版社签了一套艺术启蒙立体绘本，要到美术馆去临摹名画，埋头一画半天，中午去一楼商品部买了袋巧克力曲奇，拿到消防楼梯间里去吃。一边吃一边戴上耳机听音乐，跟着音乐摇晃身子，转圈，踢腿，活动发僵的脖子四肢，每天如此。楼梯间里窗户宽大，光线充足，安静得像口井，午间休息时没人进楼梯间，我可以独占整间餐厅兼舞厅。有一天我正嚼着饼干，闭眼扭屁股扭得来劲，忽听背后传来一声咳嗽。

我双手连抓好几把，才把耳机从耳朵眼里揪下来，仓皇转身，一个男人站在楼梯间的铁门旁边，脸上有种刚按捺住笑的样子。我想到刚才的丑态，头皮一麻，感觉身上一圈刺像豪猪遇敌一样乍起，色厉内荏地凶起来：怎么？有什么问题吗？这里不许人吃东西还是怎么着？

他说，没有没有，抱歉，女士，我只想请您让一让，您挡住楼梯了，电梯太慢，我着急上楼。

我让开身子，耳机像连着神经的两颗牙齿在胸脯上晃荡。他从我身边过去，又回头，微微一笑，做了个奇怪动作：用指尖点点唇角。我呆站着看他步履轻快地小跑上楼，两只一看就死贵的黑色牛津鞋交替点在楼梯上，从这个视角刚巧看到裤筒里穿的是一双红底黑斑点的艳丽袜子，配色犹如七星瓢虫。

又想起他的动作，我掏出手机，用前置摄像头当镜子，照见嘴角明晃晃挂着一块黑饼干渣，像颗过于立体的痣。哦天哪。

一小时后红袜子像瓢虫一样飞了过来。画画的间歇，我目光随意一晃，余光里忽然亮起一块红斑。十米之外，那人坐在大厅中央的环形休息凳上，手捧一本书读，一条腿压另一条腿，脚腕上红袜子像交通灯似的醒目。接下来的几小时我顾自画画，画完一幅，把画架搬开一点，他独个儿坐在圆环凳子上，犹如字母Q的那一点。这座美术馆一向访客不多，但直到闭馆再没有别人进来，也够奇怪的，就像这地方暂时被遗忘了，就像……世界煞费苦心地给我和Q先生腾出一整个下午的独处时空。

风在宽大的窗外簌簌拨弄槐树的浓荫。我不断把颜料唰唰涂到纸上，他时而抬头看看我，其余时间低头读书。他骨节分明的手举着书的时候，三根手指托在外面，两根手指别在里面，像一支巴洛克风格的精致象牙器具。时间流逝，我逐渐产生错觉，这房间越来越小，小成了一个普通人家的起居室，夫妇两人各待在屋子一角，各忙各的，互不交谈，也觉得舒适安宁。

其间他曾起身出去，我竟心中一沉，啊，他走了，他其实并不是为我而来，他可能真的只想找个安静地方读书……几分钟后，牛津鞋的履声响起，他回来了，我的心又亮起来。他轻轻甩动手指，等了一会儿才重新拿起书。原来是去了卫生间。

黄昏降临，闭馆时间到，室内响起示意访客离场的轻柔音乐。警卫探头进来，说，五分钟。我和那位Q先生同时转头说，好。

我想了想，径直朝Q先生走过去，像走向早就相中的姑娘，终于下决心过去邀她跳舞。他迎着我缓缓坐直身体，双脚落地，啪的一声合上书，搁在大腿旁的椅子上。

我在他面前停住，他抢先说，你好，女士，其实我只是想问一下歌名。

什么歌名？

刚才你在楼梯间哼唱的歌的名字。我觉得那歌好听极了。

我还没回答，他又小声说，你跳舞的样子也好看极了。我瞟一眼他放在身边的书名，《病毒学及免疫学……》——哦天哪。我说，"请留下来陪我"。

女士，我一下午都在这里陪你，但是现在闭馆了……

我给他一个恶作剧得逞的笑。不，这就是那首歌的名字，"请留下来陪我"。我哼唱副歌，"请留下来陪我，因为我只需要你"。他跟着每个词点头，用下巴打拍子。

我们对望着，犹如喉咙面对即将被唱出的乐谱。他说，我猜你画了我。我能看一看吗?

我确实偷偷画了他，他的高颧骨、塌脸颊，以及中间带凹坑的下巴都是我最爱的款式。一小时后他请我吃了当天的晚饭，后来我们有了更多正式约会。我一直想，在一身西装三件套牛津鞋下面暗藏一双瓢虫袜子的人肯定不会无趣，肯定还有可供开采的东西藏在灵魂的褶皱里。直到婚后某天我才发现那是个误会，我的医学院教授丈夫那天心不在焉地穿了他妹妹的袜子。坐在美术馆里用一个下午积蓄勇气，跟一位陌生女士搭话，是他毕生做出的最有趣的事。

讲这些的时候，我和六走到走廊的底部，又走回来，我的平底鞋踏不出脚步声，他的麻编渔夫鞋也悄无声息。

他问，婚姻到底是什么样的?

我打量他的漂亮面孔，那条狭长的、带凸起的秀气鼻梁，还有眼睛，那里面有种让人生气的古怪的天真。我伸舌头舔一圈嘴唇，等找到要说的话，舌头便缩回嘴唇里。你有没有过拆洗被罩的经历? 把被子外面的罩套拆下来，洗干净再套上去?

有过，我小时经常帮我的保姆套被罩，后来上学时住宿舍也都自己料理。

套被罩需要跟人合作。你要跟对方合作把被子塞回罩子里，每人抓住被子的两只角，四个手臂在空中反复开合、抖动，让被子跟被套紧贴在一起。

他一边点头，一边做出手臂开合的动作，以证他做过。

对，就是那样。婚姻就有点像套被罩，如果两人没有合作抖被子，被子倒也能盖，但就总觉得有地方不贴合，不舒服。我和我丈夫就是缺了那一步。明白我的意思吗？

他想了想。被子不舒服，所以你一直失眠，是不是？

这已经是第二次尝试了，这次已经是补考，我跟婚姻还是文不对题。你考过物理吗？距离＝速度×时间。题目要求算清我跟我丈夫之间的距离。但怎么能算得出呢？为什么第一次拥吻后隔着马路挥别遥望、两人间的距离无限接近零，而后来汽车驾驶座与副驾驶座间的距离有一条马路那么宽？还有地理，空气里为什么会出现山脉和裂谷？隔着一张小圆餐桌吃饭的两个人，桌下的腿变换姿势时会碰到对方的脚尖，然而他们中间有一个漂着冰山的北冰洋。

我和他并无本质上的共同点，恋爱时我们聊的是对彼此的渴望和占有欲，婚后逐渐无话可说，换十个话题也撑不足一晚上，所以我们常请朋友到家里来吃饭——就像辛德瑞拉和王子热衷举办舞会——借由他们的眼来看，我们还是对令人羡慕的夫妇，我和他都需要这种局外人的角度安抚自己。

他从不跟我吵架。每次我的眉毛失去平衡，声调提高一点，他就举起双手表示谈话终止。他说：我希望你加强精神力量，要克制，当你失控时，你就不再是你，不再是我娶的那个甜美温柔的女人。这是他何时产生的误解？我很少甜美，偶尔温柔。而更难堪的是，我并不如他所期望的那样，能圆滑、圆满地周旋在两个家庭之间。

他多次建议我报名一位上师的学习班，去修炼"正念"，据说他朋友夫妇参加过，脱胎换骨成了一对平静快乐的新人——这就是他为婚姻开出的处方。我所有困境，对他来说皆因精神力量不够强大，外在表现之一便是失眠。而这种缺陷带来的抱怨也令他痛苦。这都怪我。

我喃喃道，为什么？为什么情人跟丈夫只是换了个身份，就像换了头似的完全不一样了？

六说，这个我也许能解释，我写关于辛德瑞拉自传的论文时写过这段——攻打一个城市和管辖一座城市需要的是两套人马，有些统治者擅长攻城拔寨，所向披靡，得到国家建立政权后，却不懂如何治理。爱情与生活也需要两种智慧，两种技巧。正如进入任何一门学科都要首先承认自己的无知，然后虚心钻研、学习，要想习得那两种技巧同样如此……

他那年轻学者的热情里，有种孩子似的不自知的残酷。他不明白这种问题是用不着答案的，所有问问题的人早就有了答案。

我带着空洞的笑意，怜爱地凝视他，看他发表伟论，想起我丈夫手执一本心理学书籍，耐心跟我讲解的样子，那本书的主题是如何自我纾解情绪和压力从而治疗失眠……真不能说他不努力。可惜，他的抚慰徒具其表。

要承认无知？我早就在为之羞愧了。相似的幸福婚姻是什么样的？世上多了一个丈夫形状的平行宇宙，只要宇宙张开双臂让你跃迁进去，现实中的一切都能反转，郁愤忧愁转为平静愉悦，加油站商店的三明治也能变成米其林餐厅的舒芙蕾。各不相同的不幸婚姻又是什么样的？世上多了一个丈夫形状的黑洞，一个一百五十磅的不解之谜，即使你叫得出城里所有灌木乔木的名字，懂得十八种踮起足尖跳舞的美好技巧，认得出春季秋季夜空中的星座，那条谜语也让你觉得自己一无是处。

如果那些技巧可以习得，我最想要得到床上的智慧。不，跟性爱没关系，我只想知道，该怎么跨越双人床中间那条令人惧怕的裂缝？当我在绵软的褥单沼泽里等待，当我们冷战的时候，我遥望床的另一边他的背影，我该如何说出第一句话？他伸手拿马克杯喝水，放下书，关灯，两片肩胛骨相应而动，像两块门扇开开合合，门里是他的心他的脏腑。我该怎么叩门，才能被容纳进去？我本该在门里，我本该是他骨中的骨，肉中的肉。

渴望始终在变化，但人们选来实现渴望的人是无法变化的。最开始他们为嗜甜的舌头选了樱桃蛋糕，后来又失望于蛋糕没有烤羊排的膻香味。哪有这么便宜的事？麻药过劲了，魔法消失了。第一次失败，败在不假思索。第二次，第二次是我和我丈夫都高估了对方和自己。

六说，豌豆上的公主睡不着是因为豌豆，你睡不着是因为你身边的人，人不是豌豆，人不能被扫到簸箕里。你有勇气结两次婚，为什么没有勇气再离一次婚？

不，我还想赌，赌这一切不会再变坏。用钢笔写字的时候，笔下的字没有颜色了，人总会用更大的力压着笔尖继续写，等墨水下来。因为你看不见墨囊，没法知道墨水是不是没了。有时墨永远不会下来。

我拨开窗帘看看，蓝月亮变得惨白，即将沉落，像酒杯里最后一块残冰。六说，还剩最后两个展厅，咱们看完好吗？

于是我们走进倒数第二个房间。这里没有影像，屋里的木地板上刻出弯曲交叉的轨道缝隙，像电脑主机里的线路，像人们在克里特迷宫中乱闯留下的行迹。轨道里有两个东西动了起来，不是牛头人弥诺陶洛斯和破解迷宫的忒修斯，是一男一女两个木偶。有头，头上有逼真的假发，穿着真正的礼服，脚下穿着舞鞋，只是脸上没有五官。

它们的木头脚心里伸出一根杆子插入轨道里，下面安着滑轮。滑轮咯咯滑动，它们像贴地飞行一样向彼此滑过去，停下来，四只手臂有点僵硬地扬起，犹如得了关节炎的老人，手与手搭在一起，舞蹈开始了。

它们跳的是最简单的华尔兹，一二三，旋步，转身，裙子飞离地面几厘米，一二三，再旋转。

六说，这是辛德瑞拉故事的一点余韵：王子生命最后几年热衷于设计机械人偶。死前两年他已不再出门见客，自我幽禁在这幢房子里。他设计了这个房间里能让人偶跳舞的轨道。两个人偶也是他亲手做的，连假发都是他的。他剃掉自己的头发，让工匠做成假发给人偶用。

我望着木人头上的假发，觉得一阵寒意一阵恶心，强笑道，真不容易，他到老还没秃头，还有这么多头发可剃。

不，王子去世时并不老，只有四十一岁，还在壮年。他死于糖尿病并发症。

四十一……而辛德瑞拉活到了七十多岁？

还不止，她八十九岁才去世，辞任王子妃之后，她又结过两次婚，生育了五个子女。后两任丈夫一个是芭蕾舞团导演，一个是出版商，离婚后都跟她保持和睦关系。她客串过电影电视剧，跟时尚品牌合作设计舞衣、舞鞋和首饰，还一直热衷策划沙龙、派对、办舞会，直到六十多岁还在交往职业舞者小男友。晚年她出了本自传，大赚一笔，移居南意一幢海边别墅。可能因为爱跳舞，她身体一直非常健康，去世那天还在试穿新舞衣。

女主角有这样的结局，实在出乎意料，我只能连续说道，哇！

六像要肯定什么称赞似的点点头,说,辛德瑞拉是穿着自己设计的露背裙,在化妆镜前的椅子上去世的,女侍出去给她拿降压药,回来发现她已停止呼吸。真是生命力强大的女性,是不是?她死后王室拒绝发表悼念,估计还在记恨她那本自传。

我说,也有可能是她后来的人生把前半段衬托得太糟糕。你说这是辛德瑞拉故事的余韵,我觉得不是,这不是余韵,这才是她人生的重头戏。

对,我用错了主语,这是王子的故事的余韵。

两个人偶在音乐中搂抱在一起,女人的木头脑袋亲昵地垂下来,搁在男人的木头肩膀上。想到这是那位王子脑中的画面,我就觉得这一幕凄凉又诡异,他的前妻已经在异国开启第二段人生,远比跟他在一起快活精彩、滋味无穷,他仍在反复回想初见那一夜的共舞,直至生命尽头。

最后他思念的不是任何一种繁复舞步,只是最简单的一支华尔兹。

我说,我们走吧。

天快亮了,夜晚的摄政将要移交给白昼的独裁,如果掀开窗帘看一下,黎明的光会漂白这个房间。我的失眠假期就要结束了。

我浑身酸痛,仿佛每块肌肉都在拳台上被揍了一遍。六去他的办公室替我倒水，他离开前低声对我说，左转第三个门。

左转第三个门是什么？是卫生间。他连这个都想到了！为怕我尴尬，还特意以倒水的名义走开。

我清空了自己，用冷水拍拍脸，甩着手上的水走出来，瘫坐在走廊的椅子里，茫然望着对面墙上带框的黑白照片和油画，大部分画里画着双人舞或多人舞会的场景，也有几位舞蹈家的舞台照，还有一幅青年男子的半身画像。

那人身材瘦削，一头淡金色长发在肩头打卷，白面孔上有一对愉悦满足的眼睛，鼻梁狭长，身后垂挂着大幅猩红幕布，桌上摆着白玫瑰花瓶和一只骷髅头……等等！

我像福尔摩斯一样跳起身，冲到那幅画像前。

——"福尔摩斯手里拿着寝室的蜡烛，高举起来，照着挂在墙上的由于年代久远而显得颜色暗淡的肖像……把右臂弯曲着掩住宽檐帽和下垂的长条发卷。'天哪！'我惊奇地叫了起来。好像是斯台普吞的面孔由画布里跳了出来。"

那也是《巴斯克维尔的猎犬》中的一段。我睁大眼瞪视那幅画像，画中人的脸跟六如此相似，鼻梁中间凸起一粒小小骨头，就像里面有个极小的指头，正要捅破皮肤伸出来。

六带着水杯回来，我在画像边等他，像破了案的侦探一样，得意地屈起手指敲敲画框边缘。

他并无被揭破秘密的窘态，只平静一笑，把杯递给我。

是，你发现了，那是王子的画像。我是他们的后代之一，这个，他抬手点点鼻梁，这是我们家族一项出奇强大的基因。一张家族合影，看鼻子就知道谁是血亲，谁是姻亲。推算起来，我该叫辛德瑞拉"叔祖母"。

我伸臂在空中做了个蛙泳的划水动作，所以这座故居是你的家族任命你照料？

不光是照料，我已经继承了这套房产。不，这没什么可羡慕的！你不知道，博物馆每年的门票收入根本不够维护修缮的费用，我还要向各种保护历史建筑的基金会申请资金，要跟别的国家的博物馆积极互动，选择展品出去办展览，好扩大知名度……馆长这头衔，听起来有趣，做起来，太难了。他皱眉咧嘴，做出一个咬了酸梨子的牙疼模样。

我由衷地说，你做得非常好，你叔祖母如果还活着，肯定会为你骄傲，说不定还会穿着舞裙来博物馆帮你宣传。

他笑一笑。

我想起门口的鞋子，说，那些鞋子都属于你的族人们？

猜得差不多。那些是王子与辛德瑞拉的亲友们的鞋的复制品。我用两年时间一一写信给他们的后人，询问是否收藏有当年祖辈的古董衣履，可否捐献给博物馆。大概有七成的信都收到了回音，他们寄来家中的珍藏，也叙述了小时常听家人讲起的辛德瑞拉的传奇。在那些传了两三代、早已走样的睡前故事里，辛德瑞拉是个可爱如精灵的姑娘，被她的坏继母和懒姐姐奴役，也并不心怀怨恨。王子的舞会那夜，她没有舞衣舞鞋，本来没法参加，但有一位好心的神仙教母出现，用仙术变出舞裙水晶鞋，南瓜变成马车，老鼠变成仆从，让她光鲜如公主般驾临舞会，赢得王子的心……后来王子找到她，迎娶她，他们永远幸福地生活下去。

这个故事太圆满，不过也太乏味。

是。

我弯腰把空杯放在椅子上，白瓷杯上画着一个黑色高音谱号，像一个单脚站立、一手捂在胸口一手扬起的身影。他往前一伸手，示意继续向前。

我说，你一直没讲过自己。

没什么可讲，我没有故事，一个也没有。

怎么可能？为什么？

因为我胆怯……他的笑容变得难为情，就像孩子悄声诉说夜里怕鬼，不敢去卫生间，他自己知道不一定合理，但那个怕却实实在在。辛迪，我的故事的第一行还在钢笔的墨水囊里，还没落到纸上。

难道你以前夜里去沙滩散步就没遇到过别的女人？

他不说话，是"有过"的意思。

我追问道，那后来呢？

没有后来，她们不愿意留下来……好了，我们到了。

在第十二个房间门前,他伸手要推,罕有地犹豫了。

我忽然有种急躁和恐惧,不是跟一个陌生人在午夜走进陌生空宅那种生和死的恐惧,而是惧怕寄予希望的人说出错误的回答。我深吸一口气,想把这一刻拖延一下。等等,我一直忘了问,为什么是十二?

他的嘴唇绷紧,也有显而易见的紧张。他不看我,看着门说,《圣经》中的圣城耶路撒冷有十二个门,十二个门是十二颗珍珠,门上有十二位天使。而摩西又曾派出十二个探子窥探耶和华所赐的迦南,只有一个人回报了嘉信,神便使他们存活,让他们进入流淌奶与蜜的美地。

说完最后一个词,他呼地推开门。

我走进去,看到了自己。

一束光从天花板打下来。一位穿白裙白鞋的女人浴光而立,白手套长至手肘,镶蕾丝花边的高领犹如花器,捧起一张两眼如深潭的面孔。那张面孔,不属于任何一个别的女人,是我的。

跟"我"并肩站立的男人则长着六的脸,狭长鼻梁中间一块小骨头。管弦乐奏响,柔媚得像春天的水,这房间立即像多孔的海绵似的浸透了。

我的心脏怦怦跳着,犹如蛮族战舞的鼓点。六的声音在我身边响起:博物馆里的记录仪扫描了你的脸,合成到舞者身上。最后一支舞是你和我的。

贴着四壁排列一圈密密麻麻的玻璃展柜，每个柜子的黑绸缎棉垫上摆着一双舞鞋，丝绸鞋面和丝绒鞋面泛着相似又相异的光色，桃红缎子系带鞋小巧得像一对花瓣，船形鞋，杏核形鞋，红漆鞋跟，黄铜鞋跟，木质镂空雕花鞋跟……我想起他的话：门口那些鞋只是复制品。这里精心保存的才是真正的古董鞋。

宛如那些曾目睹辛德瑞拉艳光的玩伴们并未离去，仍站在四周，两眼发亮，等待为下一支舞鼓掌。

在我呆呆凝视时，他不知从哪里取出一双鞋来，双手捧着，走到我面前。白缎面高跟舞鞋，鞋底倾斜着亮出来，像并在一起的一对微型滑梯。鞋帮上绣着凸起花纹，鞋口有些发黄，以不完美证明自己的真身。

不用问，这是辛德瑞拉的舞鞋。

他把几个小时前在海滩上的话再问了一次：可否？

我死死盯着那双鞋。它从整夜萦绕在空中的、烟雾一般的传奇故事里掉落出来，像传讯的鸽子落在我面前。

我非常，非常想拒绝，拒绝它，拒绝这支叵测的舞，但我眼前出现了那双鞋像画框一样镶嵌在布满伤疤的脚背四周的样子，仿佛它已经发生了。人怎么可能改变已发生的事？……我点点头，他蹲下，替我除掉脚上的红色平底鞋，把白色高跟舞鞋套上去。

踮着脚站在高跟鞋上，会感到准备去够什么原本够不着的东西，那悬于一点，岌岌可危的平衡也令人浑身紧张。造鞋的老妇说，大部分鞋是皮革绸缎质地的足枷和刑具。是的，像不时扎向马腹的靴刺——这大概就是为什么人们觉得穿高跟鞋的女人"性感"。

他深吸一口气，挺直腰身，眼睛在鼻梁两侧，像山峦一南一北两颗星星，灵魂从眼珠后面浮出来，犹如掌管水域的神灵从湖底升上湖面。我发现他的性感忽然锋芒毕露，在这摇摇欲坠的时刻。他不动声色地，像削铅笔一样，一刀刀把隐藏的自己削得如此尖锐，充满攻击性。他向我鞠躬，伸出手。我抬起手，让他握住。

投影造出的两个虚幻的人消失了，让位给血肉之躯。我被拉得很近，近得能看清他眼皮上几根未能跟眉峰会合的毛发。就像把手伸进兽笼格栅里，我一阵胆寒，嘶嘶地向齿缝里吸气。这是这夜的第一支也是最后一支舞。

堤坝崩塌，久违的幻觉席卷而来。他的手扣到我背上，像牛仔的绳圈套住马脖子，我被带走了，带进洪流中，身不由己，而这一切危险的亲密，竟还都包裹在舞蹈动作的合理性之内。

地板像抹了润滑油，像涂了雨水的云，光和影在身上脸上更迭。挪移到光源下时，他的睫毛在眼睑下投下阴影，像垂落并拢的手指。一夜过去，他唇上的薄髭也变厚了。

……这是什么曲子？

是王子跟辛德瑞拉跳的第一支舞，是一切开端之曲。

是不是每个鼻梁凸出骨头的人都天生擅舞？六是这么好的舞伴，节奏就像长在他双腿里，身姿无与伦比，矫健有力，又满含体贴。我跟随他，犹如凡·高画里的两枚光团，被风和蓝紫色气旋裹挟，飘浮，飞行在空中。

我昏昏沉沉地看着他，嗅到他皮肤上独特的气息。他的睫毛长得让人想伸手梳理，淡金色头发从头皮上立起短短一段，又以柔和的曲线倒伏下去，一种荒谬的美。

他眼中有哀愁和热望，一夜遮掩的思虑都集中在那儿。

他说，你该明白，我对你的邀请不止这一支舞。我知道你喜欢这个博物馆，你可以与我一起掌管它。外面的时间在这儿是不算数的，我们可以永远跳舞。我绝不会强求你成为贤惠的妻子或母亲，我也从来不是人们眼里的正常人，所以我不要求你"正常"。我不会要求你做任何事，你完全自由，你可以自由地成为任何你喜欢的样子。

他的眼神变得松软，松软得像舒服的枕头，那种对失眠人来说比大麻糖果还诱惑的枕头。

我看着他，两唇衔着缄默，像衔枚夜行的士兵，一旦出声，枚落，就会被军令处刑。

我不能开口说出这一夜的愉悦，我不能说我从未享受过更默契的陪伴，我不能说我甚至愿意做你口中歪斜的犬齿，成为旋律里弹错的那一个音符，而我也想与你度过更多的夜晚，度过令人发疯的一个又一个失眠的小时，度过所有我害怕被遗弃的时刻，让我本质里幽暗的部分在皮肉之下退却。我那缺乏意志的心脏，就像被重击过一样，沉甸甸地充血，那些必须拘押的、有罪的话语把笼子撞得一声声闷响。

可是啊，如果有人用了最极致的形容词，要警惕，万万不能相信。风声呼啸，光扫过我的瞳孔，我有一瞬间看不清任何东西，又仿佛看清了所有，看到抛家弃子的女人到异国来，伴他定居在这里，机票，行李箱，裙子，国际长途电话，愤怒不解的父母，水电费账单，衬衣胸前污渍，沉闷聒噪的日子，无法在异地接续的工作，疲惫地打着绺不再美妙的金发和面孔……如果有人用了最极致的形容词，要警惕，万万不能相信，因为那证明他还不懂得幻灭的剧痛。而"完全自由"只是飘在木架子上，因缺乏血肉而过分轻盈的舞裙。

我说，谢谢，谢谢你陪我度过这个失眠夜。

魔法消失，马车将变回南瓜，仆从变回老鼠。这朵玫瑰就像所有的玫瑰只开放一个上午，这个承诺，就像所有的承诺一样，只美妙了一个夜晚。

六替我叫了出租车，并提前付清了车钱。但离酒店还有几个街口时，我让司机停车，下车慢慢走回去，我需要一段步行时间，需要用疼痛的脚掌踩在地面上，获得那种沉重、艰难但确切的感觉。

这是个阴暗的早晨，天空黏糊糊的，并不清新，没有什么催人振奋的征兆。后来太阳出来了。每次熬过一整夜再见到阳光，总像阔别一年。平底鞋不知什么时候被扎破了，里面的红色液体早就流了个干净，现在它显得苍白、疲乏、空洞，一双再普通不过的鞋。

走过那条作坊街，我忍不住再次转弯进去，去找那家老妇人的鞋店，只走到门口就进不去了，门外停着搬家的卡车，几个工人正进进出出搬板条箱。高跟鞋形的霓虹灯招牌已经摘掉。我还不死心，探头往里看，果然，空了，制鞋案子搬走了，满墙鞋架只剩高高低低的木板。犹如一切魔幻故事的结局。我没机会把鞋钱还给老妇人，也再没机会让这双鞋恢复血色。

又路过那十字路口，带阶梯的圆形小广场还没来游客，裤子肥大的卖艺男孩跟女友坐在一起吃热狗，CD机放在他们中间，两人都面无表情，仿佛一天还没开始已经疲倦了。

终于回到旅店，大堂的钟显示早晨六点钟，守门人不在，电视关着。我搭电梯上到十二楼，走廊里的地毯软得让人想就地倒下。我们房间的门虚掩着，仿佛在等我推开。

我像个孤儿回到了孤儿院，没什么喜悦，不过总归心头一暖。推开门，我丈夫正背对着门口，站在窗前跟女儿——女儿们——打视频电话。他叉着腰，为小女儿的新发型发出笑声，那笑声洪亮、健康，是个度过香甜一夜睡眠、毫无心事的人的声音。多好的嗓子，多顺畅可亲的家常话，他一个人就能造出满屋热闹温馨。

我站在门口听了一分钟，掩上门，又下楼去，打算等他打完电话再上去。

在大堂里，我遇到换掉制服、准备下班的守门老头。他说，早上好，美丽的夫人。

他对我愉快地挤挤眼睛。普林斯先生早晨问我有没有见过您，我说夫人五点钟出门散步去了。

我不太笑得动地一笑，谢谢你。

等会儿你们打算去哪儿吃早餐？

还去昨天你推荐的那一家，等我丈夫给女儿们打完电话就去。

昨天普林斯先生给我看了照片，您那对红发双胞胎真漂亮啊！真羡慕您，您家三个女儿都像天使一样。

是，我爱她们，我爱我丈夫，我爱我的家庭和生活。

注：

1. 文中丈夫的姓氏普林斯（Prince）也是王子的意思。

2. 本文中出现的所有虚构数字都是六的倍数。

3. 《请留下来陪我》（*Stay With Me*）是英国骚灵歌手萨姆·史密斯的歌，收在他2014年5月的同名专辑中。

十二个变幻的母亲

1

会议时间：5月17日12:30
会议地点：逸夫楼，楼后空地。
与会者：十二人，七淑女，五绅士。
七淑女：树精，素琪，夜莺，绿东西，荆棘路，贝儿，豆荚。
五绅士：沼泽王，睡帽，锡兵，大克，小克。

十二人中，树精是公认的领袖，她个子最高，脑子最聪明，也是年纪最老的一个，她已经七岁了，比最小的睡帽整整大十个月。生活里种种规则，她几乎都已经弄懂了，比如母亲跟祖父、父亲跟外婆是什么关系，什么叫工资，为什么八点和二十点是一回事，为什么老师说豆荚的家是单亲家庭，等等。她甚至懂得为什么有人明明头上没长鸡冠，也不会孵鸡蛋，却被别人叫成"鸡"。

他们那里的生活法则是这样：十一点半下课，一半人在学校吃饭，一半人家离得近，家人接回家吃饭。前一半人，吃完饭回到教室,有的趴着睡觉,有的写作业。有时候,树精召大家出去开会。她拉着同桌的素琪,默不作声地走过讲台,轻轻一敲台面,其余十人抬头一看,纷纷放下手里做的事,跟着出去。

这支默契的队伍走下楼,素琪跟树精挎着胳膊,走在前面。高大楼墙上,爬山虎叶子像鳞片,又像密密的毛皮,风一过,毛上起浪,露出底下灰色的肉。楼跟人一样,有个名字叫逸夫,刚来的时候,大克管它叫"兔天",人们纠正他,他老记不住,后来记住了一个"夫"字,但"兔"字改不过来,还是叫"兔夫"。每次走到能看到那三个大金字的地方,大克都会嘟囔:兔夫楼。小克每次都小声纠正:逸夫楼。

绕过楼,穿过操场,路边一团团小叶黄杨,修剪得像所有人都不爱吃的西蓝花。又是一座矮矮的旧红砖楼,这楼没名字,连兔天那种怪名字都没有,走到这个楼后,就到了会议的常设地点,一小片空地。这里是存放废旧物品的地方,山一样摞着几十把旧桌椅,还有一堆踩坏的体操垫子,两架浑身锈斑的单杠,大家每回来这里,被这些破烂儿围绕着,都有海盗进入宝藏洞窟的兴奋。

沼泽王矫健地爬到垫子顶端,高高坐着。贝儿轻蔑地说,脏死了!那里有蛇,钻出来咬你。沼泽王说,屁,根本没有。说完欠起屁股,往底下瞅一眼,又说,就算有蛇我也敢坐。

大克仰头说,那你敢晚上睡在那里吗?

沼泽王说，有什么不敢？我家里就养着蛇。

夜莺说，哇，你家养蛇？她张大嘴，又伸手捂嘴，她最近掉了门牙，不愿露丑。

沼泽王说，当然了。老天爷呀！我家养了十条蛇，有一条五十米，有一条两百米，有一条红的，一条紫的，一条七彩的跟彩虹一样，我天天跟蛇睡觉。

荆棘路挂念没做完的作业，催道，今天开会干什么？树精刚要说话，锡兵突然说，你们谁知道"小三"什么意思？

荆棘路欢快地说，我知道，我知道小二是什么意思，小二就是古代饭馆里的服务员。

锡兵说，哦，那可能小三也是服务员？

沼泽王高高地说，老天爷呀！你是在饭馆里听到这词的？

锡兵说，不是，我妈在里屋跟我姥姥打电话的时候说的。我妈好像哭了……所以我得弄明白这词啥意思。

他们有个很好的互助传统，就是：谁遇到不懂的事，听到不懂的话，都在会议上讲出来，大家探讨。树精咳嗽一声，她身边秘书似的素琪立即抬手往下一压，肃然道，都别出声了。

树精说，锡兵，你今天是要提问"小三"吗？

锡兵说，对。

树精说，好，那谁愿意打听一下？

荆棘路说，我吧，我朵朵表姐今晚上过来，我偷偷问她去，她什么都懂，她会二十国外语。说完了又觉得这话似乎有损树精的威望——荆棘路是位敏感聪明的女士——遂对树精柔声说，她比你大，她上初中了，中学教的东西可多了。

树精说，行，"小三"这个任务，交给荆棘路，下次开会，你把结果，给大伙说一下。

她喜欢把话切成一截一截的，她爷爷在电视上讲话"作报告"就这么讲。她说，今天开会，是想讨论一件事。

人们屏声敛气。树精问，你们晚上几点睡？

有人说，八点半，有人说，九点。有人说，九点半。睡帽说，我九点喝奶上床，不过每次都听一会儿故事再睡。

树精又问，你们爸妈几点睡？

人们眨了一阵眼，说，反正我睡的时候，我爸妈还没睡。

树精继续问，那你们知不知道，你们睡着的时候，爸妈在干什么？

人们又眨了一阵眼，说，没想过。豆荚说，干家务！每次我说妈妈陪我睡觉吧，她就说你先睡我干完家务再睡。

树精摇头说，不，绝对不是干家务。我昨天，差点就……但是我妈看到我了，把我送回床上，一切，都完了。今天晚上，咱们都照样躺下，但是，别睡着！——尤其是，别喝牛奶，妈妈给倒的牛奶里，都放了药，一喝，就睡着——等他们以为你睡了，你就偷偷爬起来，偷偷推开一条门缝……

这个冒险计划非常新鲜,他们从没想过,原来生活中还有这么一处鲜美的皱褶,简直像在冬天热被窝里新发现一块凉爽之地,脚趾都美得要唱歌了。而且过程也不复杂,不像爬假山、走冰湖、逃学那么危险又有后续麻烦。只需要等着,然后推开一扇门。

树精露出先知与领袖特有的微笑说,明天的会,还在这儿,每个人讲讲,晚上看到了什么。大家明确任务,抓好工作落实!

大家都说,好。所有眼睛都亮晶晶的像冰糖。铃声响起,树精说,好了,回吧。记着,这事跟谁,也不许说,这是秘密。注意保密。

人们纷纷说,对,都保密啊! 谁说出去谁是小狗。

锡兵一边走一边大声附和,谁说出去谁是婊子。

夜莺问,婊子是什么?

锡兵声音变小了,悄声说,我也不知道,今天已经问了"小三"了,下次再问"婊子"吧。

2

会议时间:5月18日12:30

会议地点:逸夫楼,楼后空地。

与会者:十二人,七淑女,五绅士。

七淑女:树精,素琪,夜莺,绿东西,荆棘路,贝儿,豆荚。
五绅士:沼泽王,睡帽,锡兵,大克,小克。

早上他们一来了就互相打眼色,抿着嘴,怕秘密从嘴角漏出去。秘密令人有资格把鼻孔抬高一厘米,傲视众生。秘密是果壳里的果仁,教室里其他四十六人,你们有秘密吗?你们没有,太可怜了你们,你们是没有香味的空果壳。不过,目前秘密还只是安静发酵的面团,得开会交流过,放进热烈的讲述与讨论中炙烤,才能真正成为香甜的精神食料。

整个上午,秘密在十二个胸脯里燃烧,只有自己人才看得见火光,不回头不转头都看得见几十个炉子炉膛发红。还有烟,无形的热和烟从腹部往上冒,拱得他们坐立不安,耸鼻子,揉眼。窗外太阳死死黏在原处,奖惩栏上方的挂钟,秒针痉挛似的跋涉,短针在眉心之下苦等,长针怎么也爬不过去……他们简直等不到午间休息了。

午饭时间,沼泽王头一个吃完,带着胸口汤渍和嘴上饭粒跑到讲台上,等待其余的人。他皱着眉,攥上拳,歪着身子,提膝,收腿——他每周三下午被送去学跆拳道,昨天是周三——冲着不存在的对手胸口侧踢,嘴里小声嘟囔:一,走!收!支撑脚给我站稳,废物点心。腿是面条吗? 一点劲儿没有。一,走! 收! 直到树精起身,大家默契地跟上去,这一路他都是走两步,停下来,踢一脚。

绕过楼，穿过操场，到达会议地点。素琪仍紧贴树精，站在她侧后方，那是她宝贵的位置。豆荚举手，另一手托在举起的手肘上，跳着脚说，我先说吧我先说，昨晚……

树精说，不行，一样一样来。荆棘路，你先说，你表姐怎么跟你讲的？

锡兵越众而出，跳到她面前，两个胳膊翅膀一样抖动。大家都看她。荆棘路想了一小会儿，像要重述一道没弄懂的题目答案：小三就是女人的意思——我表姐说的，不是普通女人，是坏的那种女人。

贝儿说，那不就是巫婆吗？白雪公主她后妈那样的。

荆棘路说，好像不是，我表姐还说，小三都是漂亮女人。

贝儿笑了，对啊，白雪公主她后妈是故意把自己变丑的，实际上就是很漂亮。

大克不耐烦地喊道，生活里没有巫婆！圣诞老人和巫婆都没有，坏女人就是女小偷的意思。

小克说，对对对。他跟锡兵说，肯定是你妈被小三偷钱了，所以她很难过，哭了。

锡兵如释重负，点着头说，明白。

树精说，好，解决了，那就讨论下一项。谁第一个发言？行，豆荚你说吧。一个人发言的时候，其他人不许插话。

豆荚说：

昨天晚上，我妈给我热了牛奶，我假装端着喝，在屋里溜达，慢慢走到厨房，把牛奶倒了。我听见我爸跟我妈说，她是不是又偷偷放糖去了？我妈看到空杯子，说，真棒，快刷牙上床。我上床，她给我念了五页《飞向虚无岛》，打开水母灯，半开着门，走了。我等了好久，好多个分钟，好多个小时，一百个小时。没喝牛奶真没那么困了，只是上眼皮总想找下眼皮玩。我用手指按住上眼皮，不让上眼皮去找下眼皮玩。

又等了好久，好多个分钟，好多个小时，一百个小时。门开了……我听见她走到床头，听见喘气声，几根头发丝掉进脖子里，像小虫爪子挠那么痒，我忍住了没动。她在我脸上亲了一下。嗒一声，灯在我眼皮上黑了。咔一声，她出去了，门关上。我又闭眼躺了好久，好多个分钟，好多个小时。外面一点声音都没有了，好像他们都睡了。我从被子里爬出来，就像蜗牛从蜗牛壳里爬出来，光脚走到门前，打开一丝门缝，往外看。

哎呀，我的家呢？门外不是我家了，沙发没了，书架没了，墙上挂钟没了，一张倒牛奶阿姨的金框大画也没了。到处跟下雪了一样，白花花的。我妈妈呢？她从一个小白门走出来，头发湿湿的披着，穿着白长袍，美极了，就像冰雪皇后，就像艾莎公主。这时有人敲门，特别轻地敲了一下。她光着脚走过去开门，每走一步，地面上都开一朵花，马上又融化不见了。一个陌生人进来，跪下，头低得碰到我妈妈的脚，他小声说，公主殿下，求求你。

我心跳得特别快，我早就觉得我可能是个王子，我妈妈可能是个公主，原来我是对的。

那个人说，求你杀掉怪兽。

她说，来吧。

那个人就地一滚，突然变成了一只大怪兽。像熊一样，浑身黑毛又长又粗，头顶长着牛角，眼里直喷火，低吼一声，露出的大牙像水果刀。怪兽扑上来，把我妈的白衣服撕破，拽下来，我妈被扑倒在地上，她挣扎，双手掐住怪兽的脖子，抓怪兽的后背，踢怪兽的肚子，咬怪兽的脸。怪兽疼得嗷嗷叫，一口啃在我妈脖子上，我妈也疼得嗷嗷叫。这时候下雪了，雪花大得像薯片，掉在他们身上。我妈猛地一翻身，用魔法把怪兽摁住，她压得它一动不能动，只能哼哼。一片雪花落进它嘴巴里，怪兽死了。

过了很久很久，好多个分钟，死掉的怪兽又动弹一下，原来它没死，刚才只是昏迷了。我想，糟糕了，我妈又要再跟它打一次。没想到，怪兽一点一点变化，熊头变成人头，兽毛变成头发……我妈爬起来，怪兽变回的人也爬起来。他又跪下，头低得碰到我妈妈的脚，小声说，谢谢，公主，我永远忠诚于你。这时候雪停了下来。我妈打开门，那人走了。我妈一挥手，墙壁和地板轰隆隆地翻转过来，原来我们家的东西都在另一面，沙发转回来了，书架转回来了，墙上挂钟转回来了，那张倒牛奶阿姨的金框大画也转回来了。我赶快爬回床上，闭上眼……我累坏了，一下就睡着了。

树精说，讲得很好，大家就照她这么讲。她对夜莺说，来，你第二个。

夜莺说：

我睡前不喝奶，我妈妈让一个小宇航员给我念诗。他戴着鱼缸似的头盔，我妈管叫他"蓝牙"。我猜他吃了蓝色的糖不刷牙，牙齿变蓝了，所以他老也不摘头盔，他不好意思摘。我妈把"蓝牙"的音量调好，就出去了。宇航员念的诗都配着音乐。诗本身没什么味道，甚至有点酸，有点苦，是音乐让它好听。拌了音乐的诗，就变甜了，就像加了糖的酸梅汤。我躺着，耳朵喝甜汤。诗有唐李白的，唐杜甫的，唐王维的，他们是一家人，都姓唐，每次我听到唐韩愈就睡着了。但是昨晚我使劲掐腿上的肉，让自己醒着，不睡。我这才知道，唐韩愈之后，还有唐贺知章，唐柳宗元。念到唐杜牧的时候，我听见门外响起奇怪的声音，哗啦，哗啦……我起来，打开一丝门缝，往外看。

全成大海了！上头都是天，满地都是海。海特别蓝，特别蓝，蓝得好像世界上所有蓝色的糖都化在水里了，好像世界上所有牛仔裤都洗掉色了。蓝得我不敢盯着看,怕把眼睛看蓝了——那我就可以做宇航员的朋友了,他是蓝牙,我是蓝眼——我家屋子已经变成了船,在海上一上一下地漂。海浪拍着船,发出哗啦哗啦的声音。船上长着一大棵苹果树,绿叶里有红苹果、黄苹果、绿苹果。叶子里探出一个小脑袋,是我家的虎皮鹦鹉。鹦鹉吃了一口黄苹果。天上一群信天翁飞来飞去,大白翅膀展开,尾巴尖尖的,就像白纸折的纸飞机被扔到风里。我看到了我爸,他坐在苹果树下的沙发上,一伸手,摘下一颗绿苹果,扔到海里,海里跳出一只海豚,一张嘴把苹果吃掉。

我妈呢,我找了半天才找到,她正在海水里泡着,只露出脑袋和肩膀。她的长头发漂在水面上,跟着海浪一上一下地动。她盯着大海,眼里掉出一滴一滴深蓝色的水,就像深蓝墨水一样。蓝眼泪在她脸上不断写"1"。眼泪落在哪,哪的水就变得更蓝。我想:原来大海是我妈的眼泪给弄蓝的啊。

后来我爸说,淑英(我妈的名字),够了,海可不能再蓝了,你停停吧。我妈抹一把脸,手上也全是蓝了。她在海水里洗洗手,游到船边,我爸伸手把她拉上船。她浑身淌着深蓝色,手指甲蓝得发紫,脚指甲蓝得发黑。我爸抱住她。过一会儿,她推开他。我爸从树上摘了一个最红的苹果给她。她不吃,摇摇头说,还不够蓝。她走向船的另一边,从另一边跳下去。我爸站在那儿,手里拿着红苹果,身上一个蓝色的人印子。

早晨起来，大海早没了。我坐下吃早饭的时候，看我妈的眼睛，好像还有一点点蓝。

有人揉了揉眼，揉出一点水来，定睛看手指，看是什么颜色。树精对沼泽王说，你吧，你第三个。

沼泽王大喊着说：

我妈！我妈变成鸟啦！

我一开门，老天爷呀！外面是个大鸟笼子，像十层楼那么高，笼子底上有蛇盘着，有的蛇趴在笼子上，有一条五十米，有一条两百米，红的、紫的、蓝的，还有一条是七彩的，跟彩虹一样。笼子顶上，特别特别高的地方，飞着一只大鸟，是白色的，雪白雪白，跟我老舅家的萨摩耶一样白，浑身发光。那条七彩的蛇从笼子边往上爬，探头，嗞嗞吐芯子，去咬那只鸟。大鸟就飞啊，躲啊，好几次差点被蛇咬住。

后来那鸟开始说话，说：李鸣（这是我爸名字），李鸣，你帮把手啊！我一听，老天爷呀，那是我妈的声音。原来鸟就是我妈。

我妈一边在笼子里扑腾，一边喊我爸。我想，是不是我爸也会变成鸟、飞进去救我妈？但我妈喊了半天，我爸也没来。我又想，是不是我该变成鸟、飞进去救我妈？但我努了半天劲，都努出一点尿来了，也没长出翅膀，没变成鸟。

幸好我妈还挺厉害，她飞到最高处，抓着铁杆子歇了一会儿，忽然往下一冲，啄瞎了蛇的眼睛。老天爷呀，蛇疼得嗷嗷叫，啪嗒掉到笼子底上。我妈这才安全了。我听见她说：八百斤大寿桃——废物点心！李鸣，你就是废物点心。男人永远指望不上，啥事指望不上，儿子早晚也随你……我一看我妈没事了，就赶紧回去睡觉了。

树精对贝儿说，第四个是你，你讲。

贝儿说：

我跟我奶奶一起睡。我奶奶爱打呼噜，她打起呼噜，像喝一碗特别稠的粥，呼，一口，呼，又一口。我听她喝了四碗粥。我起来，从她身上跨过去，下地，打开一丝门缝，往外看。

外面倒还是我家，大灯关了，只开着台灯。我发现，多了好多好多窗户。窗户在墙上长着，在空中飘着，每个窗户有一个微波炉那么大，每个窗户都闪着白光。有的窗里有人在唱歌，哭，吵架，有的窗里是豹子追瞪羚，有的窗里是鲸鱼喷水，有人拿着颜料盘在脸上画画，有人用特别快的速度吃西瓜。我妈在中间站着，不停地关窗。她关上一个窗，再关下一个的时候，上一个窗又开了，她关呀，关呀。要关比较靠上的窗户，她就双脚离地，飘起来一点，伸着手努力去够，乓的一声把窗摔上。

窗里的东西一直变，刚才有一群穿短裙的姐姐跳舞，关上，再开，变成了一群狐獴站在草原上，橙子那么大的脑袋往四面八方转动。我妈的脸被窗户里的光照得发亮。有的窗户里还冒出一只手，我妈凑过去，那只手拍拍她肩膀，搂着她脖子，拉她过去听里面人说话。还有的窗户里黑乎乎的什么都没有，我妈很烦躁地把窗户摔上，再开，摔上，再开……

我爸爸，他在屋子的另一头，他的呼噜声比我奶奶还大，喝的是比我奶奶还稠的粥。我觉得不好玩，就关门回去睡觉。我讲完了。

沼泽王猛地吸气，发出模仿打呼噜的声音，眼珠来回看，等人发笑。有几个人笑了。树精说，睡帽，你讲。

睡帽说话结巴。他说：

没、没什么可讲的，我从门缝偷、偷看。我爸也、也睡了。我妈又出来，打开客厅电视，坐在沙、沙发上，戴、戴上耳机，喝酒，看电视。好像是挺、挺可怕的电影，好像有僵、僵尸。我害怕，就回、回去睡了。就、就这样。

人们皱眉，说，哎呀，你妈妈真没意思。树精说，不许这么说，谁看到什么就是什么，实话实说。好了，素琪，你第六个。

素琪说：

我家啊，我家没怎么变，钟表没变，灯没变，盆栽没变，饺子（我家的狗）还在花盆旁边趴着，墙边有个比我还高的石膏人像叫"大卫"，也没移动地方。我爸走出来，从鞋柜拿出球鞋换上，给饺子拴了狗绳，开门出去遛狗。门关上，屋里安安静静的。

我正想回去睡觉，突然，大卫动了。我紧紧盯着它。大卫的两只白胳膊抬到头顶，像掰开厚厚的柚子皮一样，把脑袋上的石膏掰开，露出里面黑色的头发。头发在后脑勺扎成一个发髻，好像是个年轻姐姐。她背对着我，我看不到脸什么样。接着她像脱一件非常紧的连体衣一样，从肩膀，到胸脯，到腰，脱掉一层白皮，弯腰，脱裤子。露出来的是一身芭蕾练功服和舞鞋。我还以为她是我们芭蕾班的老师。她抽出第二条腿的时候，没站稳，在地上退了一步，身子也转了一点。我看清了脸，不是，我不认识她。

这个姐姐踮起脚尖，做了半蹲和大蹲，做鹤立式，做了几圈挥鞭转，停下来，又把双手举到头顶，按刚才的动作，把这一层皮也剥开、脱下去了。这次头上露出的是花白的头发，就像我姥姥，我还以为真是我姥姥，吓了一跳，仔细看，不是，我也不认识她。这个老奶奶穿着黑衣服黑裤子，弯着腰，迈着碎步，走到墙上的镜子前，看着自己，摸摸脸和头发，好像得了阿尔茨海默病——我姨姥姥就得阿尔茨海默病了，谁也不认识——认不出自己了似的，看了半天，眼里慢慢流下两滴眼泪，嘴里发出一点细细的像猫叫的哭声。

我听得心里难受，老奶奶抬起手来，跟刚才一样，又脱下一层皮。这次她脱得特别吃力，因为里面的人特别胖，脸上斑斑点点，头发短得像男人，肚子高高地鼓着，是个怀着宝宝的孕妇，就像我三姨。我还以为真是我三姨，仔细看，不是，我也不认识她。

她一只手放在腰后撑着，一只手到头顶去扯，扯得有点吃力。她弯腰脱腿上的皮的时候，隔着肚子，更费劲了，我看得直想过去帮忙。终于，里面一层又露出来了，头上是染成棕色、烫了卷卷的长发，这太眼熟了！那人转过来，原来是我妈。她活动一下胳膊，看看满地堆着的扯破的衣服，黑头发，白头发，短头发，漂亮的脸，带皱纹的脸，带斑点的脸……用脚踢了两下，从抽屉里拿出一个大黑垃圾袋，把一地废物装进去，扎上口，放到门外去。

今天早晨我起床上学，出门的时候，看到门口的垃圾袋，很想拆开了看看，那些头发还在不在，可我不敢。

沼泽王喊道，想起来了，早晨我家门口也有垃圾袋，可能装的是我妈啄死的死蛇！老天爷……素琪瞪他一眼，说，你别嚷嚷。

树精说，大克、小克，你们两个讲。

大克和小克互相看一眼，他俩住在同一栋楼里的十层和三层，两户家长都认识，两个男孩从小一起玩，一起上学。

大克说，早晨其实我都告诉小克了。小克说，对，我们看到的差不多。

大克先说：

我先从门缝里看，看外面没人，就走出来。外面变成了一个大湖，湖里有荷花荷叶，还有绿头鸭、麻鸭和鸳鸯游来游去。湖边有个白房子，是公共厕所。一个人从公厕出来，沿着湖边小路往前走。我一看，那不就是我妈嘛，我认识她的白高跟鞋。我赶紧揪了一片大荷叶，挡着头，偷偷跟在她后面。她走到一处没有荷花的地方，那儿岸边停了好多小船，船是天鹅的样子，船头的天鹅脖子挺得高高的，每个船上都坐着一个阿姨，每个阿姨都打扮得很漂亮，涂着红嘴唇，戴着珍珠项链。她们一看到我妈，说：丽丽来了（那是我妈的名字）！咱们走吧。只有一条小船是空的，没人坐，我妈一跳，跳到那条船上。

我赶紧也一跳，跳到那条船上。我妈说，走吧！她们座位前都有一个方向盘，方向盘中间是个电动按钮，一按，船突突突地在水上走起来了。我妈的船是最后一个，因为多了个我，走不快了。但我举着荷叶挡住自己，没人看见我。

她们的船走呀走呀，溜着岸边走。岸边种着柳树，柳树像要喝水似的，把头探到水上，柳条就像长头发垂下来，一个柳条正好从我脸上划过，我痒得差点打喷嚏，幸好忍住了。后来船停了，停在一个带石头台阶的岸边，台阶两侧开着黄水仙花。所有人都从船上跨到台阶上，再从台阶上岸。岸上也有几个漂亮阿姨等着。所有人手拉手，走进一个亮堂堂的大屋子里，我也走进去。屋里有好多铺着白桌布的长桌，桌上摆着花，摆着数不清的好吃的，大螃蟹啊，大虾啊，牛肉啊，炸鸡啊，炸薯条啊，还有各种冰激凌，各种奶油蛋糕，奶油花上插着半透明的小糖人，地上还有半人高的大玻璃罐子，一罐子棉花糖，一罐子巧克力豆，一罐子棒棒糖。

她们吃了又吃，吃了好久。有人说，差不多了，咱走吧，该去跳舞啦，小兰还在那边等咱呢。我一听，小兰？那不是小克的妈妈嘛！……临走，她们每人拿了一个棒棒糖，放在嘴里，边吃边回船上去。我也偷偷拿了一个棒棒糖。

他看着小克，让小克继续讲下去。

小克便说：

我看到的跟大克差不多，我家变成的不是湖，是一大片芦苇地，芦苇的秆子细细的，头顶粉红色的、毛茸茸的，有些芦苇老了，粉色就成了炉灰的颜色，像老人的头发变白了一样。四处一看，我正站在一个山坡的顶端，顶端有一棵很粗的银杏树，叶子还没完全变黄，心还是绿的——我妈曾说，这时银杏叶最好看，"金镶玉"，翡翠扇子用黄金镶边——这树应该是我家衣帽架变的，因为树枝上挂着我爸的帽子、我妈的大衣、我爷爷的拐棍。我听到芦苇丛外有人说话，是我妈的声音。我想，我得伪装一下，就从衣帽架上拿了我的黄雨衣，披上，钻出去。但我在树下不小心踩烂了一颗银杏果，银杏果有股特难闻的臭味。

我妈走在前面不远处，我是从她头上的黑白格发卡认出来的，她穿着我不认识的皮大衣、皮靴，走得很快，像踏着筋斗云一样快。我跟得稍微近了一点，就听见我妈自言自语：奇怪，哪来的臭味？我赶紧跟得再远一点。后来，她走到了一个有好多树的大草地上。有些树她以前教我认过，广玉兰树、柿子树、悬铃木、苦楝树、构树……还有好些树我不认识。

每棵树上都开着花，或结着果。广玉兰的花瓣跟调料碟那么大，掉下来，扑通一声，苦楝树开着紫心白瓣的花，悬铃木挂着铃铛，柿子树枝上挂的都是橘红的小蜜罐。每棵树后都走出一个人，都是阿姨，有的比我妈年轻一点，有的比我妈老一点。每个人都打扮得很漂亮，涂着红嘴唇，戴着珍珠项链，像要上台表演节目似的，有人戴着孔雀羽毛，有人裙子上有星星亮片。有人招手说，小兰快来。我妈走过去，她们头碰头，小声说了不知什么话，大声哈哈笑。我藏到一棵构树后头，有个阿姨一吸鼻子说，好像有什么东西臭烘烘的？我妈说，是啊，我也闻见了，奇怪了，咱这里又没有银杏树。

她们手拉手围成一大圈跳舞；又两个凑一对，搂着腰跳舞；又排成两队，面对面跳过去，腿踢得老高。有个穿白高跟鞋的，踢腿踢得最高，我一看，那不是劳阿姨嘛！——劳阿姨就是大克的妈妈。

人们回味着大克的经历，那夜宴的场面，比之前的讲述都诱人。绿东西小声重复：一罐子棉花糖，一罐子巧克力豆，一罐子棒棒糖，哇。

大克伸手往口袋里一摸，高高举起：这是证据，这就是我昨晚上偷的棒棒糖。

众人皆惊。沼泽王激动得像个弹簧似的双脚蹦跳，说，让我尝一口！求你了，能不能让我尝一口？大克像收起一颗大宝石似的，小心翼翼把棒棒糖收回口袋，说，不行，谁也不能吃，我也不吃，这个我要留作纪念。

荆棘路挂念没做完的作业，催道，咱快点吧，还讲不讲了？树精遂对荆棘路说，你还没轮到过吧？好，你讲。

荆棘路犹豫一阵，说：

这几天我朵朵表姐住我家，跟我一起睡。我等她睡了才起来，踩着床栏杆走出来，跳到地上，打开门。我们屋里黑洞洞的，只有阳台那边好像透出光来。我就往阳台走过去。阳台外边，原本是小区花园和楼，都没有了，变成了一个亮着彩灯的游乐场，有海盗船、过山车、摩天轮、旋转木马……其他东西都停着，只有海盗船一上一下地荡悠。等了会儿，海盗船的一轮结束了，门打开，出来一个小孩，一个小女孩，年纪跟我差不多，穿着一套毛茸茸的小黄鸭睡衣，光着脚。她跑进旋转木马的入口，挑了一匹最漂亮的大红马，骑上，木马就开始转。转了一轮，她又跑下来，去玩过山车。她把所有的东西玩了一遍，又再玩一遍，再玩一遍。我看累了，就回去睡了。

早晨我起来的时候，发现我妈穿的就是小黄鸭睡衣。

树精说，该第十个了对吧？绿东西，你第十个。

绿东西说：

其实昨晚上我特别困，我妈催我上床之后，我本想坚持住不睡，可还是睡着了。我正做梦，梦见上声乐训练班，老师弹琴，让我唱，我干张嘴唱不出声音，吓醒了。醒了发现还有音乐声，在门外。我下床，打开一条门缝，往外看。看到外面是一片沙漠，顶头一个大月亮。月光是银白的，沙漠也是银白的。我妈正坐在一个沙堆上，抱着一个好大好大的琴，边弹边唱。她面前有个好大好大的仙人球，乐谱就放在仙人球上。虽然她是我妈，但我还是得说，她弹得真不太好，弹一小会儿就弹错，只能再重来。她自己也烦，这时我忽然看到远处出现一个大黑影，越走越近，原来是个大狮子。把我吓得差点喊"妈妈快跑"。我妈看了狮子一眼，不太乐意地说，你又迟到了，快过来。

狮子的大爪子踩在沙子上，每步留下一个黑黑的大脚印。它走到我妈面前，我妈把琴放在它眼前，狮子抬起一个爪子，摁在琴头上，另一个爪子拨拉琴弦。它弹得好极了，比我妈好一百倍，而且人家狮子根本不用看乐谱。我妈一边盯着它的爪子，一边跟着哼哼唱。唱到半截，她说，行了，我好像会了，你让我再试试。

自打上了声乐班我就有个毛病，一听音乐就困……昨天夜里我越听越困，越听越困，就回去睡了。

讲完了，她哼了几句，说，狮子和我妈练的就是这个歌。树精点点头，对锡兵说，轮到你了，讲快点，快打铃了。

锡兵说：

我妈也每晚让我喝牛奶，昨晚我没倒在厨房，我倒在卫生间马桶里了。我在床上等了很久。我听见我爸回来，跟我妈说话，说的什么没听清。我妈没怎么回他话。后来门一响，我爸走了。我又等了很久，外面没声音了，就起来，打开一条门缝，往外看。

乍一看，外面好像有很多人影，可热闹了，仔细一看，那些黑影都有点怪怪的。等它们一转身，我才看出来，原来都是剪纸，侧面只有薄薄的一片儿。我妈站在一张好大好大的黑纸跟前，用一把大剪刀剪纸，剪得咔嚓咔嚓的。一个人形剪下来，马上就活了，在四周围溜达，跟其余的纸人一起转圈。是女纸人，有长头发，它们偶尔用纸手撩一下纸头发。

纸人越来越多。大黑纸上净是一个一个的人形空洞，再也剪不出完整的人了，我妈还剪，她在边边角角的地方，剪脑袋，剪手，剪腿，剪脚丫。那些零零碎碎的纸片，剪下来扔到一起，自己也能凑成一个人。最后，黑纸只剩下碎渣。我妈把碎渣拨到一起，掏出打火机，点着了。那火苗，跳起好高。那些黑色纸人，一个个都吓得往后躲，直贴到墙上。我妈拽着它们的胳膊，把它们一个个揭下来，拉到火苗上。一个个纸人在火里挣扎，一点点烧成了灰。

我有点不忍心看，就溜回去睡觉了。

现在所有人都讲完了，除了他们的领袖树精。人们都看着她，等她开口。树精歪着头，左胳膊横在胸口，右胳膊肘架在左手手背上，攥拳顶着脸，是个睿智的沉思姿势。素琪说，你看到什么了？说说呗，我们都说了。

树精没开口，只是把托脸的手伸开，从拳变成手掌，一根小指压在嘴上。就在她的嘴唇张开一条缝的时候，上课铃响了。有几个人发出失望的"啊"的叹息。树精说，好了，我看到的跟你们差不多，不说了，回教室，上课。

因此，没人知道树精那夜看到了什么。

几天后的又一次例会上，沼泽王提问了一个词。他说，你们谁知道"野男人"什么意思？

夜莺说，你在哪儿听到的？

沼泽王说，我妈说的……就是，我给我妈讲了豆荚看到了什么——她妈妈是公主、打败怪兽人。我妈听笑了，笑得可大声了——现在我觉得她笑起来也像鸟叫——后来她在厨房跟我爸说："李鸣，你儿子班里同学的妈……找野男人。"野男人是什么？

豆荚呆呆看着他，小声说，野男人？是什么？

树精说，这个我知道。这有什么不懂的？《美女与野兽》你们都看过吧？会变成野兽的男人就是野男人。豆荚恍然道，没错，真的是！那天夜里那个男的，就会变野兽。

注：

文中十二人的名字均来自《安徒生童话》。

释义：

某一个时期，儿童常会混淆幻想与现实的边界。十二个孩子讲述的，是他们偷看到的现实，加上幻想的变形。

1. 豆荚的母亲，是个单亲妈妈。孩子睡着后，她的情人悄悄来访，她洗了澡穿着睡衣出来，跟情人做爱。豆荚讲述的公主与怪兽的厮打，其实是性爱过程。后来沼泽王把这个讲给他妈妈，他妈妈听懂了，跟丈夫说"你儿子班里同学的妈找野男人"。

2. 夜莺看到的，是母亲和父亲的冷战，母亲落泪，父亲想要求欢，被拒绝了。

3. 沼泽王看到的可能是母亲独自完成家里艰巨的家务，父亲在旁逍遥，不帮忙。

4. 贝儿的母亲，在全家睡着之后，爬起来玩电脑，贝儿描述的"无数个窗口"是网页窗口。

5. 睡帽说的是实话，他妈妈夜里起来喝啤酒，看电视。

6. 素琪讲的大半是谎话，或者说，是幻想。唯一真实的一点，是她母亲换上以前的芭蕾舞裙，在屋里跳舞。可能由于身材不复当年，她做不出动作来，对镜沮丧地哭了。素琪在母亲身上看到了少女、孕妇和老妪的影子。

7.大克、小克,两家住得近,两个母亲在孩子睡后互相拜访,一起吃夜宵,可能还跟手机微信群里的女朋友们视频聊天,聊到高兴时手舞足蹈。大克、小克把母亲套进了《十二个跳舞的公主》故事里。

8.荆棘路的母亲具体做了什么,不详。半夜时分,穿着可爱小黄鸭睡衣的她,变回当年的小女孩。

9.绿东西把《沉睡的吉卜赛人》的画面跟现实混淆了,她妈妈是在夜里练弹吉他,对着手机里的私教。教练可能烫了个爆炸头,被绿东西想成大狮子。

10.锡兵的父母正在离婚,他父亲有出轨问题。他看到的,可能是母亲泄愤的过程。

11.没人知道树精那夜看到了什么。我也不知道。如果你恰巧知道,请悄悄写信告诉我。

普罗米修斯和鹰

第九万零九百二十二个清晨,普罗米修斯低头看着胸腹之间①。

那儿完好如初,昨天的血洞消失了。

他那永生神的皮肉,第九万零九百二十二次筑起屏障,把一块新生的肝脏挡在后面。四周一片黑暗,高加索的山风飕飕,像无数尖利小箭头擦过耳边和脸颊。他吸一口气,感到那枚必将朝生暮死的肝,正在右侧横膈膜下方,右肾脏前方,胃的上方,生机勃勃地运转。一片令人恶心的温暖。

度过没有日照的一夜后,山石冷如巨大冰块。他耸起肩胛,让后背离结霜的石面远一点,血流暂时令背部暖和起来。他慢慢活动两个手腕,贴着冰寒的镣铐圈子,转一圈,两圈,三圈。接着是双脚。他踮起脚尖,身子向上拔起,肌肉绷紧,直到身上缠绕的铜链和脚镣深深勒进肉里。

神与凡人的一天,并无不同,都分割为白昼与黑夜,除

---

① 普罗米修斯受罚站在高加索山崖的时间,一说三万年,一说五百年,因解救他的赫拉克勒斯是伊娥的第十三代子孙,每一代按古希腊人算法为四十年。本文取后者。

了普罗米修斯。他的一天，分为有肝的半日，和无肝的半日。前者安稳，完完整整。后者破烂，血肉模糊。

刑期第二百四十九年零三十七天，像一页空白书页，在眼前揭开。

蓝黑的天色转为淡紫。曙光女神打开庭院，边走边打哈欠，发髻蓬乱。天风吹拂，她手中火炬忽明忽灭，像一颗缓缓飞行的星。天空被她身上散发的光染成玫瑰色。巡行一匝，她回家去补觉。奥林匹斯神境的门房——四季神，拖着脚惺忪地走出来。他挠挠胳肢窝，推开大门。太阳神赫利俄斯的战车升起，车速逐渐加快，驶向天穹。

自从赫利俄斯的儿子法厄同不顾劝阻，非要驾车，出了车祸，战车始终没恢复旧观。右侧车头撞瘪进去一大块，车子一路滚下巴拿撒斯山时，身上金漆剐掉好多，露出底下黑乎乎的铁板，银辐条也弯了两根。但赫利俄斯一直没修车，就让车那么残旧着。好在他身上光芒太刺眼，没人愿意直视，也就没人注意车上的斑驳。

普罗米修斯远远望着。轭上马嘶，车从巨蛇和调试弓弦的半人马之间的窄路上飞驰过去。光线明亮起来。

现在一切能看分明了。山峰矗立在水晶似的天空中，空中一条宽宽的银河大路，通往宙斯之殿。宫室辉煌，黄金、琥珀、青铜、白银和象牙闪着光，奥林匹斯的诸神住在那里，宴饮，开会，争吵，做爱，偷情，吃神食，喝仙露，听齐特拉琴，监视宇宙和下界的动向，享用凡人献祭的油脂气味和香烟，留意祭司的祈祷、予以回应。

那也曾是普罗米修斯的生活。他也是宴席上的人，喝过美侍童伽倪墨得斯斟在金杯里的酒，但现在那些记忆都模糊了。赫利俄斯的阳光照不到他身上。他不再记得神食的味道，也想不起祭品燃烧的气息。

他独个儿站在高加索山崖上，动弹不得，陪他的只有火神赫菲斯托斯亲手打造的镣铐。头五十年，宙斯派人来看他。他把他们都骂了，所有劝他低头，劝他放聪明的人，即使是一副心痛他的口吻，他也骂。狡黠的赫尔墨斯、惩戒女神涅墨西斯、他那个蠢兄弟厄庇墨透斯、宙斯骄横的女儿阿尔忒弥斯①，等等。

他骂阿尔忒弥斯的心胸比石榴籽儿还小，心肠比赫布罗斯河里的冰块还冷，她的侍女卡利斯托怀孕明明是老淫棍作孽，为什么不敢斥责她父亲，反而驱逐那可怜的宁芙②。阿尔忒弥斯气得拿弓背打他，他没法躲闪，满头鲜血。打完还不算，她踏上金角鹿拉的车，从箭壶里抽一支箭，拽开弓弦，

---

① 阿尔忒弥斯：宙斯与勒托之女，狩猎女神。
② 卡利斯托：阿尔卡狄亚王吕卡翁之女。在阿尔忒弥斯的侍女中，她最美貌，身手最矫健。宙斯看中她，趁她在林间酣睡，变成阿尔忒弥斯的模样，骗她投入自己怀中，强暴了她。后来她生下一子，取名阿卡斯。宙斯之妻赫拉又妒又怒，把卡利斯托变为大熊。成年后的阿卡斯在林中偶遇母亲，想用箭射死这头熊。宙斯将他变为小熊。母子飞到空中，化成大熊星座与小熊星座。

一箭射在他肚子上。

他吃了一箭，痛得哆嗦。她得意而妩媚地一笑，控缰欲走。他朝她后背大声说：勒托的女儿，尽情挥霍你的箭术吧！未来你会用箭亲手射杀你的心上人①，他的尸体圆睁双目，漂在海浪间，等你寻到他，恶鱼已吃掉他的耳朵和手指。

阿尔忒弥斯在云雾里转身，瞪着他，脸色惨白。让宙斯忌惮又无计可施的，正是普罗米修斯的预知力，而最恐怖的莫过于预知未来的悲剧，提前活在疑惧和哀悼中。她双唇一动，普罗米修斯抢先道，别费力了，我不会告诉你"何时"或"何处"。你父亲尚不能令我开口，你以为你能？

她厉声说，好，我信你的预言。但在那之前，我会先让你尝尝活着被啃吃的滋味，我以守誓河的河水起誓！

她走后第二天下午，鹰来了。鹰停在不远处的山石上磨爪子，鹰目灼灼地盯着他看。一开始普罗米修斯以为它是宙斯变的，他笑道，不敢以真身出现？还是伽倪墨得斯也被放逐，你又要出去抢人了②？

鹰飞过来，爪子刺进他大腿，啄开他腹部皮肉，一块块

---

① 阿尔忒弥斯与海神波塞冬之子奥利温相爱。她的孪生兄弟阿波罗心生嫉妒。一日，阿波罗与她在天上飞行，看到海上一个黑点，知道那是奥利温，故意引诱阿尔忒弥斯用箭去射。射中后阿尔忒弥斯降到海面查看，才发现射死的是自己的情人。

② 伽倪墨得斯：特洛伊王子，俊美无俦，宙斯在天上看到他，痴迷他的美貌，化为一只大鹰把他抓到奥林匹斯山，让他做侍酒童子。他是宙斯所有情人中唯一男性。

撕食他的肝脏，像人掰着面包吃。他惨叫，明白这是头真鹰，不是宙斯，神不吃别的神的肉。这当然是阿尔忒弥斯的建言，暴君从不拒绝她任何要求，估计他还大为激赏她在折磨囚犯上的创意。

普罗米修斯朝奥林匹斯山的方向吼道，没有用！派个畜生来替我挠痒，没有用！我跟你们一样是神，记得吗？明天我的内脏就会长出来，跟全新的一样。它吃得掉心肝肠子，吃不掉我的勇气……

直喊到力竭。鹰已走了，他低头点数。一边颤抖一边嘶嘶吸气。好像透过一扇打破的窗户往屋里看，两个肺在，脾在，胃在，心肾大肠小肠都在，只少了一枚肝。

翌日，鹰又来。此后它天天来。像挑食的小娃，一筐热腾腾鲜肉，只择特定的那块吃。又像懂行的窃贼，只挑最值钱的拿去。原来刑罚的核心在此，让作为抵抗的复生成为徒劳，成为笑话。无尽的重复能消解一切意义。

他吼叫，啐它，骂它，什么都不能让它分神，它专注得像盯紧爱子的哺乳妇人。它用爪趾配合尖喙，划开皮肤，拳头大小的头钻进去，找到那块帽子形状的肝脏，叼住，一甩头拽下一口，吞下，一甩头，又一口，每天，它在他腹部抄写出同样一个血洞，然后在他的叫骂声中飞走。

后来他啐烦了，骂不出新意了。他发明了一个忍痛的游戏，跟自己赌能不能一声不出。

他妻子阿西娅来的时候，鹰正吃到最后几口。撕破的窟窿皮肉翻卷，两边露出肋骨。隔着一层横膈膜，那颗心脏噗噗跳，被啄开的血管像阿特洛波斯①切断的线头一样耷拉着，黏糊糊的血流过腹部，流过大腿，淌到脚趾上。她双手捂嘴，美目瞪得老大。他竭力发出一个笑，想跟她说：你曾抚着我胸口问我，这下面那颗心里，到底装着雅典娜多些，还是装着你多些，现在你亲眼见到它了。

不等他筹足力气说出来，她嗷地哭出声，一转身跨上云端。云层隐没身影，风把她跟云一起吹远。哭声像阿里阿德涅的线一样拖在身后。他四肢用力，挣紧了链子，想随那条丝线而去，哪怕尽头是不可战胜的牛头怪。

另一个在鹰进餐时到来的是赫尔墨斯。跟阿西娅相反，他看得认真极了，目光追着鹰的喙一起一落，鹰吃一口，一仰脖，脖子上一块小小隆起滑下去。赫尔墨斯笑着道歉，对不起，我得给父亲汇报。普罗米修斯深吸一口气，残余的肝上方，一角红色肺叶鼓起，其上血管交织纵横，如人间的道路。他向赫尔墨斯一笑，说，别忘告诉他，我还有力气笑呢。

到第一百年之后，他妻子绝足不来。宙斯的说客也不再到访。

他想表演倔强，表演威武不屈，也没有观众了。

---

① 阿特洛波斯：希腊神话"命运三女神"之一，负责切断生命之线。

第一百二十七年,伊娥化成的白牛①路过。她去后一段时间,普罗米修斯在心里铺开地图,计算她走到哪儿了。泅过了迈奥提斯海峡,横穿基斯特涅平原大概需要一年,如果牛虻叮咬得勤奋,说不定九个月就够,那疲倦的小牛蹄再往前跑,跑,跑过太阳泉,她可能会在那儿喝水休憩……

其余的日子,只剩死寂,和疼,和一只鹰。

一切都像前一天的回声。风啃噬他的脸。他把"盲目的希望"跟火种一起赠给人类,没给自己留。他数着天边的云,等。等一天里唯一的节目。

变化何时发生,记不清了,到第二百年他还憎恶它。扁毛畜生,暴君的奴才,长翅膀的狗,凶手。每天午后,天边准时出现一个黑影。他一看到那影子,腹中就一阵抽动,一通翻搅。它总是先落在对面的山石上立一小会儿,磨一磨喙和爪子,再飞过来。他每天低头看它吃,假装那个肚子不是他的,他是个牧羊人,路过,闲看的。

畜生归畜生,它是个严谨的畜生。吃一块肝就是一块肝,一条血管都不多碰。还是个爱干净的畜生,每一缕肉撕下来,都甩一甩血滴子才吃,不弄脏嘴周围的毛。

---

① 伊娥:彼拉斯齐国王的女儿。宙斯爱上了她,为了躲避妻子赫拉,他把伊娥变成一头白色母牛。赫拉看穿了丈夫的诡计,故意让他把牛送给她。他只好照办。赫拉派一只牛虻去叮咬她,折磨她,令她在大地上狂奔。

第二百五十年，他发现自己在盼着那个时候，刀尖似的影子刺透一整块天空的时候。它越飞越近，豁出的洞越来越大，就像在他肚子上开洞一样。

它不仅是鹰，也是一部分的他自己。他的血肉在它胃中消化，成为它眼中神采、羽毛上的光泽、两翼舞出的风。

第二百六十一年的某天，它迟到了小半天，傍晚才来，赫利俄斯的车已经快驶回去了。

它落下来，爪子尖深深扎进他大腿，双翅在空中扇动几下，稳住身子。他仰头望天，肚子上传来一阵熟得不能再熟的疼，皮肉破开了，内脏暴露，风闯进来。他几乎是带着欣慰的心情，品尝那痛和冷，嘴里自言自语：真奇怪，我刚才居然怕你不来了，我怕暴君收回这项命令……唉，我可能真快疯了。

他没想到鹰会答话。它吞下口中一块碎肝，抬起小小的头，晶亮的眼盯着他，说，今天赫拉派我去办事，所以来晚了。

他惊诧地瞪着它，判断听到的声音是不是囚徒的幻觉。鹰低头，叼住肝左叶和右叶中间的血管，用力一扯，血管断了。它又说，生活在奥林匹斯的，不是人间普通的鹰，会说话有什么奇怪？它有几个元音发得不准，受鸟类的窄喉咙所限，嗓音有点尖厉。

他问，赫拉派你去干什么？

鹰埋头分解他的肝，不再出声。

那天之后，它来之后，他不断说话，除了第一块肝被扯下来、痛得开不了口那一阵子。第二百六十五年，鹰只答了他三句话。第二百六十九年，它说了五句。

第三百一十年，他跟它滔滔不绝，它会讲上八九句。到第三百三十年，他们才有了能称为交谈的片段。

他向它打听人类与诸神的近况。鹰说，你不是会预知吗？

他说，预知不是全知。预知像雾里找路，看到一些，看不到一些。有时能看到轮廓，看不清细节。连我自己的命运，我也并不全然清楚。

鹰遂给他讲人类有了哪些进展，能制造怎样的武器互相搏杀，一人与另一人搏杀，一个国与另一国搏杀；又讲宙斯故技重施，趁某位国王的女儿在林间散步时，变为白兔现身，他以为那女孩会娇呼一声，把他抱起来，搂在软嫩的胸口，谁知那公主崇拜的是他女儿阿尔忒弥斯，一见兔子，欢呼着让侍女放猎狗，拿弓箭，一箭过去，差点射中兔头。宙斯慌忙逃命，甚至忘了恢复本相，用四只兔脚跑出一箭之地，才想起化成一道烟雾飞上天，溜回奥林匹斯山①。

普罗米修斯哈哈大笑。几百年没笑过，他脸上肉都技术生疏了，一个笑拼得七扭八歪，不成样子。他使劲往后仰脖，不顾那样会把伤口扯得更疼。喉咙拔直了，方便那些笑声冲到更高的地方，到云端，到山巅，那些有肝、没心肝的神住

---

① 这个故事是本文作者杜撰的。

的地方。这次快活的代价没落在他身上。次日鹰来,他再跟它说话,鹰朝他大张开金黄色的喙。他仔细一看,那粉红的菱形口腔空着,舌头不见了。

宙斯听到了他的笑声,作为惩罚,切去了鹰的舌。

鹰不像他,一夜就可以长回一块肉。他每天问它,你的舌头怎样? 四十六年后,它答了一个词:我……

他大喜:你又能说话了。

它点一点淡栗色毛覆盖的小头。吃完那一日的肝,嘴角沾点血,毛羽中间镶的琥珀似的眼,中间一粒漆黑瞳仁。它瞧着他,一动不动。除了神和人,动物本不该有表情。但他觉得它有。

它说,我知道了,原来"疼"是那样的。

它展开大翅膀飞走的时候,他以为那是它跟他说的最后一句话。然而翌日它竟主动开口。它说,为什么你只有肝会长?

什么?

快四百年了,你的头发和胡子不该垂到地上,像赫拉的花园里的常春藤? 为什么才长到胸口?

他说,啊,我也没想过。也许不吃仙粮,就长得慢? 从前我的髭须只有一点点长,我太太最喜欢伏在我背上,手掌抚摸我的胡子。

鹰说,她再没来过? 我是说你太太。

他说，现在除了你，没人会来啦。

它说，我也不是人哪……

他笑，一笑即敛，怕又害它丢了舌头，他丢了谈话对手。

有一天他问，塞墨勒①怎么样？

你是说狄俄尼索斯的母亲？你果然还是更关心凡人。那妇人在酒席上又出丑了，她大声跟狄俄尼索斯说，儿啊，你真该娶老婆、生娃娃了。像墨尔波墨涅就不错②，悲剧女神跟酒神配成一对，天造地设；又说她从前在人间时就看到戏院里的作家、演员同时敬奉他俩③；又对墨尔波墨涅说，你若是把头上那个柏木枝圈子拿下来，会好看得多。

---

① 塞墨勒：忒拜公主。宙斯爱上她，答应满足她任何要求。她说，最大心愿是一睹天帝的风采。这个可怕的愿望是天后赫拉注入她心中的。宙斯没办法，只得现出真身，塞墨勒一下就被炙人的强光烧死了。宙斯由她体内夺下胎儿，缝在自己腿上，直到孩子出生。这孩子便是狄俄尼索斯。他长大后思念母亲，到冥府去寻母，找回了母亲，将她带到奥林匹斯仙境，众神答应接纳她——她虽为凡人，却是神明之母，所以也能跟众神住在一起。

② 缪斯女神共有九位，各司其职。墨尔波墨涅是悲剧缪斯，她的形象是一手持短剑或棍棒，另一手持悲剧面具，头上戴着由象征哀悼的柏木枝编成的冠冕。其余八位，波丽儿为喜剧缪斯，克丽欧为史学缪斯，乌拉尼娅为天文缪斯，忒耳西科瑞为舞蹈缪斯，卡莉欧碧为史诗缪斯，爱拉陀为情诗缪斯，波丽海姆尼亚为圣歌缪斯，欧忒耳佩为抒情缪斯。

③ 根据亚里士多德在《诗学》中的记载，悲剧起源于祭奠狄俄尼索斯的庆典表演。每年春季葡萄藤长出新叶或秋季葡萄成熟时，希腊人都要举行盛大的庆典祭祀酒神，人们在戏院演戏，作为给酒神的圣礼。

他说，我记得几百年前墨尔波墨涅爱上过一个叙拉古的王子……她怎么说？当然不会答应吧？

它说，是的，墨尔波墨涅沉下脸不理她。塞墨勒又转向她儿子说，你到底中意哪一个呢？哪怕你像你叔叔哈德斯那样，坐着马车，把看中的姑娘直接带回来也好。

普罗米修斯叹道，这话可讲得不太对头！冥王抢走珀耳塞福涅——他跟他兄弟宙斯一个样儿，一个蛮横狂暴的浑蛋——她母亲得墨忒耳日夜哭泣，差点死去，也导致人类大地一整年颗粒无收。这是值得效仿的吗？

鹰说，得墨忒耳也在席上，一听那话，脸色就变了，掷下酒杯要走。狄俄尼索斯跑过来替母亲道歉，地板上长出葡萄藤，一下挽住她的双脚和双膝。他又亲手送上盛满紫色仙露的金杯，求得墨忒耳喝下，表达谅解。

他说，得墨忒耳是个善良妇人，肯定喝了。

它说，她阴着脸勉强饮了一口……狄俄尼索斯离席之后，无处泄愤，朝人间一挥手，把半个底比斯的女人变成耍酒疯的婆子。她们挥舞带松果的树枝，说那是权杖。她们把丈夫、情人和儿子捆起来，撕成一块块，配着葡萄酒吃掉——有那些女人衬托，他母亲就显得正常多了。

有狱卒的囚犯，胜过无狱卒的囚犯。每天他等待的心情迫切、清晰。等执刑者到来，等剧痛让心脏疯了似的狂跳，让视线模糊，胃部抽动，阵阵恶心。英雄必须有一个斗争的对象，恶龙、食人马、疯狂的野猪——是这个可供斗争的东西，令英雄成为英雄——这对象也可是他自己的肉体，肉体带来的困厄。

因为有鹰，他感觉自己比西绪福斯幸运，也比他那扛着世界的圆顶、肩挑支撑天空的柱石的兄弟阿特拉斯幸运。

第四百年的一天，它问：你本来是泰坦神族，为了支持宙斯，背叛你自己的族群，又为了人类，背叛宙斯，为什么？

普罗米修斯说，因为我总忍不住要站到弱势那边。

第四百二十一年，他心里冒出一个念头——它可能爱上他了……这念头太可笑，祭司会爱刀尖下伏卧的牛？刽子手会爱眼前那截脖子？然而他觉得，它弄破他肚皮的动作温情脉脉，几乎可以说，是温柔的，带着怜惜和不情愿。它把头探进去时，头总在切口边缘轻轻蹭一下，像小猎狗蹭猎人的小腿。鹰走后，他低头跟那颗心说，你啊，你真是疯了。

第四百六十五年，伊阿宋等人的"阿尔戈号"从山下航过，舟小如叶，未来传奇故事里的英雄与负心汉如树叶载的蚂蚁。少年们仰起头，指指点点，一张张白脸像叶上露水。俄耳甫斯在船上奏琴唱歌，尽管离得远，但他的歌有魔力，传得远，再加上山风吹送，清晰地进普罗米修斯耳中。他愉快地听了半支歌。此后几年，他寂寞时就唤出记忆，让歌声在脑中盘旋。

后半支曲子，十年后才补上。俄耳甫斯没能救回妻子欧律狄刻，丧魂落魄，四处乱走，路过这处山崖。鹰刚飞走，普罗米修斯佝着身，正在创口初生的疼痛中哆嗦。俄耳甫斯叹道，可怜可敬的神，我给你唱一首歌吧。

他盘膝坐下，拨动琴弦，开口唱歌。正好是十年前风给普罗米修斯送来的那首。琴声歌声，如止痛药。普罗米修斯慢慢直起腰，在歌声里他做了一刻的自由人，没有镣铐，没有痛苦，一瞬珍贵的错觉。

歌结束了。俄耳甫斯伸开手掌按在弦上，止住它最后的颤动。普罗米修斯说，谢谢你。俄耳甫斯起身要走。普罗米修斯闭上眼，望向他生命终点的图景，看到他的头在绿草地上滚动，在泛着白沫的海浪间漂浮。

他警告他：别回色雷斯！你想流浪，去迈锡尼、阿尔戈斯、帖撒利，或者吕凯翁山的幽谷，总之不要回色雷斯。

俄耳甫斯思索一阵，笑道，我明白了。谢谢你的警告，有你这话，我反倒想回色雷斯了。

看着他走远，普罗米修斯那裸露在风里的心更冷了——因预警而改变，原来也是命运的一部分。那首歌伴他好久好久，直到鹰告诉他，俄耳甫斯在色雷斯被狂女分尸。求死的人，得到了死。

"阿尔戈号"的成员中，还有一位忒修斯①。多年后他和朋友庇里托俄斯被困在冥府，伊娥的第十三代子孙赫拉克勒斯想要救出他们，但只把忒修斯带回人间。这位赫拉克勒斯还将完成无数功业，包括解救普罗米修斯，射死吃他肝脏的鹰。

第四百七十七年，普罗米修斯看到一驾龙车掠过天际，驾车的是伊阿宋的妻子美狄亚。哭声如带血的雨点落下。

第四百九十九年的一日，鹰说，你的胡子长得太长了，总沾上血。要不要剃一剃？

他说，好。你会剃胡子？

鹰飞走，又飞回来，弯弯的喙叼着石片。石片上有打磨、砸砍的痕迹，是早期人类制造的工具。它落在他肩头，趾尖抓进他肩头皮肉里。石片在普罗米修斯的面颊剐蹭，胡须落下，随着那些毛发一起割裂的，还有毛发下的皮肤，几条血口，渗了点血。等刮完胡子，鹰扇动两翅，扇出风来，把沾在胸口的断须吹走。

---

① 忒修斯：雅典国王。为人勇敢、睿智，广受爱戴。他解开了米诺斯的迷宫，战胜了吃人的牛头怪物米诺陶诺斯。他又曾劫持海伦，还跟朋友庇里托俄斯一起到阴间去，试图劫持冥王哈迪斯的妻子珀耳塞福涅，因此被扣押在冥界，后来被大力士赫拉克勒斯救出。

它看着他的胸脯，迟迟不下口。

普罗米修斯柔声说，来吧，打开你餐盘的盖子。

它抬头问，你在雾中见过那一天吗，你重获自由的那天？

他答：是的，有人会来救我，但时间我不知道。

它说，那人也会杀了我，是不是？他看着它，缄口，目光缓缓移向远天。他确实见过，那金发拳曲、肌肉突起的汉子拉满弓弦如圆月，一箭射中羽毛覆盖的胸膛。

令他意外的是，它眼中闪起渴盼的光。

它说，不，你想错了，我不怕，我只祈祷他早点到来，那时，我这刑罚也能结束了。

它小小的头在他锁骨下方毛茸茸的、温暖地倚靠了一阵。山风浩荡。它把喙搁在他胸口，在皮开肉绽之前，那动作轻柔，如一个吻。

第十八万二千四百九十九个清晨，普罗米修斯低头看着胸腹之间。

那儿完好如初，昨天的血洞消失了。永生神的皮肉，第十八万二千四百九十九次筑起屏障，把一块新生的肝脏挡在后面。

第十八万二千四百九十九张空白书页，在他眼前揭开。山石冷如巨大冰块，他活动两个手腕，活动脚尖，绷紧肌肉，直到身上缠绕的铜链和脚镣深深勒进肉里。他不知道，他的镣铐和他的鹰只剩半天的命,今天傍晚赫拉克勒斯将随晚霞一起到来,救他下山。

蓝黑的天色转为淡紫。曙光女神手擎火炬,在天上徐行。太阳神赫利俄斯的战车升起,车速逐渐加快,驶向玫瑰色的天穹。

人间的人们说,瞧啊,太阳升起来了。

豆茎

1

这是我十六岁那年听到的故事。

那时上学靠抽签,反正学费全免,老师也是轮转制,进哪个学院差别不大。当然,学院跟学院之间还是有差别的。我表姐比我大两岁,她抽到了庸常学院。第一学期他们就上了天,坐的是校友捐赠的飞行器。有一段时间,她总给我发她的小母马"黛西"的照片,那是课上他们人工培育的,每人一匹,养育小马算是劳动课的附加学分,再过几个月,小马长大,他们就牵着马到体育馆的围栏区去学马术了。

我做梦都想去庸院,快想疯了。我甚至提前想好了给马取什么名:公马叫"法老",母马就叫"女武神",黛西是什么破名字……

抽签那天我默念"庸常庸常"走进教育部的抽签室,输入姓名,按下选校键。两秒后,屏幕上跳出学院名字:普凡。

普凡学院,在普凡城,离家三个小时飞机路程。那就是我要待上整整六年的地方。

离家去学校那天早晨我流着眼泪，跟猫告别，跟烹饪机器人告别，跟院里的仙人掌告别……直到我爸捂住眼睛摇头，我妈断喝一声："行了！快滚！"

城如其名，整座城围绕学校建设。走在任何一条街上，都能看见远处城堡的庞大身躯在蓝天里闪光，那是学校的主楼。街上净是年轻学生，男孩长发飘拂，女孩剃平头，头发染得七彩，有人踩着漂浮板，有人骑独轮车，嗖一下快速滑过去。他们进咖啡馆和餐厅时，漂浮靴和独轮车随手一抛，扔在路边的黄色充电框里充电。

路边立着箭头标牌，指示前往学院的路。我拐到一条路上，忽听背包里有叮叮的提示音。打开包一看，发现学院提前寄来的一只手表，自动开机了。我戴上手表，它的表盘亮起来，冒出一个不男不女的（自以为亲切的）合成音：

"亲爱的新鲜人，普凡学院欢迎你。祝你在就读期间，找到最伟大的自己（我翻了个白眼）。现在请跟着我的指示走，让我们前往庆典礼堂，参加新生欢迎仪式。前方路口，左转……"

哼，幼儿园小孩才戴监测表好不好！

人家庸常学院给新生送的，是高智能仆从型仿真宠物。

宠物外形，学生入学前可自选。当然，学校不会提供座头鲸北极熊这种选项，否则餐厅教室统统要挤垮。能选择的最大型号的宠物，至多是小熊猫、针鼹、企鹅（阿德利企鹅、小蓝企鹅、冠毛企鹅……帝企鹅太大了不能选）。

我表姐选了一只帽带企鹅，她的水球队长男朋友的宠物是狐獴。

反正什么动物都比一块说话不男不女的手表强。

就这，我表姐还不满意，抱怨说校董的小女儿独享全校最大的宠物：一头粉紫色犀牛。而"犀牛"根本不在普通学生的选项里。那姑娘每天骑着它悠然上下课，有时还故意穿比基尼在犀牛背上做倒立瑜伽。

让我选的话，我选鼩鼱。我会把它放在胸前口袋里，轻声跟它讲话，听它汇报明日的天气、温度，哪间健身房和乐器室有空位，哪个餐厅的自动餐机有了新口味的牡蛎酥盒点心……

但现在，我只有这块简陋又寒酸的手表。

我长叹一声嘟囔：破手表，破学校。

普凡学院没有正式的校门，根据破手表的指挥，我到达了主教学区。就算是进了校园吧。只见宽阔的路面上，一行大字闪动柔和的荧光："普通但不平凡，做最伟大的自己。"

手表尽心尽力地讲解道："你眼前的路叫'伟大之路'。路上的字是普凡学院的校训。普凡校歌的名字也是《最伟大的自己》。去年这首歌推出了最新编曲的版本，演唱者是歌手百丽儿·No.3·嘉文，四个百丽儿复制人里最受欢迎的那个。"

我说:"给我播一遍校歌。"手表里立即传出一段旋律,是挺好听的。

—— 可百丽儿复制人算什么呢? 去年给庸常学院唱新校歌《平庸者》的,是现在最红的摇滚乐队"地狱火",那首歌在"全大陆排行榜"上足足火爆了几个月。

沿林荫路往前走,路旁是修剪整齐的低矮灌木,中间点缀着石头围成的花坛,很多植物我都从没见过,有的球状花冠大如婴儿头颅,有的花活像一只狗脸,有的花蓝底黄波点,有的花瓣是奶牛似的黑白花纹……

左转右转,我到达了城堡前的空地,空地中心一个大喷水池,有半个篮球场那么大,水中四个方向各有一组大理石雕像,有扬起双手做跃出水面状的人鱼,有被鹰撕咬的普罗米修斯,有跟狮鹫搏斗的健美青年,还有一对牵手跳舞的男女,每组石雕背后,水嘴喷出一条水的弧线。

雕像是好看,但太老气了。人家庸院广场上喷泉里是两米高的全息立体影像(感谢我表姐,她学院值得炫耀的东西我都看了一遍)。反正全大陆所有学校都免费用电,干吗不弄个酷一点的东西?

还没进庆典厅,就听到一阵掌声,显然我来晚了,大厅最前方的石台上,有一个高挑俊美的银发黑女人正在讲话,她笑盈盈说:"……而我作为校长的职责就是……"

等等,我怎么记得普凡的校长是红头发姜饼人? 去年

"红发骄傲"游行的代言人就是她，可出风头了。台下坐满学生，我弯着腰溜进去，在倒数第三排找了个空位坐下。校长女士一面讲话，一面伸手拨了拨闪着银白光泽的齐耳短发，我发现她手上的皮肤颜色跟脸色有一丁点不同，哦，她头上戴着"套妆"呢。

"套妆"，就是一个套子，有脸套、头套、全身套。穿戴之后紧密贴合五官，不会让你看起来像换了个头，但会让你有年轻无皱纹的嫩脸，而且眉眼口鼻的彩妆，都已经涂画好了，绝对是顶级化妆师的水准。那玩意儿跟酒精一样，年龄超过二十一岁才能买。

我妈超爱那玩意儿。她有二十几个"全头套妆"，带头发的，每个套妆的头发颜色、脸皮颜色不一样，面部彩妆跟发色肤色搭配得正好，就像一杯提前放糖和奶精的速溶咖啡。她每天早晨花五秒钟套上，就可以出门上班了。大部分套妆爱好者都剃光了头发，只为更贴合套子形状，我妈也不例外。

前年她生日，我爸送了她一个几万块的"全身套"，是她最崇拜的女影星达芙妮·杉树的专属授权肤色：晚霞似的粉紫色皮肤，灰紫色眉毛头发，夜空似的深蓝眼影，金月似的丘比特弓形上唇，以及丰满的胸脯屁股。

我妈专为它买了个超贵的人体模特架，平时把"达芙妮"的皮撑在上面防皱。等到我奶奶、姑姑飞过来圣诞聚餐，或是我爸公司跨年宴会那种大日子，她就郑而重之地穿上全身套，变成一个紫色达芙妮。

她许诺说等我去参加毕业舞会时，就让我穿一次……她不知道我早就偷偷穿过一次了。不好看，我还是喜欢超模拉扎科娃代言的蒂芙尼蓝皮肤。

我妈也不知道我跟我爸达成了一个秘密协议（带录音，带电子合同，我们俩都认真摁了指纹）。他说如果我这六年不嗑药、不逃学、不意外怀孕（我说服他加了"意外"，我真是天才）、不非法堕胎（"非法"，天才行为×2），成绩不用拿特等，只要拿到二等以上（这条其实最简单，毕竟只要没烧过宿舍没打过老师论文交齐，学院基本会慷慨地给个一等），他就奖励我一副蒂芙尼蓝的"全身套"。

想到这儿，我转头扫一眼身边的未来同学……没看到什么能打动我的脸，男的没有，女的也没有，嗯，感觉"不滥交"任务可能不难完成。

校长："我们普院有一个光荣传统，每年的开学日，普院老校友们会回到校园，作为志愿者一对一带领新同学参观校园，为你们讲述普凡的一切！他们会告诉你们，戏剧周和艺术展有多好玩，夏夜舞会有多精彩。"她挤挤眼，"还有一些著名的午夜传说，比如实验楼的'清醒骷髅'，闹鬼的温室……"

笑声和掌声之中，一扇侧门打开，一群人走出来，微笑，挥手。其中几位中年男女，一看就是世界之盐，他们打扮得像财经杂志的封面人物，清瘦，神采飞扬得有些过头，还特意不戴套妆，显出自然肤色和一小片鬓边白发。有几个人看起来像学者，秃头驼背，其貌不扬，但眼中闪烁着和善聪慧的目光。

还有一位浑身刺青的壮汉，他的脸颊、额头、耳垂上、剃光的头皮上，都刺满图案和词语，我知道他，他是个著名动保组织的领袖，身上文的都是濒危动物的名字和画像，如果选他当导游，估计他会全程讲给我校园里现存多少种鸟类、多少种昆虫、多少种啮齿动物。但涌向他的学生是最多的，好吧好吧，你们去抢好了。

最后从门里出来的是一位坐轮椅的老太太，给她推轮椅的人是个蓝色的人……

天哪，天哪！是拉扎科娃！

我激动得头皮阵阵发紧，正要冲过去告诉她你的每场秀我都看了十几遍，却见另一个人抢到了我前头，是校长。她提前张开双手，像要抓住什么东西似的跑过去，跟那个大蓝人拥抱。

身高将近两米的拉扎科娃，把校长抱得双脚离地，接着微笑（她笑起来可真美）拍了拍校长的黑脸蛋。她们像两个一学期没见的小表姐妹一样，开始急速说话，夹杂着叹气、拍肩膀、拿手捂着眼睛大笑……

我知趣地在三步之外立正等待，等她们聊完。

拉扎科娃推进来那个老太太，也坐在一边，像个静物。

她扎在脑后的头发已经全白了，不是校长那种故意染出来的银白，而是一种缺乏生机的灰白。她穿着宽大的黑衬衫，黑西裤，大腿把布料顶出两条很细的隆起，裤腿底下一对黑皮鞋，鞋面干净极了。

就在我打量她时，她慢慢转头，朝我望过来。我赶紧低下了头。

大厅里渐渐静下来，人们结了对，走出去。校长终于再次向拉扎科娃张开双手。两人抱在一起，左右摇晃两下。我心里松一口气。校长朝老太太点头致意，转身离开。

我赶紧走过去，朝拉扎科娃鞠个躬，大声说："您好，我是否有幸请您带领我参观校园？……"

"嗯？"她怔了一下，"实在对不起，宝贝，但我是为了我侄女来的。"拉扎科娃从高高的头颅上俯视我，露出一个蓝色的歉意的笑，伸手朝我身后一指。

我回头，才发现有个瘦女孩坐在第一排椅子上，正警惕地盯着我。

我的心沉了下去，努力掩饰惊慌、窘迫和失望，往后退一大步，说："哦，对不起，拉扎科娃女士，实在对不起。"

拉扎科娃朝四周看看，"糟糕，你为了等我，把大部分选择都错过了，要不然……"索菲抢着说："我不接受。姑姑，普院传统是'一对一'，不是一对二。"她朝我投来厌烦和居高临下的一眼。

忽然那个老太太开口说:"我带你参观,孩子。"

我们都瞧向她,脸上也都现出一丝愧疚。衰老真残忍,老年人是如此容易被忽略不计。

老太太显然对此心知肚明,她宽厚地笑了笑,在扶手上按了一下,轮椅嘶嘶地朝我滑过来,她主动说:"走吧,你会发现你这个无奈的选择也没那么差。"

拉扎科娃说:"谢谢您,祝您健康,再见!"老太太不回头地扬起手:"再见,拉扎科娃小姐,谢谢你给我讲的笑话。"

我垂下头,跟随那个嘶嘶声走了出去。

"你叫什么名字?"我们走到阳光下,她问。

我勉强打起精神,"抱歉,应该我先问的。女士,我叫冰十四·帕蒂。怎么称呼您?"

"你叫我锌小姐吧。冰十四是什么意思?"

"我在冰库里冻了十四年——我妈冻卵十四年后,把我取出来,塞进人造子宫养成人。她有时开玩笑说,我其实还有三个姐妹,取出来不想要,丢进碎冰机做杧果沙冰了。"

她笑得更大声。我们绕着那个喷水池往前走,她眼望雕像叹道:"多美。"出于礼貌,我没出声。她说:"我知道,你们年轻人肯定觉得立几个不会动也不闪光的石头人,乏味又土气,是不是?"我嘿嘿几声,没搭话。

穿过草坪,树荫下的路面上,有一排十个黄方框,中间一块太阳图案，那是"充电区"的标志。十个框，三个有人，还有一个框里排列了七八个球形清洁机器人。一个头发染成紫色的男孩席地而坐，身边放着十几双鞋，从运动鞋到雪靴。就像有人把脏衣服攒半个月一次洗掉，也有人等鞋的调温电池全部没电，一次性充满。

不过调温器不负责除臭，他那鞋子矩阵的味道，杀伤力惊人，真应该送回"二战"时期去击退纳粹。锌小姐把轮椅开到离他最远的一个无人框里，两秒后太阳亮起来，像呼吸一样闪烁。她说："十分钟就能充个半满，别急。"

我说："不急不急。"我抬脚看看鞋，调温电池也快没电了，于是我也站进黄框里。

阳光逐渐变得灼热。走过的人三个锯齿形的箭楼像发髻似的从塔楼上竖起来。锌小姐："呃，要不我从这座城堡讲起？它其实是一座复制品，从外墙、护墙、门楼到角塔、内堡，都一比一忠实还原了几世纪之前的……唉，你恐怕不爱听这个吧？"

确实不爱听，我只想听温室鬼故事，还有什么骷髅，但直说会让老人家伤心。我正想该怎么回答，忽听刺的一声，草坪上升起几个亮闪闪的金属头，一组透明水线像一朵花似的射出来，喷向四面八方，空气中细密的水雾被阳光照着，呈现淡淡的彩虹色。附近路过的学生们纷纷发出欢呼，跑到水线下面，发出快乐的尖叫。

锌小姐和我都出神地看了一会儿。她说："电充得差不多了，咱们走。那孩子的鞋里是不是有死老鼠？他舍友可真是仁慈，居然还没下毒毒死他。"

我忍着笑。轮椅嘶嘶地离开充电区，回到路上。锌小姐说："刚才你们校长说，让我们讲讲戏剧周、艺术展，还有夏夜舞会。其实有什么可讲的呢？我七岁的外孙女上的初等学校已经在搞这套玩意儿了，还用得着我们讲？反倒是一些非官方的老传统还值得说说，虽然我也不知道四十年后，那些传统是不是还在。"

"有没有那种……有点恶心的传统？"

"恶心是什么意思？"

"我表姐跟我讲过庸常学院的新生传统：入学第一个月圆之夜，新生们要排队走到湖边，亲吻从湖中捞起的、又湿又腥、拼命挣扎的鲇鱼；还有，新生要认一名高年级生当'姨母'，要跪下，舔一口姨母的皮鞋，然后双手送上一块奶酪当礼物，才算仪式完成。"

锌小姐咧开嘴角，做个呕吐的表情，两条椒盐色眉毛皱到一起。"亲吻鲇鱼这个我知道，舔皮鞋第一次听说。你放心，普院没这样的传统。"

半男半女的声音突然响起："前方到达：第三餐厅。"

锌小姐被惊了一下，一缩脖子，"什么东西？"我扬起手腕让她看。手表继续说道："第三餐厅为素食主义者、反油脂主义者提供多达五十六种特色餐食。一楼自动餐机可选择十七种点心……"我在表的显示屏上猛戳,再猛戳,总算让它闭了嘴。

锌小姐说:"监测手表?嗨,又不是幼儿园,也不是医院,发这玩意儿干什么!"

我在她轮椅把手上一拍,"对,就是!就应该发一个……"我没往下说。

锌小姐似笑非笑地瞅着我,"你是想要个智能宠物?还是私人管家?——我听说中简学院给每个学生配一位私人机械管家,更羡慕了吧?"她冷笑一声,"但中院呀,人家根本不参与大抽签。"

我低下头,"我也没那么贪心。其实有个最最最普通的宠物鼩鼱,我就知足了。"

锌小姐的声音变得有点怪怪的,"孩子,你根本不知道,你认为最普通的东西,其实有多么不普通。"

说实话,她这句我没听懂。但当时我天真地以为我懂了。我俯身在路边花圃里,摘了一朵白底蓝条纹的花,递给锌小姐,"我明白您的意思。就像这花,这个这个,我不知道它叫什么名字,等会儿咱要是遇到那个浑身刺青的大叔,可以问问他,他绝对知道……虽然花圃里这种花开了很多,貌似很普通,但它其实是植物学家花了很多年修改、调整基因才培育出来的,所以它一点都不普通——我说得对吧?"

锌小姐嗅一嗅花，朝我展开微笑，"这花叫'巴斯琴之旗'，它'父亲'巴斯琴博士家乡的旗帜是蓝白两色，所以他培育了这种花。可别碰它的花蕊，花蕊有一点毒性，对皮肤不太友善——哼，别问我怎么知道的……好了，既然到了第三餐厅，我就讲讲第三餐厅的传统禁忌。

"你看，第三餐厅的台阶，每一级都刻了一位已故教师、校长和杰出校友的大名。这是蛮好的纪念方式，对吧？可谁料得到呢，有一位安·盆地·迈耶教授，去世后三年警察才发现，他居然是一起入室奸杀案的凶犯。

"普凡校方倒没换掉刻着他名字那一条阶梯，只是在下面加一行注解，说明此人是杀人犯。又刻下了受害者的名字，并为受害者雕刻了一束花。你记住，那级'迈耶台阶'不能踩，绝对不能——大概是从上往下数第十级……哎，你瞧你瞧，正走上去的那个男孩，他走到那里，一个大步跨过去了，看到没？……等你上台阶时，你一眼就认出来，只有那一级特别新，特别干净，因为所有普院人都坚信，踩了它就会招来厄运，倒大霉。"

我使劲点头，"最干净那条台阶不能踩，好，记住了。"

锌小姐操纵轮椅转向，"走，咱们进去拿个冰激凌吃。"石头台阶旁有轮椅升降装置，她把轮椅开到平台上，平台缓缓上升，我跟在她旁边走，路过"迈耶台阶"时双脚并拢，一跃而上。

现在还不是午餐时间,餐厅里人很少,只有两个上午没课、起得晚的学生在一面海洋景观墙边吃早午餐。假阳光假海鸥假海水的墙根底下,有一大片又白又细跟面粉一样的真沙子,那两个姑娘铺开一大块蓝格子早餐布,脱了鞋,只穿背心短裤,盘腿坐着,把播放器架在早餐篮上,一边看电影,一边往烤面包上抹奶油,就跟真的海滩早餐一样。

锌小姐说:"我们上学那会儿没这个。十年前我回普凡来参加一个什么什么颁奖典礼 —— 那时我这两条腿还能没沦为摆设 —— 第一次看见这玩意儿,哇,简直羡慕死了。

"我问他们,每天到这儿吃饭用不用预约?是不是得抢位置?结果他们说,不用,没那么热门,第四餐厅的树屋区才真需要预约,因为普凡鸟类研究员繁育的几种珍稀鹦鹉就放养在那儿,吃饭时鹦鹉会飞过来讨要食物,还会给人念诗……"

她轻轻摇头,啧啧几声,"不过后来想想,即使我上学时有这玩意儿,我也不会到这片假沙滩来,因为莉莉肯定不会来。"

我问:"莉莉是谁?"

轮椅一转,锌小姐留给我一个扎着白色马尾辫的后脑,"是我同学。快过来,你要什么口味的?……这一排餐机真是四十年不变啊,对我们这些老东西来说,最欣慰的就是看到老家什还健在。好了我选好了,我要杧果沙冰。"她回头一挤眼睛，我笑了出来。

一杯黄澄澄、插着小勺的沙冰在传送带上移出，停在取物口。我帮她拿过来，她从轮椅的扶手里拽出一个小桌板，一杯沙冰放到面前，立即抄起勺子往嘴里舀一大口，仰头眯眼，"唔，还是这么好吃。我以前每次都只吃牛奶沙冰，莉莉呢，她每次都点不一样味道的，从第一个选项依次往下，就像从A，数到B，最后到Z，再到A……"

等我吃着加杏仁碎片和覆盆子果酱的冰激凌走出餐厅，我的心情已经变得很好了。锌小姐用小勺指着左前方一幢翠绿色的楼，说："那是卡佩实验楼，卡佩家族出钱盖的。每隔几年他们还会再给买一批新仪器什么的，就像小孩给娃娃屋里添置家具。二楼的人体生物学实验室，有一副骷髅骨教具。很多很多年前，一个叫纳皮娅的十七岁女生，从城堡箭楼跳下来自杀了。

"她留有遗嘱：遗体捐给学校，不过肋骨上要刻一行字，'切勿沉迷爱情'。看这句话，你也能猜到她自杀的原因。纳皮娅去世的八月十一日被命名为'清醒日'。每年的那一天，普院的姑娘们把骷髅擦洗一番，精心打扮，抬着它在校园里游行，一面走，一面唱歌。再过十天是今年的'清醒日'，你就能亲眼看到了。"

这个传统我喜欢。我想起我妈的紫色"达芙妮"，说："如果给骷髅蒙上一副'全身套妆'，不就像她又活过来一样吗？

哦，我忘了，你上学那年代是不是还没有全身套？"

轮椅停了，锌小姐瞧着我，停顿了几秒，才说："你错了，孩子，我们那时候已经有全身套了，也带头发的，也有手脚指甲，只不过没现在你们用的这么精致，穿在身上贴合得那么紧密、那么透气，像另一层皮肤……不过全身套更昂贵，绝大部分人只在重要场合租来用一天。每次清醒日游行，大家会筹款给纳皮娅租一副全身套，套上去，再穿衣服。没错，就像她复活了似的。"

她眼望着天边一块蝴蝶结形状的云，沉吟一阵。

轮椅又嘶嘶滑动起来。"我进普凡的第一年，开学没多久，就赶上第一次参加'清醒日'游行。那一年她们给纳皮娅的骸骨穿了一副红发套妆，红发代表她跳下来、头颅撞地碎裂所流的血。

"你肯定知道，'套妆'的脸部分，没什么形状，软极了，是为了预备贴合穿戴的人的五官形状，但骷髅头骨没有五官怎么办？有一位高年级艺术组的女生站出来，用陶泥给纳皮娅塑了一个头，再把皮套子套上去，就成了一副非常美、非常生动的模样……

"唉，这里又有另一个故事：做泥塑的女生说，这是她妈妈的样貌。她父母婚姻失败，母亲跟情人出走，后来从情人那里再出走，再后来就失去联络了。

"我负责帮纳皮娅穿衣服。穿的是医生的制服：蓝上衣蓝裤子，白外袍，据说她生前愿望是当一名上手术台操纵机械手的心外科医生。艺术家女孩抚摸头套上的红发，撩开耳后一绺头发，掏出小刀，在发丛中刮去银币大小的一块，又用刀尖在那儿的空白头皮上刻了一个字母β。

"她转头看我，不好意思地一笑，说，我妈头皮上就有这样一个秘密文身，β代表我，她常说她是我的阿尔法，我是她的贝塔。她说到这儿，转头望着那张脸，双眼红了。我低头给纳皮娅系扣子，不敢看她的眼睛。

"游行从下午五点二十三分开始。那是纳皮娅的死亡时间。四个高个女孩把两根长棍捆在一张硕大的木椅子脚上。纳皮娅靠一条绳子'坐'在椅子上，被抬起来，走下楼去。乐队簇拥在周围，敲鼓、吹笛子。合唱队唱歌。途中有不少女生和男生加入进来，笑嘻嘻地跟着走。队伍越来越粗，绕校园一周，持续一个半小时。结束后，纳皮娅被抬回实验室。

"有那么几分钟，我们恰巧都不在那个房间里，忙碌着收拾走廊里的横幅、彩带、标语、乐器……再回来一看，端坐在椅子上的，只剩骷髅骨架。

"医生的上衣裤子外袍丢在地上。那副全身套不见了，怎么找也找不到。纳皮娅的复活时间结束了。"

我听得脑后一凉，"啊？"

锌小姐微笑："呵，你们不就爱听这种学院怪谈、鬼故事吗？"

"到底怎么回事？后来也没找到？……全身套很贵的！你们没报警吗？"

过了一会儿，锌小姐说："后来我们一致认为是纳皮娅自己脱下套子，扔掉了。无论生前死后，她都希望用真实的样子面对世界。再后来我们又筹款把租赁的罚金交清了。那年之后的'清醒日'，大家再也不给纳皮娅套什么东西，只给她戴上花冠、花环，然后抬下楼去参加游行。怎么样？这个传统还蛮值得一听吧？"

这时我们已经离开教研区，到了娱乐与住宿区。这里的人更稠密些。地面上的黄框充电区里，有圆筒形的喂猫器，猫走近，喂食器扫描识别，便自动弹出水槽和猫粮槽。隔几米有更大号的喂狗器，一头金毛犬和一头牧羊犬并肩埋头在食槽里吃，几个学生围着它们，含笑看着，给狗捋毛。

几座大型建筑中间是一片疏林草地，草茵绵软青碧，几乎每棵树下都有人半躺着，坐着，看书，聊天，画画，吃东西……树枝上三三两两垂下用藤吊着的巢，我以为那是普院放养的鸟类搭的窝。是织布鸟？听说织布鸟造的巢是悬吊式。两个人走过来，一高一矮，是刚才在庆典厅里见过的那个浑身刺青的校友，带着他负责的一个矮胖男孩走过来。我悄悄留意，想听他们的对话，刺青大叔伸手在他头顶正上方一个"倒扣鸟窝"的边缘一碰，"鸟窝"居然亮了，打下一束光来，正好照在书页上，原来那是阅读灯。

有一棵最粗的大橡树，树冠如巨伞一群人聚在树下，好像是个乐队正在排练，有人怀抱五弦喜鹊琴弹拨，有人抚按电子箱笛，还有两人拿的乐器我不认识，一个是画满花纹字符的粗棍子，一个是圆而扁的透明圆盒子，里面装着一些黑色沙砾。我小声问锌小姐，她告诉我，棍子叫雨棍，盒子叫海浪鼓。

一段旋律奏完，拨琴的、抚笛的都停下来，持鼓的人慢慢倾斜平端的鼓，持雨棍的人慢慢倾斜长棍，窸窸窣窣的声音混在一起，犹如雨点落在涌起的浪潮上。

三个女孩并肩站着，开口唱：

> 醒来吧，睁开眼睛，
> 在紫色天空下深吸一口气，
> 别把所有渴望跟他捆在一起，
> 你所爱的，不该成为诅咒和荆棘。
> 醒来吧，听骨头说话：
> 丝绸里会有刀尖，
> 拥抱会变成锁链，
> 真正的爱人不会烫伤你。
> 来吧，来倾听，
> 死亡的声音最永恒，
> 纳皮娅的歌声缭绕上空……

一个醒目的蓝影子轻盈地走过来，是拉扎科娃，她侄女跟在后面。她们站在一边听乐队排练时，我忍不住一直望着她。一首歌唱完，三个女孩笑盈盈躬身致意，听者鼓掌。人群散去了，拉扎科娃领着侄女转身离开之前，远远朝我和锌小姐点头致意。

锌小姐说："哦，我懂了，你喜欢那种全身的皮套子，是不是？"

她的语气里倒没有讽刺或批判。可不知怎么回事，我有点发窘，好像被人瞧破一个不大体面的癖好。"……那东西没人不喜欢吧？谁不想三秒钟就改头换面、变年轻变美？我妈每周有三天跟我爸睡同屋，那三晚她整夜戴着头套——不过她头发都剃光了，要是不遮上点，确实吓人。"

她听到"头发剃光"，眉毛和眼皮诧异地往上一跑。

唉，可怜的老太太，她连这都觉得惊奇？她没朋友，也没有女儿外甥女之类的吗？

我拿出最真诚的语气说："锌小姐，你也可以试试。我奶奶都用的，她出门跟朋友吃饭，就会穿一副全身套。她七十三岁，用六十岁模样的套妆，她说年轻十岁足够了。"

锌小姐发出轻轻的、从鼻孔里喷出一缕气息的笑声和哼声，没说话。

我们往前走了一小段，她像憋不住了似的，吸一口气，急促地说："孩子，我知道你不知道你的生活有多好、多值得羡慕，但你记着，永远要珍惜不用装在套子里的自由。"

说完她仿佛自惭失言，快速把头偏到一边，发出嘲笑自己的一声"嗨"，"我肯定招你讨厌了吧？真可怕，我也变成爱教训年轻人的老讨厌鬼了。"

我赶快说："没有，完全没有。锌小姐，我喜欢你的真诚和善意，你的话我都记下了。"

她这才慢慢回过头。

我猜她年轻时是个挺受欢迎的可爱姑娘。衰老是种火焰，把她皮肤和五官烤得像微熔的蜡一样，呈现出朝下滴落的样子，但还能看出眉骨、眼睛、鼻梁、嘴唇的原初轮廓都很好看。

我妈说，长得美的人分两种，一种是比普通人更变本加厉地接受不了衰老，拼命要维持年轻貌美的假象——这就是为什么几十年前"套妆"被研发出来之后，迅速成为全大陆最受欢迎的奢侈品——还有一种人，早早体验过美的滋味，美得烦了，老去了对"不再美"就能平静坦然地接受，甚至觉得是甩掉一个负担。

看来锌小姐是第二种。

转个弯，我们依次走过豆青色、圆咕隆咚的"虎克·豌豆"公寓，"再得一分"体育场，走过蝠鲼形状的"蝠鲼剧院"……

她讲："体育场原本叫'快乐体育场'，难听是吧？'再得一分'这个名字，是为了纪念一个叫安德森的院队队员，他在一场比赛中倒地猝死，死前最后一句话是高喊："再得一分！'哦对了，第三餐厅的台阶上也刻了他的名字。"

（我说："如果他最后一句是脏话，'牛屎'或者'婊子养的'，那体育场的名字……"）

又讲："每年会有一次'豌豆争霸赛'，学生们可以自行成立团队，用豌豆当材料黏合成各种形状、城堡、人像。争霸赛备战期间，可以到餐厅领取不限量的豌豆。比赛日那天，各个队伍把作品摆放到虎克·豌豆公寓楼前，由公寓的五个管理员投票决定哪个作品是冠军。最后大家用橡胶棒把粘起来的豌豆打散，抓起豆子互相扔……"

（我说："这个好玩，我要参加！我参赛的话，就只用一粒豌豆，粘在一大摞床垫下面，然后让一个女生坐在高高的床垫上……"

锌小姐翻了个白眼，"四十年前我跟莉莉一起参赛，就玩过这个了，当时坐在上面演公主的是我。"）

她讲："戏剧节在蝠鲼剧院举行。不过没什么意思。你们太快乐，太年轻，编不出太好的剧。人生真正的戏剧性，还没腌进你们这漂亮的小脑瓜里呢。……我只见过一个例外，就是莉莉，可惜她认为搞戏剧是浪费时间，我怎么劝她也不参加……"

她停下来，目光直直地盯着前方半空中的东西。

那是普凡学院唯一胜过庸常学院的地方：一个电磁悬浮

游泳池。

我早就知道它，不过亲眼见到还是觉得很震撼。泳池悬空"浮"在离地十米的空中。设计者用了透明材料，让整个泳池像一只大玻璃鱼缸。东面立着一架升降电梯，电梯轿厢也是一个透明方盒。

我们走到泳池正下面，仰头看，只见一条条人身肚皮向下，摇动四肢，泼起水花，游来游去。

泳池长五十米，宽二十米，我在肚子里算算，我们头顶有两千吨水。经文故事说摩西分开红海，率众人从中间走过，人往左右看，还能看到海水里万千条鱼，伸手可触。现在如果躺下来看，应该就能感受到摩西他们的感受了。

有一瞬间会担心"鱼缸"突然破裂，那两千吨水哗啦啦浇在头上。但这种危险不安的感觉，让它更美。

我看到远远近近有好几对老校友和新生也在欣赏这座泳池。一伙男生好像打了什么赌，互相追赶跑到升降梯前，斜挎包一扔开始脱衣服脱鞋，一边脱一边傻兮兮地大笑着推搡。最后他们留下一地衬衫袜子，只穿平脚内裤，冲进升降梯。没多久，只听上面传来大叫声，肉体重重砸入水里的巨响。从"鱼缸"底看，则是几个大黑影子像箭头似的射向水深处，又折一个弯，慢慢向水面浮上去。

阳光照下来，透过泳池，把不断颤动的水光投在草地上，水影中有鱼似的人影游动。锌小姐跟我一起望着，良久，她又叹了一口气。我悄声说:"你想体验一下吗? 我可以陪你上去,扶你在泳池里坐一坐怎么样?"

她说:"不去了。这玩意儿太好看了,好看得让人疲倦。走,我带你去个地方。"

我们继续不断地走,路上的学生越来越少,我猜可能走到了普凡镇的边缘。眼前出现几幢看起来废弃多年的建筑。锌小姐说:"那是小图书馆,那是温室,那是马厩。由于管理责任复杂、清拆耗费太高等等原因,四十年前我和莉莉在这里念书时,它们就废弃了。"

温室的门已经朽坏,倒塌,轮椅嘶嘶地滑进去。我跟在后面。

锌小姐说:"来,我给你讲讲那个著名的温室鬼故事。"

2

莉莉是我在普凡学院的室友。不过开学后第一个星期她没来。初等学生住的是豌豆公寓的双人间,开学时我发现另一张床是空的,开心得要命。不过独享一个大房间的快乐,只持续了十天。"清醒日"游行的那天晚上,莉莉搬了进来。

说"搬"其实不确切,她除了身上衣服,什么也没带。她告诉我她的行李箱寄丢了。我马上拿出我的东西,从衣服、运动鞋到现金,每样分给她一半——是的,我从看到她第一眼，就完全信任她。

莉莉很古怪。她不喜欢待在人群里，不喜欢社团活动，不喜欢参加聚会，任何聚会，连读书会她都坚决拒绝。假期她也不回家，在研究室给老师做实验助手。

我信任她，但她有些话我并不相信。比如，她讨厌游泳。我们上学那会儿，虽然没有那个夸张的悬浮泳池，但是"再得一分"体育馆里有训练池，有让人练习冲浪的海浪池，蝠鲼剧院也有屋顶露天泳池。夏天大家偶尔会在泳池边开派对。只要跟泳池有关系，她就坚决拒绝。第二学年的体育课有游泳学分，她找到老师，说她小时曾差点在泳池溺水，所以到现在仍然不敢进泳池，老师大为怜悯，好好安慰她一番，还问要不要替她请个心理辅导师。

再比如，朋友聊天时总会讲讲家乡的食物，讲讲童年趣事。莉莉极少提及家乡、父母，也极少讲述她进学校之前十六年的经历。好像她在进普凡学院之前，根本没生活过似的。

我曾半疑惑半开玩笑地问她，你爸妈是不是超级出名，所以你不愿提？是不是全大陆联合舰队总司令那种大人物？

莉莉冷静地看着我说，不是。他们都很普通，就像你们这里（她一直这么讲，"你们这里"）的学校名字一样，普通，平庸，常见。我只是不爱讲旧事，就像蛇蜕皮，难道蛇要把蜕下的皮时不时拿出来给别的蛇看吗？

老实说她这理由不那么能成立。但我当然不会再追问。

而在一切怪脾气和与众不同之外,莉莉是我见过最善良勇敢的女孩。

当时我们班有个胖男生索吉,因为患罕见疾病,必须每天注射药物,药物导致他毛孔里散发着一种十分难闻的气味,他每天洗澡喷除味剂也大不管用。人们叫他"臭索吉"。老师要求大家找搭档完成任务时,没人愿意跟臭索吉结对,每次莉莉总是主动要求跟他一组。偶尔一组需要三个人的时候,她就眨着眼望向我……

还有一件事是这样的:

现在各个学院都不再搞马球比赛了,不过我们上学那阵,马球是最受欢迎的运动,别的学院的马球队来普凡镇比赛时,几乎整个小镇的人都会涌进学校来观战。马球队选拔队员时,不限男女。我们隔壁班一个姑娘蒂达,家族世世代代经营马场,据说她还不会走路就会骑马,她的马球技术可想而知,马球课上,没有任何一个人能从她那里抢下球来。然而,院队的马球教练虽然把蒂达选进队里,成为队里唯一女队员,平时也让她跟大家一起训练,可每次比赛,他永远把蒂达放在替补席上,不但不让她首发,甚至从没让她和她的马登上过赛场。

蒂达几乎恳求过所有老师,请他们帮忙说服教练。但教练说:女队员的进攻意识比男队员弱,下肢力量弱,也不善于打逆风球……总之，我做出的绝对是对球队最好的选择。……我想，咱们普凡学院里最懂球的，是我这个拿过全大陆马球联赛锦标的人，而不是您，对吧？……以后，以后我会给蒂达机会证明自己的……

连副校长对此也毫无办法，只能安慰蒂达：他说以后会给你机会的，等到机会出现，你一定要牢牢抓住。

后来蒂达确实等到了机会，不过，不是教练给的。

那是一场庸常院对普凡院的秋季赛。比赛的第一个赛时，普凡队就连输了二十多分，到第二赛时，更是被踩在马蹄子底下挨揍。我们在观众席上垂头丧气，连"再得一分"的口号都喊不出来了。

这时，我旁边的莉莉突然站了起来。她大喊道：换蒂达！

小范围内听到的人，都转过身来看她。莉莉高举双手，继续喊道：换蒂达！

我也跳起身来，跟她一起喊：换蒂达！

是啊，为什么我们最优秀的女骑手，只能坐在冷板凳上？

"臭索吉"是第三个站起来的人，他扯着嗓门吼道：换蒂达！一边吼一边朝四面八方的同学挥动胳膊，鼓动大伙一起喊。

这几个字被不断重复，越来越多的人跟着喊起来，有的知情，有的不知情只是觉得跟着喊很好玩，但声音毕竟是更响亮了。到最后，几乎所有普凡学生都站起来了，连前排几个老师教授都跟着喊"换蒂达"。

场边替补席上的蒂达回身仰头看着我们,我看见她的眼泪落下来。教练双手叉腰,咬牙望着空气,就像根本听不到那震耳欲聋的声音。

赛场上普凡队的队长忽然勒停了马,他在马鞍上举起球杆,也喊道:换蒂达。

其余队员也纷纷停了马,举起球杆,跟着喊道:换蒂达!

庸常队的队长十分有风度,见到对手放弃防守,也跟自己的队员打手势,让大家暂停攻防。整场比赛就这样神奇地自动暂停了。

裁判策马跑到场边,跳下地来,跟脸色铁青的教练小声交流。过了好一会儿,教练沉着脸转身,朝蒂达打了个手势。

当蒂达戴上头盔,骑着她的黑色马奔入赛场,整个观众席沸腾了,人们欢呼起来。

裁判吹哨,比赛继续。我们坐下来,我小声对莉莉说:你真棒。她笑着不说话……后来,蒂达在第三赛时一人拿下十五分,又为其他攻击手造了十几次助攻。到了决定比赛的第四赛时,普凡居然反超了两分。距离比赛结束只剩五秒钟时,队长接到了球,本来他可以自己打门,却一推杆把球传给旁边的蒂达。蒂达侧身挥杆,球进了。普凡赢下了比赛。

我认识莉莉的第四个夏天,莉莉主动来问我:快到夏季舞会了,你要不要邀请我?

我惊讶得要死。你居然会对这种"没意义"的活动感兴趣？为什么？

她说，以前不感兴趣，不代表就会一直不感兴趣。你再问问题，我就去邀请索吉了。

那天晚上我亲手给她编辫子，做成一个女神似的高发髻。她穿黑裙我穿红裙，我们在舞会上痛快地玩了一整夜。

从那年起，我们每年都是舞会的固定搭档。

最后一年的舞会，在毕业前一个星期举行。将近黎明，我们溜出来，坐在大橡树下喝酒（对，就是那棵大橡树，那时树上还没安阅读灯）。莉莉说，跟我来，我带你去一个地方。

我跟着她，走啊走，走过豌豆公寓，走过"再得一分"体育场，走过蝠鲼剧院、音乐厅……一直走到校园最边缘的地方，那里有几幢废弃的旧建筑：植物温室，小图书馆，马厩。

她转到温室后面，从一扇玻璃破碎的洞里伸进手，拧开窗子开关，双手一撑爬进去，熟练得像回自己家。我也学她的动作跳了进去。

温室里像个小型丛林。温控系统当然早就失灵，有些植物枯萎死去了，有些生长得更旺盛，地砖缝隙里的青苔像水似的溢出来，玻璃窗上爬着一条条藤蔓，一直蔓延到穹顶，叶片密不透风，遮天蔽日。两边花槽里长着各式各样奇异的植物。月光从叶片缝隙里投下来，宛如空气中的琴弦。

莉莉往前走去，随手指着那些植物，叫出名字，好像给客人介绍家中的摆设,"……这个叫'兔子笼',这个叫'魔术师'……这花叫巴斯琴之旗,它'父亲'巴斯琴博士家乡的旗帜是蓝白两色,所以他培育了这种花……"

温室最远端是一个圆形睡莲池,池水已经干涸,露出灰白的水泥池底。池底边缘有一块方方的铁板。莉莉跳下去,跑到那块铁板旁边,拽着上面一个圆环,把板子拖到一边,转头对我说:快来看!

我也跳进池子,探头去看。然而移开铁板露出的是黑黝黝一片,什么也看不见,只有几丝寒风吹进来,扑在脸上。

莉莉用脚踢着,把铁板放回原位。她说:锌,你不是一直问我家乡在哪里吗?告诉你,这下面就是我的家乡。

3

从前有个村庄,村里生活着许多男人,许多女人。统治他们的人是神徒,所有人都要听神徒的话,因为他是神的弟子。神把所有法则和谕令告知神徒,再由神徒转告给人。

所有小婴儿一生下来,就要抱到神徒那里,聆听神为他/她做出安排。

神徒跳过火堆七次,众人共同诵唱七次,然后神的意思就会传达到神徒耳边。神徒就会告诉孩子的父母,神要他饲养动物,或是:神要他侍奉太阳;

或是：神要他医治村民；

或是：神要她十三岁开始第一次诞育，此后尽可能多地诞育；

或是：神要她制造衣物；要她制作皮肤……

然后父母就抱着婴儿离开了。命定饲养动物的，由饲养动物的人们教着饲养动物。命定制造衣物的，由制造衣物的人们教着侍奉太阳。命定要诞育的，从十三岁开始，每年冬天下第一场雪的时候，由神徒选一个男人，让他到她床上去，每晚都去，直到她成功开始孕育。如果迟迟不成功，说明他们不是完成任务的合适搭档，神徒就为她再换一个人。

人们尊敬神徒，也尊敬祖先。神徒说，每个去世的人，其灵魂还不远离，而要在亲人们头顶身边、屋前屋后，守护保佑三代人的时间，完成这个任务，才能进入神的殿堂，成为神使。

所以小孩从出生开始，就在身体上画下祖先们的名字。

人们也学习阅读和书写，不过只学很少。因为神徒说阅读与书写只是神为人造出的一点娱乐。娱乐不能多，更不能让它耽误饲养动物、侍奉太阳等正经事的时间。

神想要的一些东西，神徒会转达给人们。比如造高大的风车，越大越好，越多越好，因为风是神的仆人，风车能按摩风的身体，让它舒适，这样风就会更好地侍奉神。外地来的神徒会把造风车的材料送来，指挥人们造好后，他们就走了。

又比如，神使的皮肤。死去的亲人们只是一缕灵魂，因此在神的殿堂里需要一套皮肤，这理应由世间的人们来做。制造皮肤的材料由别的神徒送来。又因为神喜欢看到各种样子的美丽的神使行走在他的殿里、他的花园里，所以人们要按照神的要求，为这些皮肤涂上不同的颜色，一根一根粘上眉毛、睫毛、胡须，眼皮和嘴唇上也要涂色。神想看到的神使的样图，也由别的神徒送来。

又比如，神使的衣服。除了皮肤，神使当然还需要衣服。材料与图也会送来，人们照着制作就可以了。

至于侍奉太阳，那是最简单的工作。如果一个孩子愚蠢或懒惰，神给安排的工作做不好，那他也会被打发去侍奉太阳。村庄外有一座很大很大的神屋，墙壁涂成太阳的黄色，屋里的地面上画着一个个黄框框，大概有几百上千那么多，每个框框里有一驾带轮子的车，车前方有个太阳图案。侍奉太阳的人，持续踩动车轮，那是奔向太阳的姿态，太阳图案亮起来，代表神和太阳都满意了。

平时人们以什么为娱乐呢？神徒说，男人的娱乐在娱乐中，女人的娱乐在工作中。男人可以在打架、喝酒、抛棍赛石中娱乐自己，女人则应该在做食物、清扫院子厕所、照顾老人小孩中获得愉悦。

好，现在该说到这村里一个普通、平常的小女孩了。由于她出生时紧攥着拳头，好像手心里有什么宝贝似的（当然是没有的），她妈妈叫她握拳·杰基。

神徒跳过火堆七次，众人共同诵唱七次，神的谕令就来了。神徒说，神给握拳·杰基的安排，是医治村民。

这是极好的命运。其他安排，比如十三岁开始诞育婴儿，难免会有生命危险，不少女孩在完成任务时受了重伤，甚至带着没诞育成功的婴儿一起变成灵魂，到房前屋后守护家人去了。握拳的第四个姨妈获得的安排就是诞育，十三岁第一次生产时差点死掉，任务也没完成。握拳的外婆则是在生第九个孩子时去世的。握拳的妈妈，平时的任务是制造皮肤，再加上诞育和照顾小孩，也十分辛苦。比照起来，所有工作里最轻松的就是医人。握拳竟然能做医人，她妈妈高兴得哭了出来。

五岁，握拳和同年出生的小孩子一起到教读写的老师那里，学了两年读写。从七岁开始，她每隔三天到医人家去学习一天，看他怎么点燃神奇的草叶。其余时间帮她妈妈照顾弟妹，做熟食物。

村里有两个医人，一个男医，一个女医。握拳两家都去。还有另一个男孩也一起学医，他是男医人的儿子，所以他只在他爸爸这里学习。握拳学得比医人的儿子还认真，妈妈总说她命好，要知道珍惜，要做好神安排的医人任务。

不过握拳的学习在十一岁时暂停了半年，因为之前男医人换了一种教她的方法，他让她躺下，把一些最重要的知识化成热牛奶一样的东西，通过他的身体，喷射进握拳的身体里。据说这种方式对学生更好，只是需要适应一段时间。

但握拳怎么也适应不了。很快她病了，吃什么都呕吐，倒在床上，浑身发软。她妈妈哭着叫来了女医人。女医人给了握拳一些植物花朵和草叶煎的汤。她喝下去，很快肚子疼得像要穿洞，身体流血。不过后来她就不吐了，慢慢好了起来。

她在家里躺着养病，迷迷糊糊的，听到姨妈在外面跟妈妈说，你去杀了他，那是很痛快，但神徒也会让你赔命，以后握拳怎么办？大声、红脚（他们是握拳的弟妹）怎么办？

她妈妈没有回答。

等握拳快病好了，她妈妈告诉她，男医人那里不用再去了，以后她只跟女医人学就行了。

握拳·杰基十四岁，村里又开始建新的风车。神使让握拳待在建造工地，如果有人受伤，砸断手指、扭伤脚踝等等，就由她来医治。她很喜欢这个任务。受伤的事不常发生，空闲的时候，她读书。

虽说握拳·杰基是个普通小女孩，不过她还是有一点跟村人不同：其他人在学会读写之后就把这个技能搁置起来了，握拳却特别特别想每天都捧着词和句子阅读。

村里只有读写老师家有书，她托她最好的朋友、未来要做老师的羊角花偷出来给她读。读写老师家的地窖里有七八个大箱子，握拳在老师家学习那两年，只读完半个箱子的书。据说那是好几代之前的祖先留下的，没什么用处，也没什么意思。

但握拳觉得有意思。即使读不太懂，她也想一直读下去，比如把玻璃磨成特殊样子，就能看到极小极小的东西；人和动物能总站在地面、不会飘到空中，是因为地面之下始终有一股强大的吸引力，把所有东西吸住；而世界上所有东西都由一种叫原子的颗粒组成，这种颗粒人眼看不见，它就像桃和杏一样里面有果核……

被安排做老师的羊角花也不爱读书，只喜欢听握拳讲书。握拳每次滔滔不绝地讲，她总是睁大眼认真听着，现出"虽然根本听不懂但你讲的我都愿意听"的微笑。

有一次，来送风车材料的陌生神徒看到她读书，很惊讶，说，孩子，你喜欢书？握拳有点不好意思，因为阅读不是好的娱乐。但她还是诚实地点头。

下个月，陌生神徒再来，给握拳带了两本新书。握拳幸福得简直要昏过去。陌生神徒说，读完下次还给我，别让其他人知道我给你拿了这个。握拳点头。陌生神徒变成了送书神徒，她每月来一次，那成了握拳最盼望的事。

握拳十五岁，羊角花病了。羊角花脖子上长了一个硬块。医人和神徒都没能把她治好，后来她肚子里也长出了硬块，吃不下东西，还拉肚子。半年后的一个夜里，已经只剩一把骨头的羊角花浑身滚烫，吐着血，哭号到天明，死去了。

本村神徒唱着歌，引领着，人们把羊角花抬到坟地下葬。送书神徒这天刚好过来，她也参加了葬礼。

人们都离开了，只有握拳还坐在坟墓边哭，哭得喉咙嘶哑。送书神徒摸摸她的头说，孩子，别难过了，我送你一样礼物。

她把礼物塞到握拳手心里。是又小又硬的一粒种子。送书神徒说，到荒野里，找一个没人的地方把它种下去，三天之后再去看。

握拳点头，紧紧握拳攥住。

夜里她偷偷溜出门，走了很远的路，找到一块空旷适宜的土地，挖个坑，把种子埋进土里。

三天后会发生什么呢？种子会开出一朵花？把花嚼碎吞下，就能再见到羊角花一面？……

她忍耐着等了三天。三天之后的夜里她再去看，只见埋下种子的地方，长出了一条豆茎。

那可不是普通的豆茎。

这条豆茎又粗又长，粗得像一根翠绿的柱子，茎上生着桌面大的绿叶。握拳走到豆茎根部，使劲仰头向上看，看不到头，它的另一端直通天空，消失在云里。

她看了很久很久，先试着用手拉一拉豆茎，确定它很结实，然后就手脚并用，蹬着豆茎的叶子，像踩台阶一样，一点一点爬上去。

天快亮的时候，握拳从豆茎上滑下来，溜回家中。从那天起，她每夜都悄悄从豆茎爬上去，没人知道她在上面看到了什么，做了什么。不过母亲毕竟是母亲，握拳以为她妈妈要照顾五个弟妹，没精力再观察她，一个黎明，她从豆茎上滑下来，发现她妈妈正在下面等她。

握拳就把她在上面看到的，讲给她妈妈。她妈妈脸色变了好多次，最终对她说，放心，女儿，我不会告诉任何人。

半年后的冬天，神使再次给她妈妈安排了新男人。这次的人选，是那个男医人。

握拳对妈妈说：妈，这是好事。

那一夜她从豆茎上爬下来，口袋里多了一瓶白色粉末。

男医人到她家来的第三个晚上，握拳在另一个房间哄弟妹睡觉。半夜最安静的时候，睡房传来一声惨叫。握拳立即跑过去。只见男医人赤裸身体倒在床下，断气了，两腿之间的圆球流出鲜血。

握拳妈妈不慌不忙地在床边水盆里洗，洗手，洗剪刀。握拳则把床边一杯水拿走，连杯子整个扔到屋后厕所里。握拳妈妈说，好了，女儿，去请神徒来吧。

神徒和好多村人一起来了。握拳妈妈对神徒说：他太想把孩子送进我身体里，我女儿——她也是医人——就帮他造了一份能更好完成任务的药，可他太贪心，把两天的药都吃了下去，药劲太大，他又太努力，结果球爆炸了，他死了。

神徒蹲下看了看男医人的尸体，又捏一捏那血肉模糊的圆球，点点头说，确实是这样，来，把他抬走，葬了吧。

又过了半年，握拳·杰基十六岁。神徒说，到这个冬天，你也该开始执行诞育的任务了。这让握拳忧愁极了。

外地的送书神徒又来了。她悄悄问握拳，那粒种子后来怎么样？

握拳把所有事情痛痛快快地讲给了她。送书神徒惊讶极了，现在你能读懂她们的书、看懂她们的课了？握拳点头，她又说，我不想诞育，我想在云上的城堡里学习，我想弄清楚羊角花的死因，我想让所有人都不必那样痛苦地死去。

神徒看着她，思索了很久。最后她问，你妈妈是皮肤工人，那她的手艺你会不会？你会给皮肤和头发涂色吗？

握拳说，我会。

神徒说，好，你认真听着，今天夜里，你把炮制皮肤的工具颜料都带在身上，然后沿着豆茎爬上去，从你每次进出的植物房间出来，朝南走，一直走，看到一幢像豆茎一样翠绿的楼，就走进去，上二楼。那里有一位了不起的骷髅神使。你要找到她，然后在她房间里找个地方藏起来。明天，云上的世界会给骷髅神使举办庆典仪式。她会穿上你们造的皮肤。等庆典结束，没人看管的时候，你把那层皮肤脱下来，拿走，再把皮肤、头发、嘴唇的颜色全都涂改掉，然后穿在自己身上。那就是你在云上世界的隐身衣。接着，你要穿着这层隐身衣，走下这幢绿楼，朝东走，一直走，看到一幢圆咕隆咚、长得像一颗豌豆的房子，走进去，上五楼，走廊尽头有个房间，那里也住着一位神使，她不是骷髅，是你村庄里的"祖先"，你外婆的朋友，你身上就有她的名字。祖先有责任照顾家人，所以她会帮你。她是个特别聪明的女人，她会悄悄修改云上学校的入学名单，为你造出一个就读的位置。从此你就可以自由走动，跟那里的孩子一起玩一起学习——只要你始终小心，不要在别人面前进入水里，就永远不会被发现。

握拳说，我都记住了。但是，那位骷髅神使的东西被我拿走，她不会生气吗？

不，不会生气，相反，她会非常非常高兴能够守护、保佑你这样的女孩。

锌，这就是我家乡的故事。

这就是我十六岁之前的故事。

4

她问，你是不是早就知道？

我说，也没那么早。咱们第一次参加舞会那晚上，我站在你身后替你梳辫子,一撩起你耳后头发,我看到有指甲大的一块秃头皮,空白地方刻了个字母β。我恰巧知道那个字母是谁写的。

她说,谢谢你替我保密。

我问,为什么一定要穿皮肤?真正的你长什么样?

她默默看了我一会儿,站起身,两手伸到脑后,只听一阵刺耳的刺啦刺啦的声音,皮肤的密闭接口从那里撕开。我所熟悉的"莉莉"从头顶开裂,露出一个陌生的女孩。

由于长年累月不见阳光,她的皮肤异常苍白。

从额头到鼻尖,再到脸颊、脖子、双臂、双手……她浑身都是刺青,每块皮肤上都刺满了名字。她祖先的名字。

5

那棵豆茎呢?

早被砍断了。

那一夜,我心里反复默记神徒的指点,沿着豆茎往上爬,爬向你们的世界,爬向你们认为普通平凡、在我眼中繁荣美丽光明得如天堂一样的普凡学院。

爬到一半,我忽然感到双手双脚紧贴的豆茎一下一下有节奏地震动起来,每震动一下,整棵豆茎的叶片簌簌发抖。

我一低头,看到了我妈。她正挥舞一把斧头,一下一下地砍着豆茎。

她仰起头,声嘶力竭地朝我喊道:

快上去!别回来。永远不要回来。

后记：童与真之间，幻与象之间

童话，是混沌与真实之间的一片林地，是最早照进幼儿之心的艺术的光，是一罐文明的开口奶。

我们这里的小孩子有童话读，是近百年才有的事。周大先生在《朝花夕拾》里讲了他那时代的儿童阅读——他当然也曾是个小孩子。所有威严的人，言语无味的人，挺着将军肚、双手虎口托腰的人，酒桌上逼实习生喝酒的人，泼汽油烧死妻子的人……都曾是小孩子。

一切小孩子爱的都是：动物、图画、故事。生于十九世纪末的绍兴小男孩樟寿，喜欢《毛诗草木鸟兽虫鱼疏》，爱看有图的《花镜》，最渴望要一套插画绘本《山海经》。然而，他七岁开蒙，读的是《鉴略》，一种极无聊的韵文历史书。在家里，他被允许公开翻阅的，是《文昌帝君阴骘文》图说和《玉历钞传》。

倒真有个亲戚，送来一本带画的图书。什么呢？《二十四孝图》。那里头讲：父母为了让老人不挨饿，应该把小孩抱去活埋。

很多年后他写道："我们那时有什么可看呢，只要略有图画的本子，就要被塾师……呵斥，甚而至于打手心。我的小同学因为专读'人之初性本善'读得要枯燥而死了，只好偷偷地翻开第一叶，看那题着'文星高照'四个字的恶鬼一般的魁星像，来满足他幼稚的爱美的天性。"

心灵干渴，与置身沙漠求一瓯水而不得，庶几相似。后来小孩们必读的《安徒生童话集》，一九二四年由赵景深首次选译成书，第一本《格林童话全集》则要等到一九三四年才正式在我国出版。

我记得我的第一套《安徒生童话全集》，是旧书，受赠于亲戚里某个不再是小孩子的人。一套很多册，叶君健译本，平装，暗绿封皮，那个宁静的绿，一看就想起放糖的绿豆沙，心头一阵清甜。书的纸张很薄，背面字的油墨透过影子来，跟正面的字叠在一起，仿佛句句有回声。他的每个故事都像一朵神异的花，每朵花散发不同的香气。

另外几本最心爱的：姜尼·罗大里《蓝箭》，米切尔·恩德《毛毛》，拿到诺贝尔奖的《丛林故事》和《尼尔斯骑鹅旅行记》，以及《吹小号的天鹅》。

还有《王尔德童话》，他的每个故事里都有一个心碎的吻，巨人亲吻男孩,燕子亲吻王子,矮人亲吻公主扔来的玫瑰,星孩吻他母亲的脚,渔夫吻着死人鱼的冷嘴唇。每个故事里,都有人把赴死的过程当一场舞会,擦亮生命别在衣襟上。

童话之影响,大矣哉。

有一则很可能不真实的著名"逸事":人们问一位诺贝尔奖获得者,"您这一生里,您认为最重要的东西是在哪所大学、哪个实验室里获得的?"他答:"是在幼儿园里。"

我精神上很多最重要的东西,是在童话里获得的。现在,我一低头看看自己的胸脯,就能看到深爱的那些童话,像恒星在宇宙里稳定地燃烧,像长明灯在神殿里昼夜亮着。

有些故事,长大后不再喜欢,比如《彼得·潘》。我曾深爱彼得,他会飞,战斗起来冷静又聪明,我曾想象他一定有一对细长发亮的小腿,掠过云层时像鹤或鹳鸟。成年后重读,读到了童年时漏掉的、令人震惊痛苦的东西:"永无岛上孩子的数目经常变动,他们眼看要长大的时候,彼得就把他们饿瘦,直到饿死。"

还有些故事,小时就不那么喜欢。作为女孩,我读故事会把自己代入里面女性的角色。但说实话,代入进去,体验并不太好。比如《白雪公主》,一个女孩跟七个有老有少的陌生男的睡一屋,睡他们的床,这太可怕了。换衣服怎么办?

洗澡怎么办？怎么保证这七个人都不偷窥？动画片里，矮人们出门工作前，到白雪公主面前排队，她逐个吻那七个秃脑门。他们洗头吗？肯定一股脑油臭吧？我只觉得恶心。

对《睡美人》《小红帽》等故事的不满，源于女主角的被动、愚笨。前者躺着睡一大觉，醒了就立刻跟眼前的人结婚，脑子不动一动吗？后者明明看到床上"人"的耳朵眼睛嘴巴都不对劲，居然还认不出那不是奶奶，我们小孩哪有那么蠢！

《彼得·潘》有个凄厉的结尾。彼得回来找温蒂，并不知道时间过去了二十年，"至死是少年"的他想不到时间流逝意味着什么。温蒂躲在阴影里，尴尬又难堪，因为她现在是个结了婚生了小孩的高大女人。终于发现真相，彼得恐惧地叫道："别开灯！……"灯一亮，他们的关系就在灯光下终结了。

成年之后，我时常还想回到那些故事里，走在有人鱼的海边，跳上十二个公主的船，站在通往魔法之地的参天豆茎下。但我遇到了温蒂的问题：爱过的故事，没有跟我一起长大。跳进去，立即被拘得动弹不得。用成人的眼去看，那布景过于简陋，人物皮肤底下缺乏血液流动，更重要的是，很多情节已无法取信于人。

所以在长达七八年的时间里，我的一大乐趣是一次次回到老故事里，像修葺旧居一样，扩充空间，重新装饰，给花园种上新鲜的花草，把这些年我长出的血肉分给那些人偶，让他们有毛孔，有指纹，有……

后来，它们变成了这本书里的样子。

这七篇里最早的是《辛德瑞拉之舞》，写于二〇一七年冬天。那段时间总失眠，每次在黑暗里辗转，都有一股想掀翻被子一走了之的冲动。仰天长笑出门去，我辈岂是蓬中人。但北京的冬夜实在冷，想出门，得穿秋衣绒衣毛背心，秋裤绒裤套牛仔裤……因此始终没走成。几个月后，我写了个故事，让那里的主角替我溜走。

主角有两位，一个活在当代的失眠人辛迪，一个活在解说词里的王妃辛德瑞拉。两人其实是一人。辛迪既是因一支舞开启恋爱婚姻的辛德瑞拉，也是硬要穿进不合脚鞋子的姐姐，也是带着两个女儿与离异有孩男子再婚的继母。老童话里所有女人，都在她身体里。

《普罗米修斯和鹰》写于二〇二〇年。身处封控之中，我想起被锁在山上的普罗米修斯。门上贴了封条，很多天里唯一能见到的陌生人，就是上门做检测的白衣工作者。没过几天，我开始盼着他来，甚至想跟他多聊几句。孤独的普罗米修斯与每天定时到访的鹰之间，是不是也有产生感情的可能性？……遂写了这一篇，探索故事里折叠起来的部分。

《人鱼之间》和《十二个变幻的母亲》写于二〇二一年。

除了《海的女儿》，《人鱼之间》里还放进另两个童话，一个"玫瑰与芸香"(《玫瑰与芸香》是王尔德一首诗的名字),另一个故事改写自《西班牙公主的生日》。海狮约书亚用这两个故事暗示、映射他的过去与未来。文中所提到海豚彼得爱上人类女研究员的故事真实存在,BBC曾制作一部纪录片,名为《与海豚对话的女孩》(*The Girl Who Talked to Dolphins*)。

《十二个变幻的母亲》也是个"之间"的故事:母亲如何度过孩子熟睡到清晨重启之间的时光?当她短暂地从母职中卸任,会不会背对世界,跳起舞来?那几个小时她不再是妈妈,但也不再是从前的自己。

《红外婆》和《雕像》写于二〇二二年。

《雕像》的故事最早出现在脑中,是二〇一六年,拟的题目叫《阳具鉴定家》,主角是博物馆里的女研究员,她要为一箱从几十个雕像上锯下的阳具鉴定归属。当时跟编辑们说起这个故事,她们都让我不要写,"没有哪个杂志敢给你发的!"

又过了几年,我们去荷兰玩,在阿姆斯特丹皇家博物馆看到一幅画,整张画只画了一棵树。晚上回到旅店聊起来,两人都觉得那棵树好美,好迷人。拿手机翻看白天拍的图,想查一下作者,发现谁都没拍。我一向觉得拍展品有点傻,这次也忍不住懊悔。互相安慰说,回去找一张高清图,把那棵树打印了,配个框子挂起来。

然而,我们再也没找到它。

博物馆官网图，没有。花钱买了一套该馆藏品的高清电子图册，上千张图逐个看一遍，也没有。又在各旅行网站上翻别人拍的图，翻了几百个游客上传的几千张照片，还是没有。

又找到一个定居阿姆斯特丹的代购留学生，跟他买了几次郁金香冰箱贴，等他去皇家博物馆时，托他留意。他回来说，实在找不到那么一幅画。

那棵画中的树，好像不曾存在过。

我决定写一个类似的"消失的雕像"的故事。雕像的名字叫伽拉，取自希腊神话里塞浦路斯国王皮格马利翁爱上的雕像女子"伽拉泰亚"。"金"即国王。他们相遇，相失，重逢，再离散。最后他从海底回来，就像第一次见面那样，以一座残损雕像的身份。

《豆茎》是二〇二三年最后完成的。写完后有种奇异的感觉：这本书完整了。

亲爱的读者，感谢你走进这片童话与现实之间的林地，走进作者尽心莳育的花园。你一定看得出，这些故事里写了作者的很多不相信。

我不信在一支舞的时间里舞步和谐，就意味着后半生婚姻美满，"一直幸福生活下去"。我不信高居于豆茎顶端的富足世界里，那金子是靠魔法母鸡生下来的。我也不信善良天真、会跟动物说话，就能在矮人之家快乐地过活，最后等来完美的王子。

　　但还有一些东西,是第一次被童话的光照亮心灵时,我就始终坚信的。如今我仍然相信。我相信爱同属于天神、凡人与万物,能让石头化为血肉生灵。我也相信勇气、坚强、信心,相信要攥紧双拳去战斗,为自己和亲爱的人。

　　每个故事是一朵心血染成的花。谢谢你把它别在襟上,与作者共度这舞会之夜。

天翼　谨白

2024年3月于北京

柳眼才青,花结未解

春是讲了一千遍的童话

永远古老,永远新鲜